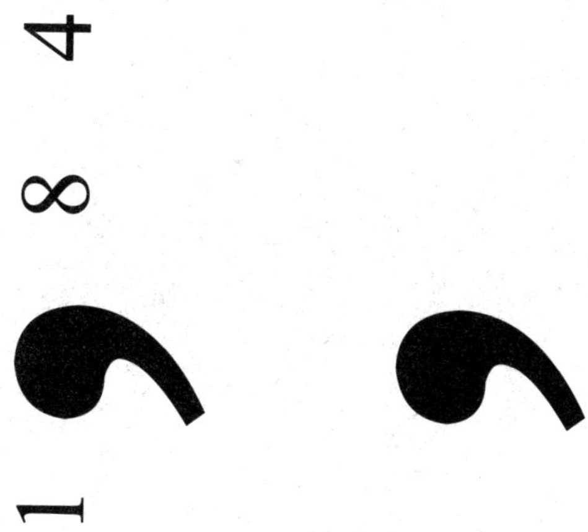

Nineteen Eighty-Four

George Orwell

WAR IS PEACE
FREEDOM IS SLAVERY
IGNORANCE IS STRENGTH.

一九八四

[英] 乔治 · 奥威尔 著 苏福忠 译

中国友谊出版公司

图书在版编目（CIP）数据

一九八四 / (英) 奥威尔著 ；苏福忠译. -- 北京 ：中国友谊出版公司，2016.1（2021.5重印）
ISBN 978-7-5057-3683-2

Ⅰ. ①一… Ⅱ. ①奥… ②苏… Ⅲ. ①长篇小说－英国－现代 Ⅳ. ①I561.45

中国版本图书馆CIP数据核字(2016)第018161号

书名 一九八四
作者 [英] 乔治·奥威尔
译者 苏福忠
出版 中国友谊出版公司
发行 中国友谊出版公司
经销 新华书店
印刷 唐山富达印务有限公司
规格 880×1230毫米 32开
9.75印张 245千字
版次 2016年6月第1版
印次 2021年5月第14次印刷
书号 ISBN 978-7-5057-3683-2
定价 45.00元
地址 北京市朝阳区西坝河南里17号楼
邮编 100028
电话 (010) 64678009

如发现印装质量问题，可联系调换
电话 (010) 59799930-601

那是四月里一个明朗而清冷的日子，
时钟正报十三点。

在乔治·奥威尔的传世杰作《一九八四》出版七十年后，这平凡的开头依旧引人注目，它向我们引出的注定是一部不平凡的伟大作品。

George Orwell

乔治•奥威尔（1903—1950），

英国伟大的人道主义作家、新闻记者和社会评论家，

著名的英语文体家。

《一九八四》1949 年英国初版

1948年，45岁的乔治·奥威尔完成了他短暂一生中最重要的一部小说，在给小说取名时他把“一九四八”的最后两位数字调换了一下，以“一九八四”作为小说的名字。1949年6月8日，《一九八四》在英国出版，五天后在美国上市，并立刻被视为杰作，之后便久负盛名。时至今日，《一九八四》已成为20世纪影响力最大的英语小说之一，与英国作家赫胥黎的《美丽新世界》，以及俄国作家扎米亚京的《我们》并称“反乌托邦三部曲”。

乔治·奥威尔，原名埃里克·亚瑟·布莱尔，英国伟大的人道主义作家、新闻记者和社会评论家。奥威尔一生短暂，但其以敏锐的洞察力和犀利的文笔审视和记录着他所生活的那个时代，做出了许多超越时代的预言，被称为“一代人的冷峻良知”。

1903年，奥威尔生于英国殖民地的印度，童年即耳闻目睹了殖民者与被殖民者之间尖锐的冲突。与绝大多数英国孩子不

奥威尔的童年照片

同，他的同情倾向悲惨的印度人民一边。少年时代，奥威尔受教育于著名的伊顿公学，后来被派到缅甸任警察。20 世纪 30 年代，他参加西班牙内战，回国后却又因被划入左派，不得不流亡法国。二战中，他在 BBC（英国广播公司）从事反法西斯宣传工作。

在 BBC 从事播音工作的奥威尔没有录音存世，但同时代人对他干巴巴的语音颇有印象。西班牙内战期间，他曾被子弹击中咽喉，弹孔犹存。他是老烟枪，又患肺结核多年，讲话之无力可想而知。奥威尔于 1943 年 9 月从 BBC 离职。他更大的愿望是早点远离体制，回家写小说，写他的《最后一个欧洲人》，即后来的《一九八四》。离开 BBC 之后的几年里，奥威尔家中变故丛生：收养幼儿理查德，却在手术台上因麻醉事故失去爱妻。然而此刻《一九八四》的写作已经开始。1946 年 5 月，奥威尔坐上火车一路北行，抵达苏格兰朱拉岛，专心写书。

1949 年 6 月 8 日，《一九八四》在英国出版，首印就卖出

书写中的奥威尔

了两万五千册，同期在美国也大卖，这使奥威尔暂时摆脱了贫困。同年10月，奥威尔在病房迎娶了31岁的索妮娅·布朗奈尔。然而，幸福的时光总是过得太快。1950年1月21日凌晨，46岁的奥威尔肺动脉突然迸裂，造成大出血。护士赶到时，他已经死在了病床上。去世三天前，奥威尔立了遗嘱：保险赔偿给养子理查德，文学财产给妻子。此时，索妮娅正在城中酒吧，与老情人聚饮。1980年去世前，她长期为此内疚。

奥威尔的去世、葬礼、墓地选择，都弥漫着生命的不可知性，甚至隐含荒诞意味。他没有后代，葬礼由朋友和出版商操办，人们没有依照他的遗嘱，安排英国教堂的葬礼仪式，而是选择在基督教堂。他的墓地也没有根据遗愿选择伦敦的公墓，而是选在牛津郡萨顿·科特尼的乡村教堂墓地。这个地方与他生前毫无关联，碑文也极其简单：埃里克·亚瑟·布莱尔在此安眠。

奥威尔一生短暂，只活了47个春秋。在他为数不多的作品中，《动物庄园》与《一九八四》都影响巨大，他以先知般冷

2009 年 60 周年纪念版

峻的笔调勾画出人类阴暗的未来，令读者心中震颤。他将悲喜剧融为一体，使作品具有极大的张力。在奥威尔眼里，语言是掩盖真实的幕布，粉饰现实的工具，蛊惑民心的艺术。他坚信，“在一个语言堕落的时代，作家必须保持自己的独立性，在抵抗暴力和承担苦难的意义上做一个永远的抗议者。”

时至今日，《一九八四》已被翻译成被 60 多种语言，全球销量超过 6000 万册，为乔治·奥威尔在世界文坛留下了不可取代的席位。这本 20 世纪极具影响力的小说，故事在任何年代都不会过时，书中的“老大哥”“思想罪”“双重想法”“新话”已收入英语词典，而他的名字衍生出的“奥威尔主义”“奥威尔式的”等新词，甚至成为日常通用语。

《一九八四》似乎总是和政治关联，很长一段时间里被一些国家所禁。作为“反极权”小说的代表，苏联人觉得是在写自己，英国人也觉得是在写自己，美国人就不觉得是在写自己吗？或许每个人看了，都觉得是在写自己吧。

英国广播公司总部广播大楼外的
乔治·奥威尔雕像

“思想罪不能带来死亡，思想罪本身就是死亡”。然而，思想者除了自己的思想常常一无所有，他唯一能拿来对抗的，仍然只是思想。正如评论家所言：

> 多一个人看奥威尔，就多了一份自由的保障。

1984

第一部

第一章

那是四月里一个明朗而清冷的日子，时钟正报十三点。温斯顿·史密斯把下巴缩进胸前，竭力躲避讨厌的冷风，急匆匆地穿过胜利大厦的一道道玻璃门，不过快归快，却无法防止随他刮进来的一股沙尘。

门厅闻得见熬圆白菜和旧席片的气味。门厅的一头，有一张彩色宣传画贴在墙上，在室内陈设显然大而无当了。那上面只画了一张硕大无比的脸，足足有一米宽：一张四十五岁男人的脸，蓄着一撇浓密的黑胡子，见棱见角的五官很漂亮。温斯顿径直走向楼梯。想坐电梯只能白想。即便在最好的时刻，电梯也很少运行，何况眼下是白天时间，电路早拉闸了。为过仇恨周做准备，节约用电势在必行。住宅在七层，温斯顿三十九岁了，右脚脖子上有一片静脉曲张，爬楼慢吞吞的，一路上休息了几次。每到楼梯平台，电梯的对面，宣传画上那张硕大无比的脸，从墙上正往下审视。这种宣传画如出一辙，眼神画得很绝，两只眼睛盯着人不放，你走哪里追到哪里。画中人下面写了一行字：老人家在关注你。

住宅里，一条洪亮的嗓子在读一串数字，与生铁总产量有关。这声音来自一块椭圆形金属板，像一面模糊的镜子，构成了右边墙壁的一部分。温斯顿关掉开关，那声音低下去不少，只是说出来的话依然清晰可辨。这个装置（名叫电屏）可以调低声音，但是无法完全把它关上。他径直走到窗户前：他身材矮小，羸弱，单薄的身子越发凸显了那身蓝色的工作服，那是党的统一制服。他的头发金灿灿的，脸色天生红润，脸皮却由于使用劣质肥皂和钝剃刀片糟践得不成样子，更别说被刚刚过去的冬天的寒冷侵袭过了。

室外，即便通过关上的窗格，世界看起来也是冷飕飕的。下面的街道，阵阵冷风吹起小小的旋涡，把尘土和碎纸卷扬起来，尽管太阳炫耀，天空碧蓝，然而似乎任何东西都毫无色彩，只有宣传画张贴得到处都是。那张黑胡子浓密的脸占据了每个显眼的地方，咄咄逼人地向下注视。紧邻对面的那座房子的正面，就有这样一幅人像。老人家在关注你，人像下面的文字说，与此同时那双黑洞洞的眼睛直愣愣地逼视着温斯顿的双眼。下面街道沿路，还有一幅宣传画，一个角撕破了，在风中一张一弛地摔打，把宣传画上唯一的一个词“营私会”一会儿盖住，一会儿露开。远处，一架直升机在屋顶一闪而过，像一只绿头大苍蝇盘旋一会儿，打一个弯儿飞走了。这是警察巡逻，在窥探人们的窗户。不过，警察巡逻无关紧要。要命的是思想警察。

温斯顿的身后，电屏上传出的声音还在喋喋不休地报告生铁总产量，以及第九个三年计划的超额完成情况。电屏管接受也管放送。温斯顿只要弄出声响，比低声细语稍大一点儿，电屏就会悉数接受；更有，只要温斯顿待在那个金属板可控的视野范围，就会被电屏看到并听见。不用说，你无法知道你是否被关注，随时随地被关注。什么时候，通过什么系统，思想警察介入任何个人的线路，都只能靠猜测了。甚至可以想象到，他们关注每个人，随时随地。总之，他们可以介入你的线路，肆无忌惮。你不得不依靠本能形成的习惯活着，习惯成自然地生活——那就是假定你弄出的每一个声响都被听见了，而且，除非在黑地里，你的每一个行动都被监控到了。

温斯顿一直背对着电屏，这样比较安全。虽然，如同他很清楚的，即便是脊背也会暴露问题。一公里远就是真理部，他上班的地方，大厦拔地而起，雄踞于肃穆的市景之上，白花花一片。他带着一种模糊的反感情绪想到——这，这就是伦敦，一号简易机场的主要城市，一号简易机场本身就是大洋国人口位居第三的省份。他努力搜寻一些童年的记忆，可以告诉他伦敦是不是一向就是这个样子。这城市是不是一向就是破败的十九世纪的房子组成的景象，山墙靠木头支撑起来，窗户上挡上了硬纸板，屋顶上覆盖了凹凸不平的铁片，乱糟糟的花园墙壁东倒西歪？轰炸过的遗址上墙灰尘土弥漫空中，柳叶菜在碎石堆上杂乱无章；炸弹炸出来空地的地方怎么就一下子冒出来鸡笼一样的一丛丛破烂的木头住房呢？不过想也没有用，他记不起来了：他儿时的景象什么都没有留下，只有一串明亮的场景，没有背景映衬，几乎辨别不出来了。

真理部——用新话语[①]来说叫“真部”，一眼看去与任何别的物体都迥然不同。它是一座巨大的金字塔式的建筑，白色的水泥闪闪有光，高耸入云，拾级而上，三百米凌空而起。从温斯顿站立的地方望去，正好看得见白色正面墙上凸显出来的大字，那是党的三句口号：

战争即和平

自由即奴役

无知即力量

真理部，据说，仅地面上就有三千间屋子，和地面下的建筑构造大同小异。在伦敦城里，类似的样式和规模的建筑物还有三处。它们在周围的建筑中大有一览众山小之势，从胜利大厦的屋顶，你能同时

① 新话语是大洋国的官方语言。其言语结构和词源的描述，参见附录。

把四座大楼尽收眼底。它们是四大部门的大本营，整个政府机构划分成了四个大部：真理部，控制新闻、娱乐、教育以及艺术；和平部，主管战争；仁部维护法律和秩序；富足部负责经济事务。它们的名字用新话语来说，即真部、和部、仁部和富部。

仁部是真正令人胆战的部门。整栋建筑都没有窗户。温斯顿从来没有涉足过仁部，连半公里的范围都不敢涉足。那地方就不可能进入，除非办公事，即使办公事也得通过重重倒刺铁丝网、铁门以及暗藏的机关枪掩体。就连通着仁部外围道道阻隔的街道，都有身着黑色制服的警卫站岗放哨，个个凶神恶煞，佩发了多节警棍。

温斯顿猛然转过身来。他立即把面孔换成了一副相当乐观的表情，这是面对电屏时最可取的脸色。他穿过房间，进入狭窄的小厨房。一天中这个时辰离开部里，他已经牺牲了食堂的午餐，他知道厨房里没有食物，只有一块黑色面包，却是硬省下来第二天早餐吃的。他从架子上取下一瓶无色的流质，上面拴了一个标签，标明“胜利杜松子酒”。这种酒给人一种病态的油腻腻的味道，如同中国的黄酒。温斯顿倒出来差不多一满勺酒，鼓起勇气遭一次罪，如同吞服一剂苦药，喝了下去。

瞬间，他的脸变得通红，泪水夺眶而出。这东西像硝酸，吞咽下去顿时感到后脑勺上像挨了一橡皮棍，麻酥酥的感觉。不过，过了一会儿，他肚子里的烧灼感缓和下去，这世界开始看起来令人振奋了。他从一个瘪瘪的烟盒抽出一支香烟，牌子叫“胜利香烟”，毛毛糙糙地竖起来，烟末儿洒落了一地。抽第二支香烟时，他保住了香烟的完整。他返身回到起居室，坐在一张摆在电屏左边的小桌子前。他打开抽屉，取出一个笔杆、一瓶墨水和一本厚厚的四开本空白笔记本，红色后皮，大理石纹路的封面。

不知出于什么道理，安在起居室的电屏处于一个不同寻常的位置。按常理，它应该安装在端墙上，居高临下地监控整个房间，却安装在侧墙上，正对着窗户。电屏的一侧有一个浅浅的壁龛，温斯顿现在就坐在这壁龛里，这地方在住宅修建时，可能是准备用来摆放书架的。安坐在这壁龛里，向后贴紧身子，从视野角度看，温斯顿便能够躲开电屏的监控范围了。当然，他还能被监听到，不过只要他躲在目前的位置，被关注到就难了。大概因为这间屋子的布局不同寻常，他才受到启发，做起面前他正要干的事情。

不过，另外受到启发的则是他刚刚从抽屉里取出来的笔记本。那是一个令人爱不释手的笔记本。纸张光滑，米色，存放时间长了有点发黄，这样的纸张至少四十多年来不再生产了。但是，他估计，这个笔记本远不止四十多年了。在本市一个破旧的贫民区，到底是哪个住宅区他记不得了，但他确是在一家脏兮兮的小旧货铺的窗台上看见了它，拥有它的欲望难以遏制，就马上买下来了。党员照理是不允许到普通店铺去的（去了就被称作“在自由市场上做买卖”），不过这一规定没有严格执行，因为像鞋带和剃胡刀片之类的各种小东西在别的地方是买不到的。他当时迅速把街道上下张望一下，随后把笔记本装起来，花了两元五角钱。那时他没有想到买到笔记本要干什么。他把笔记本装在背包里，心中有鬼地回到了家。即便笔记本里没有写什么，得到它也不见得稳妥。

他要做的事情是开始写日记。写日记算不上不合法的（没有什么事情是合法的，因为法律不复存在了），但是一旦被发现，十之有九的结果是被判处死刑，或者至少在劳动改造营里改造二十五年。温斯顿把笔尖插入笔杆，吮了一下，把笔尖上的油腻弄掉。这蘸水笔已是老古董，即使签字也很少使用了，他还保存着一支，是偷偷摸摸费了一番周折才得手的，仅仅因为他觉得这种漂亮的米色的纸张配得上用真正的笔尖写字，不能用墨水铅笔在上面涂抹。实际上，他已经不习惯用手写字了。除了极其简短的便条，通常都是对着说写器口授一切，而他眼下要做的事情，显然是不能口授的。他把蘸水笔在墨水里蘸了蘸，随后踌躇一会儿。他的五脏六腑间抽搐了一阵。在纸上动笔，可是一个决定性的行动。他用笨拙的字体，写道——

一九八四年，四月四日。

他往后靠了靠身子。一种完全无助的感觉传遍全身。首先，他心中无数，一点儿不知道今年是不是一九八四年。这个年份大体上是肯定的，因为他很清楚他的岁数是三十九了，而且他相信他出生在一九四四年或者一九四五年；不过，在当今，一两年左右的误差记下任何日期，都是绝不可能的。

为了谁，他突然感到纳闷儿，他要记这日记？为了未来，为了还没有出生的孩子。他的脑子一时间为写在纸页上的这个可疑的日期翻腾不已，随后灵机一动，新话语中的一个词“双重思想”冒出来。他第一次感悟到他所要承担的事情有多么巨大。你如何才能与未来沟通呢？从本质上讲是不可能的。要么未来很像现在，那样的话未来就不会听他的；要么未来和现在截然不同，他的两难处境会没有任何意义。

有那么一会儿，他干坐着，不知所措地凝视那张纸页。电屏已经改换成了刺耳的军乐。不可思议的是，他似乎不仅失去了表达自己的力量，而且忘记了他本来想要说些什么。几个星期以来，他一直在为这一时刻做准备，他却从来没有想到除了勇气还需要别的什么。真正动手写作并不是什么难事。他不得已做的是把在他脑海里多年来真切流动的独白，无休无止而又躁动不安的独白，用笔写在纸上。然而，此时此刻，就是那种独白也枯竭了。更有，他的那块静脉曲张开始痒痒得不堪忍受。他不敢乱挠，因为如果他乱挠一气，那块病灶就会发炎。时钟嘀嗒嘀嗒地响着。他什么都无感觉，只有眼前纸页上那片空白、脚脖子上那块皮肤奇痒难忍、军乐的聒噪，以及杜松子酒引起的微微醉意。

突然，他开始动笔写作，心里忐忑不安，不大清晰他到底写下些什么。他细小而孩子气的字迹在纸页上潦潦草草地出现，开始只是省略了大写字母，最后连标点都省去了：

> 一九四八年四月四日。昨晚去看电影了，都是战争片。一部电影很好，一艘载满难民的船在地中海某个地方被炸。观众津津有味地看到一个块头很大的胖子，身后一架直升机在追赶，他拼命地游泳逃脱。一开始你看见他在海水里像一头海豚一样上下翻滚，随后你从直升机的瞄准器看见了他，随后他弹孔遍身，他周围的海水变成了粉红色，他突然沉了下去，仿佛那些弹孔给他灌满了水。观众看见他沉没后哄然大笑起来。随后你看见救生船上挤满了孩子，一架直升机在救生船上空盘旋。船上有一个中年妇女，可能是一个犹太人，坐在船上，怀里抱着一个三岁大的小男孩。小男孩吓得哇哇大叫，头直往她的胸脯里钻，仿佛他一股脑儿要钻进她身子里去，那个妇女两条胳膊紧紧护住他，安抚他，尽管她自己也早吓得面色发青。她始终尽可能护着他，仿佛她以为她的胳膊能够挡住子弹射到他。随后直升机一下子往他们中间投下二十公斤炸弹，爆炸轰然响起，那只救生船一下子成了木头碎片。随后是一个精彩的镜头推出一条孩子的胳膊向空中伸去再伸去再伸去直升机头上装的摄影机对准了那只胳膊观众席上响起了一阵掌声可是在影院的无产者区一个女人突然开始大呼小叫起来说他们不应该在孩子们面前放这种电影他们在孩子面前放这种电影是不对的直到警察轰她把她轰了出来我推测没有

对她怎么样没人关心无产者们说了些什么典型的无产者反映他们绝不会——

温斯顿停下写作，部分原因是他书写痉挛，手指不听话了。他不知道为什么他能这样像溪水一样倾泻这些垃圾话。不过奇怪的事情是，他这样倾泻的时候，一种截然不同的记忆在他脑子里清晰起来，清晰得明明白白，他觉得可以一字不差地写下来。他现在认识到，这是因为另一件事情发生了，他才突然决定回家并且今天就开始写日记。

这另一件事情是上午在部里发生的，如果有什么事情模糊一团却说发生就会发生的话。

眼看就到十一点儿了，温斯顿上班的记录司里，人们从小格子间往外拖椅子，集中放在大厅的中间，正好与电屏对着，为“两分钟仇恨”活动做准备。温斯顿恰好坐在中间一排上，这时两个他见过面却从未说过话的人意外地走进屋子。其中一个是姑娘，他经常在过道里错肩而过。他不知道她的名字，但是他知道她在虚构司上班。推测起来——因为他有时看见她两手油渍，拿着扳手——她在那架虚构写作机器上做某件机械性的工作。她二十七八岁，一头浓密的黑发，一张生有雀斑的脸，看上去一副果敢的样子，来去脚下生风，像运动员。一条窄窄的红绶带，青年反性团的团徽，在她工作服的腰际缠了好几圈，松紧得当，把她胯部优美的曲线凸显出来。温斯顿从第一眼看见她就不喜欢她。他知道原因。那是因为曲棍球场的气氛、冷水浴、团体远足以及总体思想纯洁之类东西，她生着法子在她身上一一表现出来了。温斯顿几乎不喜欢所有的女人，尤其是年轻漂亮的女人。女人，特别是年轻女人，一贯都是党的最偏执的信徒，见口号就喊的人，业余都打小报告，见人思想不正统就告密，然而，这个特别的姑娘给他的印象比大多数女人更加危险。

他们有一次在过道里错肩而过时，她迅速地斜睨了他一眼，似乎一眼看透了他，当场就让他心头充满黑色的恐怖。他脑子里甚至闪过了这样的念头——她可能是思想警察的线人。当然，那是不大可能的。不过，他不断地感觉到一种特别的不安，其中还掺杂了惧怕以及敌意，只要她出现在他附近的什么地方。

另一个是男人，名叫奥布莱恩，是核心党员，担任某个十分重要且高高在上的职务，温斯顿因此对那个职务只有一个模糊的概念。椅子周围的人群看见一身黑制服的核心党员走来，一时间寂静无声。奥布莱恩是一个粗壮结实的人，脖子短粗，一张粗暴、冷酷、残忍的脸。尽管他相貌令人生畏，举止倒是有某种魅力。他动不动就把鼻梁上的眼镜扶一下，这个不起眼的动作莫名其妙地令人放松——从某种难以界定的角度看，有些说不清道不明的文明内涵。如果有人用这样的尺度看，那个动作也许会让人想到十八世纪贵族人士递上鼻烟壶款待人。这么多年来，温斯顿或许见过奥布莱恩十几次。他感觉深深地为奥布莱恩所吸引，还不仅仅是因为他对奥布莱恩优雅举止和拳击手的体格的鲜明对比感兴趣。更因为他暗自相信——或者也许甚至不只是相信，完全是希望——奥布莱恩的政治正统思想不是百分之百。奥布莱恩脸上的某种东西暗示了这点，不相信也不行。再有，也许他脸上表明的甚至不是非正统，而索性就是智力。不过，不管怎样，如果你能躲开电屏单独和他相见，他的容貌表明他是那种可以交谈的人。温斯顿从来没敢轻举妄动，去检验这样的猜测是否正确；的确，也没有机会这样尝试。这时，奥布莱恩扫了一眼手表，看见时间快十一点儿了，索性决定待在记录司，等到“两分钟仇恨”活动结束。他在温斯顿所在的那排的一把椅子上坐下，与温斯顿相隔两个座位。一个娇小、淡黄色头发的女人坐在他们之间，她就在温斯顿旁边的小格子间办公。那个一头乌发的姑娘坐在后面，近在咫尺。

接下来，一阵不堪忍受的讨厌的摩擦声，好像一台庞大机器没有润滑油还在运转，从屋子那头的大电屏一下传出来。那声音让你直咬牙，脖子后面毛发倒竖。仇恨开始了。

一如通常，伊曼纽尔·戈尔茨坦，这个人民公敌在屏幕上闪现了。观众中响起了嘘声，此起彼伏。那个淡黄头发小个子女人尖叫一声，有恐惧，也有厌恶。戈尔茨坦是一个变节分子，异己分子，可他曾经，很久以前（到底有多么久，无人记得清楚了），是党的主要领导人之一，几乎与老人家本人平起平坐，可后来他从事反革命活动，被判处死刑，却神秘地逃走消失了。“两分钟仇恨”活动每天都玩花样，不过万变不离其宗，戈尔茨坦都是罪魁祸首。他是头号卖国贼，党内纯洁的首批异己分子，一切背叛活动、阴谋活动、异端邪说、离经叛道，都是他教唆的结果。反正不知在什么地方，他人还在心不死，图谋东山再起：也许在海外的什么地方，在其外国主子的庇护下；也许甚至——时有这样的传言——就躲藏在大洋国的什么地方。

温斯顿紧缩了一下。他只要看见戈尔茨坦的脸，就会五味杂陈，痛苦袭来。那是一张消瘦的犹太人面孔，一头硕大蓬松的白发，一抹山羊胡子——一张机警的脸，但是他生来有几分可鄙，修长的鼻子呈现一种衰老的痴呆状，鼻尖上架了一副眼镜。这是一张酷似山羊的脸，他的嗓子也有山羊的特质。戈尔茨坦正在对党的教条进行恶毒的攻击——一种全然言过其实、自说自话的攻击，连三岁小孩都能看穿，可是又貌似有理，让人油然产生一种警惕的感觉，觉得其他不如自己头脑清醒的人会受骗上当。他在污蔑老人家，攻击党的专政，要求马上与欧亚国达成和约，一味鼓吹言论自由、出版自由、集会自由、思想自由，歇斯底里地叫嚣革命被出卖了——所有这番言论都使用了快速的连珠炮似的言辞，是党的演说家惯用风格的拙劣模仿，甚至还用了一些新话语的遣词：的确，要比真实生活中任何党员一般使用的新话语词都多。与此同时，唯恐有人会怀疑戈尔茨坦的花言巧语，胡说八道，他脑袋后面的电屏上没完没了的欧亚国军队在进行阅兵——一队接一队强壮的士兵一脸麻木不仁，在电屏上蜂拥而过，随后又是别的一模一样的士兵。士兵的军靴千篇一律、节奏鲜明的踏步声，形成了戈尔茨坦叫嚣声的背景。

仇恨活动刚刚进行了三十秒钟，难以控制的愤怒的叫喊从屋里的人群中爆发出来。屏幕上那张扬扬自得的山羊脸，以及那张山羊脸后面欧亚国军队的可怕力量，让人不堪承受；还有，戈尔茨坦的露面及其思想已经自动地产生了恐惧和愤怒。比起欧亚国或者东亚国，他更经常地成为仇恨的目标，因为当大洋国和这两个强国其中一个打仗，一般会与另一个和平相处。然而，奇怪的是，尽管戈尔茨坦遭人仇恨，大家都蔑视他，尽管每天，而且一天上千次，在讲台上、电屏上、报纸上、书本里，他的理论被驳斥、被痛斥、被嘲笑，当作可怜的垃圾话在大庭广众面前被剖析批判——尽管一切手段无所不用其极，然而他的影响似乎从来没有被削弱了。总是有新笨蛋冒出来，被他欺骗。每一天，他指示下的特务和阴谋分子都在伺机而动，被思想警察所破获。他是一支庞大的隐藏部队的总司令，他们构成了一张阴谋分子的地下活动网，一心要颠覆国家政权。据传言，它的名字叫“兄弟会”。另有一本可怕的书的各种故事在私下议论，那是一本把所有异端邪说收集一册的书，戈尔茨坦就是作者，人们随时随地都在暗中传递。这本书没有书名。人们如果提及它，只是说那本书。但是，人们得知这样的事情，都只是通过人云亦云的谣言。只要可以避而不谈，一般党员都三缄其口，既不提“兄弟会”，也不说“那本书”。

到了第二分钟，仇恨活动升温到了发疯的程度。人们在他们座位上蹿上蹿下，扯尖嗓子高呼，决心把电屏上传出来的令人发疯的山羊般叫声压下去。那个淡黄色头发的小女子脸色涨红，小口一张一合，像一条困在陆地的鱼儿。甚至奥布莱恩凝重的脸都涨红了。他在椅子上坐得笔直，他强有力的胸部起伏不定，仿佛他在经受电波的攻击。温斯顿身后那个黑发姑娘开始喊叫“猪猡！猪猡！猪猡！”而且猛然间她拿起一本厚厚的新话语词典，朝电屏扔了过去。词典打中了戈尔茨坦的鼻子，反弹下来；那个声音继续演说，不屈不挠。在神志清醒的瞬间，温斯顿发现他在和别人一起喊叫，激烈地在他椅子的横档上乱踢脚后跟。“两分钟仇恨”活动的可怕之处，不仅是每个人被迫参与其中，而且你不可能不参与其中。三十秒钟过去，一切矜持都一扫而光。一种恐惧和报仇的可怕的狂妄，一种要杀戮、折磨、用大铁锤砸人面孔的欲望，好像一股电流，在整个人群中传输，甚至违背你的意志变成一股恶意尖叫的疯子。然而，你感觉到的这种愤怒的情绪是一种抽象的、无方向的情感，如同喷灯的火苗，可以被支配，从一个目标转移到另一个目标。因此，有那么一会儿，温斯顿的仇恨根本没有针对戈尔茨坦，却反其道而行之，针对上了老人家、党以及思想警察；在这样的时刻，他的心投向了电屏上那孤单的、被嘲弄的异端分子，一个谎言世界里真理和理智的唯一捍卫者。可是接下来，他又成了身边人群中的一个，一切攻击戈尔茨坦的言行在他看来都似乎很有道理。在这样的时刻，他暗地对老人家的厌恶变成了崇拜，老人家似乎高大起来，俨然一个所向披靡的无所畏惧的保护者，如同一块岩石岿然不动，阻挡亚洲的乌合之众，而戈尔茨坦，尽管孤立、无援，而且让人怀疑是否有这样一个人存在，似乎如同某个凶险的巫师，只管凭借他声音的力量就能够摧毁文明的结构。

有时候，你甚至能够通过自愿的行动，这样或那样地转移自己仇恨的目标。突然间，使用一种猛烈的努力，如同一个人在噩梦中从枕头上把头甩起来，温斯顿一下子把他的仇恨从电瓶那张脸转移到了他身后那个黑发姑娘身上。生动而美丽的幻觉在他脑海里闪现。他恨不得用一根橡皮棍把她打死。他恨不得把她赤裸裸地捆在桩子上用乱箭射杀，像圣塞巴斯蒂安一样。仇恨到了顶点时，他恨不得强暴了她，随后割断她的喉咙。而且，比过去更清楚地认识到，他为什么这样仇恨她。他仇恨她，是因为她年轻、漂亮，却没有性感，因为他想和她上床却永远不能得逞，因为在她美妙的柔软的腰际，似乎在要求你用两臂把它搂抱住，却围了一条讨厌的红色绶带，贞洁的咄咄逼人的象征。

仇恨活动达到了顶点。戈尔茨坦的声音变成了不折不扣的山羊的咩咩叫唤，而且有那么一会儿那张脸变成了山羊脸。随后，那张山羊脸转化成了欧亚国士兵的形象，似乎在阔步前进，高大而威猛，他的轻机枪嗒嗒怒吼，好像从屏幕的表面飞溅起来，这样，前排的一些人在座位上真的向后躲藏。然而，与此同时，大家如释重负，深深地松了口气，因为那个敌对的人影转化成了老人家的脸，乌黑的头发，乌黑的胡须，充满力量，神秘而平静，巨大无比，几乎覆盖了电屏。没有人听到老人家在说什么。他说的只是几个鼓励的词，那种在战斗的喧闹中喊出的呼唤，每个字听不大清楚，但是话一出口就会让人振作信心。然后，老人家的脸又消失了，取而代之的是党的那三句口号，用粗大的大写字母呈现在屏幕上：

战争即和平
自由即奴役
无知即力量

然而，老人家的脸似乎在屏幕上滞留了几秒钟，仿佛它在大家的眼球上制造的效果太强烈，不能马上消失。那个浅黄色头发的小女子一下子扑在她前面的椅子背上。一声出声的絮叨，听起来像“我的救星！”她把自己两条胳膊伸向电屏。接着，她把自己的脸埋在两只手里。显然，她在进行一次祈祷。

在这时刻，整个人群中爆发出了一阵低沉、缓慢、有节奏的赞美：“老——大！……老——大！……老——大！”一遍又一遍，非常缓慢，“老”字先说出之后是一阵长长的停顿，然后是“大”字——一种沉重的絮叨的声音，有几分奇怪的野蛮味道，在其背景下，你似乎听到了赤脚踩踏声和手鼓的砰砰敲击声。大约过了三十秒钟，他们持续不断地喊叫。那是一种压倒情感的时刻经常听见的反复吟唱。它部分是对老人家英明伟大的一种赞美，更多的是自我催眠的行动，有意地淹没意识，手段就是有节奏的喧闹。温斯顿五脏六腑似乎变得冰冷了。在“两分钟仇恨”活动里，他不能不分享那种普遍的狂妄状态，但是这野人般的“老大！……老大！”呼喊，却总是让他充满恐怖。当然，他是和别人一起呼喊的——换在别的场合也做不到。掩饰你的感情，控制你的面部，做大家都在做的事情，是一种本能的反应。但是，有那么一两秒钟，他眼中的神色也许可以想象地出卖了他。而且就在这个时刻，非同寻常的事情发生了——如果，确实，它真的发生了。

说时迟那时快，他捕捉到了奥布莱恩的眼神。奥布莱恩已经站了起来。他取下了眼镜，正在用他那个性鲜明的动作把眼镜戴在鼻子上。但是，就在一瞬间，他们的目光碰在了一起，而且在这目光相碰的瞬间，温斯顿知道——是的，他知道——奥布莱恩与他自己一样在想同样的事情。一个准确无误的资讯已经传递了。仿佛他们两个人的心扉已经打开，思想通过他们的眼睛彼此交流了。“我和你一起。”奥布莱恩好像要跟他说，“我很清楚你在感受什么。你的蔑视、你的仇恨、你的厌恶，我全都知道。但是别担惊害怕，我站在你一边！”随后，心心相通的感受过去了，奥布莱恩的面孔像大家的一样不可捉摸了。

这就是全部，他已经不大确定上述情况是否发生过。这样的偶然事件从来没有后续。他们做过的一切只能在心里保持信仰，或者希望，自己除外，别人都是党的敌人。也许，谣传庞大的地下阴谋活动的确是真的——也许，兄弟会真的存在！尽管逮捕、忏悔和处决没完没了，却不能肯定兄弟会不只是一个神话。有些日子他相信，有些日子他不相信。没有确凿的证据，只是一些飘忽不定的感觉也许就意味着什么或者什么都不是：偷听谈话的片段、厕所墙上模糊的乱写乱画——一次，甚至两个陌生人相遇，手上一个微小的动作看上去仿佛都是默认的暗号。这都是瞎猜：很可能他瞎想出了一切。他回到他的小格子间，没有再看奥布莱恩。他心里没有再想顺着思绪追溯他们瞬间的接触。即使他知道如何处理这事，那也是危险的，这不难想象。一秒钟，两秒钟，他们交换过心照不宣的目光，可故事就此打住吧。然而，在你不得不活下去的封锁的孤独氛围里，瞬间的目光交流也是一个难忘的事件了。

温斯顿打起精神，坐直身子。他打了一个嗝儿。杜松子酒从他的胃里往上翻腾呢。

他的眼睛重新聚焦在纸页上。他发现他坐着无可奈何地默想时，竟然还在写，仿佛是自动的行为。所写的东西不再像以前一样是歪扭的笨拙的字迹。他的笔在光滑的纸上挥洒自如，又大又简洁的大写字母赫然在目——

打倒老人家

打倒老人家

打倒老人家

打倒老人家

打倒老人家

一遍又一遍，占了半页纸。

他不由得感到一阵恐慌。这很多余，因为写下这些特别的字，一点儿也不比开始写日记这样最初的行为更具危险；但是有那么一会儿，他还是忍不住要撕掉那些写了字的纸页，把这项工作统统放弃算了。

然而，他到底没有撕掉纸页，因为他知道那样做没有用。他是否写了“打倒老人家”，或者压根儿没有写，两者是没有区别的。他是否继续写日记，或者就此打住不写，也没有什么区别。思想警察迟早会抓住他的。他已经犯了——即使他从来没有动笔，也已经犯事儿了——罪大恶极之罪，别的罪就不在话下了。思想犯，他们这样界定。思想犯是一件很难永远藏住的事情。你也许可以成功地躲过一时，但是他们迟早会逮住你的。

行动总是在夜晚——秘密逮捕十回有十回都是在夜间进行的。突然从睡梦中搞醒你，粗鲁的手拉扯你肩膀，光亮在你的眼睛前闪动，一圈阴沉的脸围在床边。在绝大多数的案例中，没有审讯，没有逮捕报道。人说没有就没有了，总是在黑夜发生的。你的名字在登记册抹掉，你过去做过的所有事情都一笔抹掉，你曾经来过世上一次被否定了，然后被忘记了。你被消灭了，灭迹了：常用的说法是蒸发了。

瞬间，他被一阵歇斯底里的情绪紧紧抓住。他开始写起来，急不可待，字迹潦草：

他们会枪毙我我不在乎他们从脑后枪毙我我不在乎打倒老人家他们会从脑袋后面枪毙我我不在乎打倒老人家——

他仰坐在椅子里，为自己感到有点不好意思，接着把笔放下。紧接着他吓得魂飞魄散。门边传来敲门声。

居然就来了！他静静地坐着，像一只耗子，徒劳地希望不管谁敲门，敲一敲就走人了。但是，没有的事，门又敲响了。拖延是最不可取的。他的心通通跳得像一面鼓，但是他因为长期养成的习惯，却尽可能不露声色。他站起身，步履沉重地走向门边。

第二章

温斯顿把手伸向门把手时，看见他留在桌子上的日记本没有合上。打倒老人家写满纸页，字体倍儿大，隔着房间看去都清清楚楚。这可是犯下了一件再愚蠢不过的事情。但是，他意识到，尽管他惊恐不已，他原本就不想在墨汁没有干时合上笔记本，弄脏那乳白色纸页。

他屏住气，打开了门。如释重负的暖流一时间传遍全身。一位没有血色、愁容满面的女人，稀薄的头发，面纹毕露。

“哦，同志。”她干巴巴地开口道，声音呜呜咽咽的，“我听见你回来了，你能过来一下看看我们厨房的下水池吗？下水管好像堵上了——”

来人是帕森斯太太，同一层楼的一家邻居的妻子。(“太太”这个词也是党不大提倡的——你应该叫每个人“同志”——不过对有些女人来说，你会本能地使用这个称呼。）她是一个三十来岁的妇女，但看上去要老得多。你得到的印象是，她脸上的纹路里都是灰尘。温斯顿跟随她进入过道。这些业余的修理活儿几乎每天都让人恼火。胜利大厦是旧住宅，修建于一九三〇年左右，眼看就要坍塌了。泥灰不断从天花板和墙壁往下掉落，只要下雪屋顶就会漏水，供暖系统通常烧得半热，要不会出于节约的动机索性统统关上。修理的活儿，除非你自己动手，要不就不得已由高高在上的委员们批准才行，一拖就可能拖上一两年，哪怕是换一换窗户玻璃这样的小事儿。

“当然只是因为汤姆不在家。”帕森斯太太含糊地说。

帕森斯的住家比温斯顿的大，从不同的角度看有些脏乱。每样东西看上去都磕碰过，糟践过，仿佛这住地儿刚刚闯入过什么大猛兽。运动行头——曲棍球棍、拳击手套、瘪足球、一条外翻的汗渍斑斑的短裤——扔满一地，饭桌上摆了一堆脏兮兮的碟子和卷角的作业本。墙壁上挂了青年团和少年揭发队的旗帜，还有一张老人家巨幅招贴画。房间里那股熬圆白菜味儿一如既往，整栋楼里都习以为常，但是一种刺鼻的汗臭味儿又无处不在，那股味儿——你一下子就闻出来了，可就是难很说清楚为什么——是某个此时此刻不在场的人的汗臭味儿。在另一间屋子里，有人拿着一把马蜂窝和一张卫生纸，正试着与电屏上发出来的军乐保持一个调子。

“是孩子们，”帕森斯太太说，冲着那扇门瞅了一眼，一副放心不下的样子，“他们今天没有到外面去。不过当然——”

她习惯话说到一半欲言又止。厨房的下水池满边满沿的脏水，绿汪汪的，要比熬圆白菜味儿难闻多了。温斯顿跪下来检查那根下水管的拐弯接头。他很不情愿上手，他很不情愿跪下，这个姿势总是引发他的咳嗽。帕森斯太太帮不上忙，一旁干看着。

“当然要是汤姆在家，他一会儿就修理好了。”她说，“他喜欢这类活儿。他手上利索，汤姆很在行。”

帕森斯是温斯顿在真理部的同事。他这人发胖，活跃，愚笨得没救，热情有余而能力不足——属于那种全然不问青红皂白、只会表忠诚的走卒，甚至超过了思想警察，党的稳定靠的就是这种人。三十五岁时，他才恋恋不舍地脱离了青年团，而且在升入青年团之前还曾不顾超龄在少年揭发队多待了一年。在真理部，他就职于一个次要的岗位，不需要什么智力，但是另一方面他却是运动委员会的一个领导人物，该委员会所有委员都忙于组织团体远足、自发游行示威、节约运动，以及一般性的自愿活动。他会一边叭叭抽着烟斗，一副自得满满的样子，告诉你四年来每个夜晚他都在社区活动中心出头露面。他走到哪里，哪里就会有一种难以阻隔的汗臭味儿，一种他生活向上的不言自明的证明，即使在他离去之后还久久不散。

“你有扳手吗？”温斯顿问道，一边鼓捣接头处的螺丝帽。

“扳手呀，”帕森斯太太答道，一种软弱无力的口吻，“我不知道，真不知道呢。也许孩子们——”

传来一阵靴子走动声和又一阵马蜂窝喇叭吹出来的军乐，因为孩子们冲进了起居室。帕森斯太太拿来了扳手。温斯顿放掉脏水，取出一团堵塞下水管的头发，感到一阵恶心。他就着水龙头流出的冷水尽可能把手指清洗干净，然后回到另一间屋子。

“举起手来！”一个野腔野调的声音喝道。

一个漂亮男孩从饭桌后跳出来，八九岁，凶巴巴的样子，用一把自动玩具手枪对准了他，而他的小妹妹六七岁了，用一根木棍做着同样的动作。他们都身穿蓝色短裤，灰色衬衫，脖子上系着红领巾，这是少年揭发队的队服。温斯顿把两手举过头，但是感觉很不舒服，因为那男孩一副穷凶极恶的样子，根本不像在进行一场游戏。

“你是卖国贼！”那个男孩叫喊道，“你是一个思想犯！你是欧亚国的间谍！我要开枪打死你，我要让你蒸发掉，我要把你送往盐矿改造！”

他们两个突然朝他扑过来，大喊“卖国贼”和“思想犯”，那个小姑娘学着他哥哥的样子，亦步亦趋的。这场面怎么说都有几分令人胆战，好比小虎崽在嬉戏，很快就会长大，成为吃人的大虫。那男孩眼光里有一种虎视眈眈的野蛮，显然渴望暴打或者踢翻温斯顿，而且意识到做到这步几乎唾手可得了。真是万幸，他举起的不是真枪，温斯顿心下思忖。

帕森斯太太的两眼惶惶地从温斯顿身上转向两个孩子，又转了回来。在起居室更亮堂的光线下，温斯顿很有兴趣地注意到，帕森斯太太脸上的纹路里果真有尘土。

“他们闹死人了。”她说，“他们因为不能去看绞刑心里有气，不是因为别的。我很忙，没有功夫带他们去，汤姆不到时间下不了班。”

“我们为什么不能去看绞刑？”那男孩歇斯底里地吼叫起来。

“就要去看绞刑！就要去看绞刑！”那小姑娘学舌道，一边不停地蹿跳。

几个欧亚国罪犯因为战争罪，当天晚上要在公园被送上绞刑架，温斯顿记起来了。这种事儿一个月发生一次，成了一种广受欢迎的围观活动。孩子们总是叫嚷着让大人带着去看热闹。他向帕森斯太太道别，向门口走去。但是，他顺着过道还没有走出去五六步，他的脑后就挨了一下，一阵不堪忍受的疼痛袭来。那感觉像是一根烧红的铁丝捅进了他身上。他立即转过身来，看见帕森斯太太把自己的儿子拽进了门道，那男孩正在把弹弓装进口袋里。

“戈尔茨坦！”那男孩随着身后的门关上，吼叫道。不过，最让温斯顿难忘的是那个女人灰不溜丢的脸上无可奈何的神情。

回到他的住处，他步子急速地走过电屏，又坐在桌子前，不停地揉着脖子。电屏上的军乐声停止了。取而代之的是一个脆生生的军人的嗓子在宣读东西，口气粗鲁，自得其乐，绘声绘色地报道停泊在冰岛和法罗群岛之间新式水上堡垒的武器装备情况。

养了这样的孩子，温斯顿想，那个倒霉的女人一定过着提心吊胆的日子。再过一两年，他们就会日日夜夜地关注她思想改造的苗头了。当今之日，几乎所有的孩子都很恐怖。最糟糕的还是，通过像少年揭发队这样的组织工具，他们被系统地改造成了无法管束的小野人，但是这却不会在他们身上产生任何反对党的纪律的倾向。相反，他们紧跟党，尊崇与党有联系的所有东西。歌曲、游行、旗帜、远足、木枪训练、高呼口号、崇拜老人家——在他们来说都是一种光荣的活动。他们的一切残忍本性都发泄出来，撒在国家敌人、外国人、卖国贼、破坏分子、思想犯身上。三十来岁的人都担心自己的孩子，已经屡见不鲜了。理由很充足，因为不到一个星期《泰晤士报》就会报道一条消息，描述某个偷听别人说话的小密探——“儿童英雄”，人们一般这样称呼——偷听到了大人们背地里的怨言，然后向思想警察揭发。

弹弓球射击的疼痛终于过去了。他半心半意地拿起笔，纳闷儿他能不能找到新东西写在日记里。突然，他又想起了奥布莱恩。

若干年前——究竟有多少年了呢？一定有七年了——他曾经梦见自己穿过一间漆黑的屋子。他走过去时，他身边坐着的一个人说：“我们将在没有黑暗的地方相见。”话说得非常平静，几乎是随口而出——一种陈述，不是命令。他继续向前走，没有停下。奇怪的是，在那时，在梦中，那句话给他留下了不可磨灭的印象。只是到了后来，一步步的，那话似乎显露出了非凡的意义。他现在记不起来，做过那个梦之前还是之后，他第一次见到了奥布莱恩；他也记不得他什么时候认准那就是奥布莱恩的声音。但是，他反正认准了。是奥布莱恩在黑暗中对他说话的。

温斯顿一直不能确定——即便在今天早上两个人的目光相遇之后依然无法确定——奥布莱恩是朋友还是敌人。连这点也似乎无关紧要了。他们之间存在理解的链子，要比友爱或者党派效忠更重要。“我们将在没有黑暗的地方相见。”他说过。温斯顿不知道这话究竟什么意思，只清楚这话无论怎样都会成为真的。

电屏的声音停止了。喇叭响了，清脆而美丽，飘向静止的空中。喇叭声不停地呱呱道：“注意了！请你们注意了！马拉巴前线传来急电。我们的军队在南印度打了一场辉煌的胜仗。我授权宣布，我们现在报道的这一行动，定会在不久的将来结束战争。急电如下——”

坏消息来了，温斯顿想。理所当然，一番骇人听闻地描述歼灭一支欧亚国的军队之后，伤亡和俘虏的数字想说多大说多大，紧接着就要宣布，下星期开始，巧克力的定量供应会从三十克减少到二十克了。

温斯顿又打嗝儿了。杜松子酒的酒劲儿没有了，只剩一种令人沮丧的感觉。电屏——也许为庆祝这次胜利，也许为冲淡减量供应巧克力的记忆——开始播放《大洋国啊，这是为了你》。按要求你应该立正。不过，处在目前的位置，他是没有人能看见的。

《大洋国啊，这是为了你》播送完毕，轻松的音乐响起来。温斯顿走到窗户前，背部仍然朝着电屏。天气还很冷，却清澈。远处什么地方，火箭弹爆炸，传来一声沉闷的振动的轰响。一周之内，二三十枚火箭弹会在伦敦城落下。

下面街道上，冷风把招贴画吹起来，甩来甩去，“英社”两个字儿一会儿出现，一会儿消失。英社。英社那些神圣的原则。新话语，双重思想，篡改的过去。他感觉仿佛他在大海底的森林里徘徊，迷失在一个魑魅魍魉的世界，他自己也是一个魑魅。他很孤独。过去已经死了，未来无法想象。他怎么能确定他身边现在还活着一个人呢？他怎么才能知道党的统治不会永远维持下去呢？如同一个答案，真理部白色的前面那三句口号回到他脑际：

战争即和平
自由即奴役
无知即力量

他从口袋掏出来两毛五分钱。这硬币上也用清晰的小字体，刻上了这三句口号，而硬币另一面则是老人家的头像。就是在这硬币上，那双眼睛也在关注你。硬币上、邮票上、旗帜上、招贴画上，甚至在香烟盒上——无处不在。那双眼睛永远在关注你，那声音把你包裹起来。不管睡着还是醒着，干活儿还是吃饭，室内还是室外，在浴室还是在床上——躲都躲不开的。什么都不是你自己的，只有你脑壳里那几个立方厘米的脑子。

太阳已经西斜，真理部数不清的窗户不再有阳光照射，看上去如同堡垒的小幽洞一样阴森可怖。在这庞大的金字塔形状面前，他的心一阵阵紧缩。它太强壮，无法摧毁。一千枚火箭弹都不能把它炸烂。他究竟为了谁而写日记，他很犯嘀咕。为了未来，为了过去——为了一个可以想象的时代。可在他面前，没有死亡，只有歼灭。日记也许会化成灰烬，他本人也许会被蒸发。只有思想警察会看到他写了些什么，然后他们会清除日记的存在，清除记忆。当你没有痕迹留下，你还怎么向未来诉求？甚至一个写在纸片上的匿名的词都留不下，不能清清楚楚地留下，你怎么向未来诉求？

电屏敲响了十四点钟。他必须在十分钟之内离去。十四点半，他不得已回去上班。

很奇怪，钟点的鸣响似乎给他鼓起了全新的勇气。他是一个孤独的幽灵，说出了一个无人听见的真相。然而，只要他说出来了，其延续性就不知怎的不会被打断了。不是你自己被人听见而是保留心智健全，你才延续了人类遗产。他回到桌子边，把笔蘸上墨水，写道：

为了未来或者过去，为了思想自由的时代，人们你我各不相同，不再孤独地生活——为了真理存在的时代，所作所为都不再白干的时代。

告别千人一面千人一腔的时代，告别孤独的时代，告别老人家的时代，告别双重思想的时代——庆祝吧！

他已经死了，他思忖。他似乎觉得只有现在，当他已经能够支配自己的思想时，他才采取了决定性的一步。每一个行动的结果都包括在行动的本身里。他写道：

思想犯不会造成死亡：思想犯这一说法才是死亡。

既然他已经认识到自己是个死人，那么能够活着就好好活着，这就至关重要了。他右手的两根指头染上了墨水。这正是那种会出卖你的细节。真理部有人就是鼻子很长的信徒（也许是个女人；某个像那个淡黄色头发的小女人或者那个虚构部的黑色头发的姑娘），在午餐时间开始猜测他为什么写作，为什么使用一种老式蘸水笔，究竟在写些什么——然后向有关方面打小报告。他走进浴室，用一块粗糙的深棕色肥皂仔细地擦洗掉墨迹，这种肥皂像砂纸一样摩擦你的皮肤，这时用起来倒是很管用。

他把日记放进抽屉里。想把日记藏起来是白费心思，不过他至少要清楚日记放在抽屉里是否被发现了。纸页里夹根头发太显而易见了。他用指尖蘸起一粒很不起眼的白色尘土放在日记本封面的角上，只要有人翻动日记本，小小尘粒就一定会掉落。

第三章

温斯顿梦见了自己的母亲。

他一定是在十一二岁时，他想，他母亲失踪了。母亲高大，如一尊雕像，却是个少言寡语的女人，动作慢悠悠的，一头密匝匝的金发。他对父亲的记忆更为模糊，又黑又瘦，总是一身干净利落的黑色衣服（温斯顿尤其记得父亲那双鞋的底子非常薄），戴一副眼镜。他们两个显然都是在五十年代第一次大清洗时被吞噬的。

这时刻他母亲坐在他下面很深的某个地方，怀里抱着幼小的妹妹。他一点儿也记不起他妹妹了，印象中她是个小不点儿婴儿，总是悄无声息，大眼睛东瞧瞧西瞧瞧。母女两个都在打量他。她们处在某个地下的地方——比如说井底，或者一个非常深的坟墓——总之是一个已经处在他下面很深的地方，却还在不停地下沉。她们是在一艘沉船的大厅里，透过黑幽幽的海水向上张望他。大厅里还有空气，她们仍能看见他，他也能看见她们，但是与此同时她们在下沉，下沉到绿色的海水里，可转眼之间她们就永远隐藏在什么地方了。他在外面的阳光和空气里，她们却被吮吸下去死掉了，她们沉了下去，因为他还在上面活着。他知道为什么，她们也知道为什么，他从她们面部表情能看出来。她们脸上没有责备之色，她们的心里没有埋怨之意，只知道只有她们死掉他才可以继续活下去，这是诸多不可违抗之命的一部分。

他记不清究竟发生了什么事情，但是他在梦中知道他母亲和妹妹以某种方式为了他自己的性命牺牲了。在这样一种梦里，梦境的特点依旧，却又是你的智力生活的继续，梦里你意识到的事实和观念，醒来时似乎依然新颖，有价值。现在突然让温斯顿想起来的，是他母亲的死，过去快三十年了，当初很悲惨很伤感，现在却不再有这样的情感了。悲剧，他发觉，是属于古代的，那时还有私生活、爱情和友谊，那时一家人站在一起无须知道理由。他母亲的记忆在他心中撕扯，是因为她爱他而死的，那时他很幼小，不懂事儿，不会用爱来报答，还因为他怎么也记不清楚，母亲如何为了个人的不可改变的忠诚观念而牺牲了自己。他看出来，今天这样的事情不会发生了。今天只有惧怕、仇恨、痛苦，却没有情感尊严，没有深沉的或者复杂的悲愁。他似乎从母亲和妹妹的大眼睛里看见了这一切，她们从几百米深的绿色海水下向上望着他，还在不停地下沉。

突然，他站在松软的短草皮上，一个夏日傍晚，日头西斜的光芒给大地铺满了金光。他正在观看的景色在他的梦境里反复出现，可他从来没有弄清楚他是否在真实的世界里看见过。在他清醒的思想里，他称这种景色为“金色乡野”。它是一种古老的兔子觅草的草地，一行脚印徘徊而过，鼹鼠洞这里一个那里一个。草地对面杂乱的树篱间，榆树枝在微风中轻轻地摇动，叶子异常浓密，蠢蠢欲动，如同女人的秀发。近处不远的地方，尽管看不见，有一条清澈的缓缓流动的小溪，柳树遮蔽下的水塘里小鲤鱼在游动。

那个黑发姑娘穿过田地正向他走来。好像只用了一个动作，她撕扯掉身上的衣服，不屑一顾地扔到一边。她的身体雪白，光滑，但是没有唤起他体内的欲望；的确，他只是注视着它。这瞬间征服他的是她把衣服一下子扔到一旁的那个动作。那动作优雅、洒脱，似乎歼灭了整个文化，整个思想系统，仿佛老人家和党以及思想警察在这玉臂潇洒地一挥间，统统被扫进了空无世界。这只属于古代才有的一挥。温斯顿嘴唇上喊着莎士比亚这个名字，醒了过来。

电屏发出一声刺耳的尖啸，单调地持续了三十秒钟。时间七点十五分，办公人员该起床了。温斯顿扭动身子起了床——赤身裸体，因为外围党员一年只配给三千张布票，而一套睡衣就需要六百张布票——一把抓过搭在椅子上的一件破旧的背心和一条短裤。三分钟后体操就要开始。接下来他猛烈地咳嗽起来，弓腰曲背的，这种咳嗽他醒来后总是不放过他。他的肺咳嗽得清空一般，他只好仰身躺下喘气，一口接一口地深呼吸。他因为剧烈咳嗽青筋暴起，那块静脉曲张开始痒痒起来。

“三十岁到四十岁一组！”一个刺耳的女人声音喊道，“三十岁到四十岁一组！请你们各就各位。三十岁到四十岁一组！”

温斯顿一跃打起精神站到电屏前，只见电屏上早已出现了一个年轻女人的影像，骨瘦如柴却肌肉发达，身穿运动服和球鞋。

“两臂伸屈运动！”她喊道，“跟我做。一、二、三、四！一、二、三、四！做起来，同志们，打起精神！一、二、三、四！一、二、三、四！……”

剧烈咳嗽的疼痛并未彻底驱散温斯顿脑海里做梦的印象，体操有节奏的运动反而恢复了几许。他机械地把两臂弯回来，伸出去，脸上带着一丝不苟的喜悦，这被认为是体操活动的合适表情，同时又在苦苦地往回思索，追溯他儿时的那段模糊的岁月。这非同一般的困难。五十年代晚期往前追溯，一切都很遥远。在没有你可以参照的外部记录时，连你自己生活的轮廓都失去了棱角。你只记得重大的事件，可它们很可能没有发生过，你记得一些事件的细节，却不能够重温它们的氛围，还有一些很长的空白时段，你却什么都填补不上。当时什么事情都大不一样。连国家的名字，国家在地图上的形状，都大不一样。一号简易机场，比如说，在那时候就不叫这个名字：它当时叫英格兰或者不列颠，不过伦敦是一直叫作伦敦的，他很有把握。

温斯顿无法确切记得他的国家没有战争的时候，但是显然他儿时曾经有过相当长久的和平时期，因为早期的一次记忆是一次空袭，大家看样子都吓坏了。也许那就是原子弹投放在科尔切斯特的时候。他记不得空袭本身了，但是真切地记得他父亲抓住他的手，急慌慌地往下走，往下走，深深地走下地下的什么地方，沿着他脚下的那个螺旋楼梯一圈接一圈往下走，他的两条腿累得不行，开始哭闹，他们父子不得不停下来歇脚。他母亲梦游一般慢悠悠的，跟在他们身后老远的地方。她抱着他的小不点儿妹妹——也许她怀抱的只是一大包毯子：他不大确定他的妹妹当时出生了没有。最后，他们到达了一个吵闹的拥挤的地方，他看出来那是一个地铁站。

人们散坐在青石铺成的地上，另一些人紧紧地挤在一起，坐在铁铺上，一层压一层。温斯顿和母亲父亲在地上找到了一块地儿，附近是一个老头和老妇紧紧依偎着坐在铁铺上。老头穿了一身讲究的深色西装，头戴一顶黑布帽子，在雪白的头发上往后仰着；他的脸红红的，眼睛发蓝，满是泪水。他身上发出一股杜松子酒的气味。那好像是他身上出汗的地方散发出来的，你不由得想象到，他眼睛涌出来的泪水就是纯粹的杜松子酒。但是，尽管有几分醉意，他还是在忍受真切的不堪承受的悲痛。温斯顿凭着幼小的感触，捕捉到了某件可怕的事情，无法原谅，也无法挽回，刚刚发生过。他好像还知道究竟发生了什么事儿。老头深爱的什么人，也许是小孙女被炸死了。每隔几分钟，老头就絮叨道："我们原本就不应该相信他们。我说过这话，孩子他妈，不是吗？这就是相信他们的苦果。我一直是这么说的。我们本不应该相信那些没用的家伙。"

然而，他们本不应该相信那些没用的家伙到底指谁，温斯顿现在记不得了。

从那时起，不夸张地说，战争持续不断，不过严格说来，却不总是同一场战争。他儿时的几个月里，伦敦城巷战混乱，其中几起他还记得很清楚。可是要追溯那整个时期的过去，说清楚特定时刻谁和谁打仗，是根本不可能的，因为书面记录没有，口头文字不存在，倒是有人提到过另外的同盟。目前，举例来说，一九八四年（如果就是一九八四年的话），大洋国正在和欧亚国交战，则与东亚国结为联盟。在公开或者私下的谈话中，却没有人承认这三个大国任何时候按不同路线组合过。实际上，一如温斯顿很清楚的，大洋国和东亚国交战并与欧亚国结盟，只不过四年时间。但是，这只是一鳞半爪的一知半解，他碰巧记住了，还是因为他的记忆控制不大令人满意的结果。官方看来，伙伴关系的变动从来没有发生过。大洋国在和欧亚国打仗：因此，大洋国就一直在和欧亚国交战。当前的敌人总是代表绝对的邪恶，以此类推，不论过去和未来，与敌人攻守同盟都是不可能的。

打仗这种事儿，他一万次思考过，如同他痛苦地向后抻肩膀一样（手扶胯部，从腰部强扭身体，一种被认为锻炼背肌的好方法）——打仗这种事儿也许就是这么回事儿。如果党可以插手干预过去，声称这件事或者那件事从来没有发生过——毫无疑问，比起只是折磨和死亡，这招更加恐怖。

党声称大洋国从来没有和欧亚国建立同盟。可他，温斯顿·史密斯，知道大洋国就在四年前还曾与欧亚国短暂结盟。然而，这种认知在什么地方存在过呢？只在他自己的意识里，可这种意识不管怎样都很快会被消灭的。如果大家都接受党强加的谎言——如果所有的记录记下同样的鬼话——那么这谎言就会载入过去，变成真理。“谁控制过去，”党的口号说，“谁就控制未来：谁控制现在，谁就控制过去。”然而，过去从来没有改变过，尽管过去的本质是可以改变的。凡是现在是真的东西，则永远都是真的。这很简单。做到这一切只需要永无休止的一系列胜利占据你的记忆。“现实控制。”他们这样声称。用新话语来说：“双重思想。”

“稍息！”女领操员喊道，口气多少温和了一点儿。

温斯顿放下两臂，缓缓地往肺里吸气。他的脑子坠入了双重思想的迷宫。知道与不知道，了解全部真实情况却说着精心构建的谎言，同时主张两种互相抵销的观点，明知道它们互相矛盾却还坚信不疑，利用逻辑反对逻辑，拒绝道德却高喊道德，相信民主不可行却认定党是民主的卫士，忘记需要忘记的一切却在需要时塞回记忆里，然后又迫不及待地忘掉，尤其是同样的把戏应用于同样的把戏本身——这套手法玄妙之极：有意识地导致无意识，然后，再对你刚刚完成的催眠状态变得无意识。即便为了理解“双重思想”这个词，你还得使用双重思想。

女领操员又吆喝他们集中注意力。“让我们看看谁能够到脚趾！”她热情地说，“请从腰部下弯，同志们。一二！一二！……”

温斯顿讨厌这节体操，这动作引起的疼痛从脚跟一直传到屁股，往往会在结束时带来又一次咳嗽。他沉思得到的一星半点儿的快活全抵销了。过去，他想，不仅仅被篡改了，实际上早已经被摧毁了。因为，除了你自己的记忆外已不存在记录，你如何能够确立显而易见的事实呢？他努力记忆他第一次听到人家提及老人家是哪一年。他想那一定是六十年代的某一段时间，但是很难弄准确了。在党史里，当然，老人家自打革命的早期岁月就以革命的领导和卫士自居。他的功劳过去一步步往回追溯，一直追溯到四十年代和三十年代那些寓言般的世界，那时，资本家们仍旧戴着新奇的高顶礼帽，坐在明晃晃的大汽车或者镶满玻璃的马车里，在伦敦大街上驰骋。无法知道这种传说多少是真实，多少是虚构。温斯顿甚至记不得党是什么时候诞生的。温斯顿不相信在一九六〇年之前，他曾听说过“英社”这个词，不过在老话语里可能存在——那就是“英国社会主义”——已经早在流行了。一切都融化到迷雾里了。有时候，的确，你能指出哪句是谎言。比如说，在党史课本里声称党发明了飞机，这话显然不真实。他从小就记得飞机。可是你证明不了什么。证据从来是没有的。他长了这么大，只有一次掌握了无可置疑的文件，证明一个过去事实是伪造的。而那一次……

“史密斯！”电屏那个尖里尖气的声音喝道，“六〇七九号温·史密斯！是的，就是你！弯腰，请深度弯腰！你能做得更好。你不使劲儿。弯低一些，快！这就好多了，同志。现在稍息，全队注意，看着我。”

一身热汗一下子冒出来。他的脸上仍保持着完全琢磨不透的表情。千万别露出不快神色！千万别露出恼怒的神色！两眼闪现一丝神情就会露馅。他站直身子注视那个女领操员把两臂举过头——谈不上多么优雅，但是相当干净利索——然后弯下身体，手指第一个指节摸到了脚趾。

“就这样，同志们！这就是我想看到你们做到的。再看我做一遍。我三十九岁了，有四个孩子。现在看看吧。”她再次弯下腰。“你们看我的膝盖一点儿都不弯。只要你想做，你就能做到。”她伸直身子时补充说，“任何四十五岁以下的人，都绝对能够触摸到脚趾。我们大家没有到前线打仗的身体优势，但是至少我们大家能保持身体健康。记住我们在马拉巴前线打仗的孩子们吧！记住那些在水上堡垒里的战士吧！想一想他们不得不面对的困难吧。现在再试一遍。这次好多了，同志，这次好多了。”她注意到温斯顿使劲儿弯腰，膝盖笔直，几年来第一次成功地摸到了脚趾，补充鼓励道。

第四章

日常工作开始了，温斯顿不自觉地深叹一口气，哪怕电屏近在咫尺也不能阻止他，随后他拉过来说写器，吹掉说写器话筒上的灰尘，戴上眼镜。接下来，他展开并夹住四个小纸卷，它们是从写字台右边那个风动管跌落出来的。

小格子间的墙壁上有三个孔。说写器右边，一条细风动管送来书面资讯；左边，一个粗风动管送来报纸；在侧墙上，温斯顿伸手就能够到，是一个铁丝网罩着的大长方形口。这口子是为了处理废纸的。整栋楼里类似的洞口准备了成千上万个，不只是每个房间里都有，每条过道还隔不远就备有一个。因为某种原因，它们被戏称为记忆洞。一旦你知道什么文件应该毁掉，或者正好看见一片废纸掉在地上，都要自动地掀起最近的记忆洞盖，把它扔进去，由一股热气流旋入无以数计的焚烧炉里，它们就隐藏在大楼的某个隐蔽处。

温斯顿把展开的四张纸单逐一检查一番。每张纸单上写了一两行资讯，全部是缩写术语——不完全是新话语，不过使用了不少新话语词——为部里内部专用。它们如下：

《泰晤士报》17.3.84 老大讲话误报非洲校正

《泰晤士报》19.12.83 预报三年计划八三年四季度误排校正近期

《泰晤士报》14.2.84 富部误引巧克力校正

《泰晤士报》3.12.83 报道老大下令双加不妥提及非人全部重写上交存档

温斯顿心头掠过一丝满足感，把第四张纸单放在一边。这是一种繁复的要负责任的工作，还是最后解决为好。其他三项是例行公事，尽管第二件也许需要清理一连串数字，难免枯燥。

温斯顿在电屏上拨了“过期报刊”号码，要求相关各期《泰晤士报》，几分钟后风动管就传送过来了。他接到的资讯涉及的文章或者新闻因为这样那样的原因都被认为需要改动，或者，一如官方使用的语言，需要校正。比如说，三月十七号的《泰晤士报》刊文说，老人家在前一天的讲话里预言南印度前线无战事，但是欧亚国蠢蠢欲动，不久会在北非发动攻势。实际情况是，欧亚国最高司令部却在南印度发起攻势，让北非相安无事。因此，这就需要仔细改写老人家讲话中的一段，让他预言的事情与实际发生的情况保持一致。还有，十二月十九日的《泰晤士报》登载了官方预报一九八三年第四季度各类消费产品的产量，这也是第九个三年计划的第四季度。今天的《泰晤士报》刊登了实际产量的文章，两相对照，原来的预报每一项都很离谱。温斯顿的活儿就是校正原来的数字，让它们与后来的数字相符。至于第三份资讯，只是涉及一个很简单的错误，一两分钟就改正了。刚过去的二月份，富足部下文许诺（官方话是“绝对保证”）一九八四年的巧克力供应不再减量。实际上，一如温斯顿知道的，本周末还未到，巧克力供应已经从三十克减到了二十克。温斯顿所要做的是把原来的许诺改成一种提醒，说也许在四月份的某个时候需要减少巧克力的供应量。

温斯顿每处理过一条资讯，就把说写器更正的东西夹在《泰晤士报》相关的版面上，送进风动管。然后，用了一个尽可能无意识的动作，他把原始资讯和他做的笔记都攥成团，扔进记忆洞，由火焰烧掉。

风动管通着的那个看不见的迷宫又会发生什么，他并不知道细节，但是他知道一般情况。不管哪天的《泰晤士报》，所有需要校正的内容收集并修改过后，那天的报纸就会立即重印，原来的版本同时销毁，校正的版本取代原来的存入档案。这一不断篡改的程序不仅应用于报纸，也应用于书籍、期刊、小册子、招贴画、传单、电影、录音带、漫画、照片——任何一种文学或者文献，只要涉嫌政治意义或者意识形态，都要经历这一程序。每一天，每一刻，过去都要和当前挂钩。这样，党做出的每个预言都会由文献证明是正确的；任何新闻或者观点表达，只要与当前的需要不合，绝不允许保留记录。所有的过去都是一张羊皮纸，只要需要就会经常被刮干净，彻底重写。这种活儿一旦干过，就绝不可能留下把柄，让人看出发生过篡改的事情。记录司那个最大的处，比温斯顿工作的这个处要大很多，所有上班人员的本职工作就是顺藤摸瓜，收集所有早该更新和销毁的书籍、报纸，以及其他文献。若干《泰晤士报》，由于政治风云变幻，或者老人家说了错误的预言，会篡改十几遍，却仍按原来的日期存档，没有别的版本留下来与之对照。书籍也是一次又一次地被召回，被篡改，重新发行时没有任何说明修改过了。甚至温斯顿收到的书面指示，一旦处理过就无一例外地销毁，也从来没有声明或者暗示曾篡改过什么内容；说明的总是那些疏忽、错误、误印或者误引等，是为了准确起见才逐一改正的。

然而，他一边修改富足部的数字，一边心下思忖，这种行为事实上连伪造都谈不上。这事儿只是一个瞎话代替另一个瞎话而已。你处理掉的大多数材料都与真实的世界毫无关系，连十足的谎言里所包含的那种联系都没有。统计数字原来的版本就毫无根据，修改过的版本则是为所欲为。很多时候你都得按上头的意思，从你脑袋里凭空弄出那些统计数字。举例来说，富足部的预报说本季度靴子的产量为一亿四千五百万双。实际生产给出的产量是六千二百万双。但是，温斯顿改写那个预报数字时，要减少到五千七百万双，这样一来，就可以一如既往声称超额完成了任务。不管怎样，六千二百万并不比五千七百万更接近真实情况，也不比一亿四千五百万双更具真实性。很可能，靴子根本就没有生产出来。还有可能的是，无人知道究竟生产了多少双靴子，也无人关心这个。你只知道每个季度纸面上生产了天文数字的靴子，与此同时大洋国一半人口都没靴子穿。每样事实的记录都是这个样子，不论大小。所有事情都消隐在一个影子世界里，最后，连这年是什么年份都变得难以确定了。

温斯顿向大厅那边瞄了一眼。在对面相应的那间小格子间，坐着一个面相刻板、下巴发黑的小个子男人，名叫蒂洛森，正在忙着干活儿，膝盖上摆了一张折叠的报纸，嘴巴紧紧地对着说写器的话筒。他那副样子，竭力让自己和电屏之间所说的话不为人知。他抬头看人，他的眼睛向温斯顿这边投来充满敌意的一瞥。

温斯顿几乎不认识蒂洛森，不知道他在从事什么工作。记录司的人员开口不谈他们的工作。在这间没有窗户的长长的大厅里，小格子间排成两行，窸窸窣窣的翻纸声不绝于耳，嗡嗡的声音是对着说写器发出来的，有十几个人温斯顿根本就不知道名叫什么，尽管他每天在楼道里看见他们走来走去，或者在“两分钟仇恨”活动中咬牙切齿挥手舞脚什么的。他知道紧挨他的那个小格子间是那个淡黄色头发的小女人，一天到晚埋头干活儿，只是在报纸上查找已经蒸发、因此认为从来不曾存在过的人的名字，把它们统统划掉。这活儿真是找对人了，因为她自己的丈夫两年前就蒸发了。隔着几个小格子间，坐了一个温和、低效、梦游的家伙，名叫安普尔福思，耳朵上汗毛很多，窜改韵文和韵律很拿手，每天起来就是鼓捣出一些窜改过的诗歌版本——他们称为定稿本——因为这类诗歌已经造成意识形态上的麻烦，却因为这样那样的原因被保留在各种选集里。

这个大厅里有五十来个工作人员，还只是一个科，可以说是记录司这个庞大的复杂机构里的一个细胞。远远近近，上上下下，还有成群的工作人员，都在从事一种无法想象的工作。庞大的印刷车间都配备编辑、排印专家、伪造照片的设备精良的暗房，一应俱全。电视节目科有工程师、制片人、各种演员，他们各有专长，特别挑选来模仿别人的声音。资料人员也齐备，他们的工作只是开列应该召回的书籍和杂志的清单。各种陈列室都很宽敞，篡改过的文件就收藏在这里，而焚烧炉则很隐秘，原始文件版本都在那里烧掉了。不知出于什么原因，一概匿名，那些负责指导的智囊团协调着整个艰难的工作，决策必不可少的方针路线，规定过去的这个碎片应该保留，那个碎片应该篡改，另一个碎片则应该彻底被消灭。

记录司，说到底，本身不过是真理部的一个部门，因为真理部的工作不是重构过去，而是为大洋国的公民提供报纸、电影、教科书、电视节目、剧本、小说——凡是可以想象得到的所有信息、教诲或者娱乐，从一座雕像到一句口号，从一首田园诗到一篇生物学论文，从儿童识字课本到新话语词典，面面俱到。真理部不仅为党提供多种多样的需要，而且也为了无产阶级的利益，复制了一整套低级的系统。各个部门形成了一整条链子，专门处理无产阶级文学、音乐、戏剧，以及一般性娱乐。这条链子出版了垃圾报纸，几乎空洞无物，实在的只有体育、犯罪、星相学、耸人听闻的廉价小说、色情电影，还有完全靠一种名叫“韵文器”的特别万花筒、通过机械手段谱写出来的靡靡之音。甚至还有一个配套的附属科——新话语叫作“春宫”——负责生产低俗不堪的色情文学，密封发行，除了干活儿的人，任何党员不得阅读。

温斯顿在忙活，三条资讯又从风动管里跌落出来；不过它们是些简单的事情，“两分钟仇恨”活动插进来之前，他就都处理了。仇恨活动结束后，他回到小格子间，从书架上取下新话语词典，把说写器推开，擦了擦眼镜，开始干上午的主要工作。

温斯顿生活中最大的乐趣是工作。多数活儿是枯燥的例行公事，但是其中也有些活儿很困难，很棘手，你一旦上手，就好像迷失在一道数学难题的深渊——例如复杂的伪造活儿，没有任何依托，只能依靠你对英社各种原则的了解以及猜测党想让你说什么。温斯顿干这种活儿得心应手。有一次，他甚至接手校正《泰晤士报》的社论，通篇都是用新话语写成的。他打开早些时候放在一边的那条资讯。全文如下：

《泰晤士报》3.12.83. 报道老人家双加不好提及非人全部重写存档前上交。

用新话语（或者标准英语）可以破译为：

一九八三年十二月三号《泰晤士报》报道老人家“当日指示”极为不妥，提及了不存在的人。全部重写，存档前把你的草稿提交上级复查。

温斯顿把那篇犯事儿的文章通读了一遍。老人家“当日指示”，看起来主要是表扬一个名叫 FFCC 组织的工作，是为水上堡垒服役的士兵提供香烟和其他享受物品。有个名叫威瑟斯的同志，一名主要核心党员，获得特别提名，授予奖章，二级特殊勋章。

三个月后，FFCC 突然毫无缘由地解体了。你可以推测，威瑟斯及其同事现在失宠了，但是报纸和电屏上没有报道这件事儿。这是意料之中的，因为政治犯一般不审讯，连公开谴责都没有。大清洗涉及成千上万的人，公开审讯卖国贼和思想犯，让他们可怜巴巴地认罪后再执行枪决，专门示众，一两年之内不过一次。更常态的情况是，对党不满的人索性就销声匿迹了，从此杳无音信。谁都再也无法知道他们的下场如何。在有些案例中，他们也许还没有死掉。温斯顿知道的案例中，大约三十多个人都是这样先后失踪的，还不包括他的父母。

温斯顿用纸条轻轻地掸拂几下鼻子。对面那个小格子间里的蒂洛森同志，仍在对着说写器诡秘地说话。他抬了一会儿头：又是那种满是敌意的一瞥。温斯顿怀疑蒂洛森是不是像他本人一样在从事同一种工作。这是完全可能的。这样诡异的活儿从来不会交给一个人来做；再说了，把这种活儿交给一个委员会来做，那就等于公开承认篡改行为发生过。很可能，十几个人现在都在对老人家实际上说过的话进行修改。过不久，某个核心党内智囊人物挑选其中一个版本，重新编辑，启动必要的交叉核对程序，然后选中的谎言就载入永久的记录，成为真理。

温斯顿不知道威瑟斯为什么后来失宠。也许因为腐败，也许因为失职。也许老人家只是剪除了一个深得人心的下属。也许威瑟斯或者他身边的某个人被怀疑有异端倾向。也许——最大的可能——事情所以发生，是因为大清洗和人间蒸发是政府运转的必不可少的部分。唯一的真正线索在于"提及非人"几个字眼，表明威瑟斯已经死了。你不能一口咬定这种情况是有人被捕了。有时候，他们会被释放，被允许再活一两年，然后执行枪决。非常偶然的情况里，你相信某些人很早就死了，随后会在公开审判时幽灵般出现，他的供词牵连到几百人，之后销声匿迹，永无音信。但是，威瑟斯已经不存在了，他再也不存在了。温斯顿拿定主意，仅仅改变老人家讲话的倾向是不够的。把老人家的讲话改得完全与原来的话题毫无关联更为可取。

他可以把老人家的讲话修改成对卖国贼和思想犯的一般性谴责，但是这有点过于露骨，而杜撰成一次前线的胜利，或者第九个三年计划超产胜利，也许会让记录过分复杂。他所需要的是一种纯粹的幻想。突然他脑子一闪，好像有了现成的东西，一个名叫奥格尔维的同志的影子出现了，最近在战斗中壮烈牺牲。有时候，老人家发出的“今日指示”，是赞扬某个卑微的低级别党员，认为这种人的生死可以成为榜样，值得仿效。今天，他应该赞扬奥格尔维同志。是的，没有奥格尔维同志这样一个人，但是只需印上几行字，伪造一两幅照片，就可以马上让他存在了。

温斯顿想了一会儿，随后把说写器拉过来，开始用老人家熟悉的口气口授：一种军事与学问兼具的口吻，而且，因为使用先提问题而后立即回答的把戏（“我们从这件事上吸取什么教训呢，同志们？教训就是——这也是英社的基本原子之一，就是——”等等，等等），容易模仿。

奥格尔维同志三岁的时候拒绝所有的玩具，只喜欢战鼓、机关枪和模型直升机。到了六岁——提早一年对他放宽规定，予以特殊照顾——他加入了少年揭发队；九岁时，他当上了队长。十一岁时，他向思想警察揭发了他的叔叔，因为偷听到了叔叔一次显然在他看来有犯罪倾向的谈话。十七岁时，他成为少年反性团的区队长。十九岁时，他发明了一种手榴弹，被和平部采用了，第一次试用，就炸死了三十个欧亚国的战俘。二十三岁时，他在作战中牺牲。他驾驶喷气式飞机，携带重要的急件，飞越印度洋，被敌人追击，最后身带机关枪，跳出直升机，连同急件一同坠入海底——这样的死法，老人家说，一想起来不可能没有钦佩之情。老人家还对奥格尔维同志的一生的纯洁和单纯补充了几句。他不喝酒，不沾烟，除了每天在健身房健身一小时，没有别的娱乐，而且发誓过独身生活，相信婚姻和拉家带口与一天二十四小时献身公职不可兼顾。他开口必谈英社的各种原则，打败欧亚国敌人并且搜捕特务分子、破坏分子、思想犯、卖国贼是他终生的目的。

温斯顿心下争辩，是否授予奥格尔维同志特殊勋章；最后，他决定取消，因为这需要反复核查，不值得。

他又瞅了一眼对面小格子间那个对手。说不清什么东西似乎肯定地告诉他，蒂洛森与他自己一样在忙同一件活儿。无法知道谁的版本会最终被采纳，但是他坚定地相信自己的版本会被采纳。奥格尔维同志一个小时前还云里雾里的，现在就既成事实了。他觉得不可思议：你竟然可以创造死人，却不能创造活人。奥格尔维同志从来没有在现在存在过，这下却在过去存在了，而且一旦这一伪造行为被忘记，他就真正存在了，证据确凿，如同查理曼大帝或者尤里乌斯·恺撒确有其人那样。

第五章

天花板低矮的食堂沉下地面很多，午餐队伍缓缓地前行。饭厅里已经人满为患，人声鼎沸。格子窗后面的餐台上，烂炖的雾气飘过来，带着一种酸酸的铁腥味儿，倒还没有压过杜松子酒的酒气。在饭厅那头，有一个小酒吧，不过一个墙洞大小，花一毛钱可以买到一大杯杜松子酒。

“正是我要找的人哦。”温斯顿身后一个声音说。

温斯顿转过身去。来人是他的朋友赛姆，在调研司上班。也许“朋友”二字不是一个确切的词。当今之日，你是没有朋友的，你只有同志；不过与有些同志交往比与另一些同志交往更令人愉快。赛姆是一个语言学家，一个新话语的专家。没错，他就是目前正在编辑新话语词典第十一版的庞大专家组的人。他身量瘦小，比温斯顿还矮小，黑头发，凸出的大眼，表情悲伤却不乏嘲弄，那样子好像一边跟你说话，一边仔细审查你的脸。

“我一直想问问你搞到刀片了没有。”他说。

“一片也没有搞到！”温斯顿说，带了几分心虚，“我踅摸了所有的地方，怎么也找不到刀片了。”

大家都在不停地和你要刀片。其实他有两个没有使用的刀片，藏起来了。几个月来刀片奇缺。不论什么时候，党的商店总有一些必需品没有供应。有时候是扣子，有时候是织补毛线，有时候是鞋带，目前则是刀片。如果你迫不得已，你只能到“自由”市场上偷偷摸摸地踅摸一些缺货。

“一个刀片我用了六个星期了。”他找补一句，不是真话。

队伍又向前挪动了几步。他们停下时，他转过身来又面向赛姆。他们两个从餐台边上一摞餐盘上各拿了一个油乎乎的铁盘子。

“你昨天去看那些战俘执行绞刑了吗？”赛姆问道。

“我在干活儿。”温斯顿说，一副漠不关心的样子，“我想我会在电影上看的。”

“那可不是一回事儿。”赛姆说。

他那双嘲弄的眼睛上下打量了一下温斯顿的脸。“我了解你。”那双眼睛好像在说，“我看透你了，我很清楚你为什么没有去看那些战俘被绞死。”从一个知识分子角度看，赛姆正统到了恶毒的程度。他带着一种令人不快的隔岸观火的满足，谈论起直升机袭击敌人的村庄、思想犯的审讯和忏悔、喜爱司地下室的处决。和他谈话，大体上就是一件让他赶快脱离这样的话题苦差，尽量让他纠缠新话语的技术细节，他在这方面是权威，乐此不疲。温斯顿把头侧向一边，避开他那双黑眼睛的审视。

“绞刑进行得不错。”赛姆回忆说，“我想他们把战俘的脚捆上令人扫兴。我喜欢看见他们两脚踢腾。更带劲儿的是，到了最后，舌头吐出来了，变青了——青紫青紫的。那种细节很过瘾。”

“下一个，过来！”戴白围裙的无产者手持勺子，喊道。

温斯顿和赛姆赶紧把他们的盘子放在格子窗下面。每个盘子里立即得到了一份午餐——一小铁锅粉灰色烂炖，一块面包，一小块奶酪，一杯无奶胜利牌咖啡，还有一片糖精。

“那边有一张饭桌，在电屏下。”赛姆说，“顺道我们捎带一杯杜松子酒。”

供应他们的杜松子酒装在没有把子的瓷杯里。他们一路留心，穿过拥挤的饭厅，把盘子放在铁皮面饭桌上，一个桌角上有人洒下了一片烂炖，稀糊糊的一堆，看上去像呕吐物。温斯顿拿起杜松子酒杯，停下来鼓起勇气，咕咕几口吞下了油腻味的杜松子酒。他挤了挤眼睛，泪水流了出来，一下子发现他很饿。他开始一勺接一勺地吞咽烂炖，习以为常的稀汤里有几块海绵状的东西，大概是肉做的。他们两个谁都没有再开口说话，埋头把饭吃完。温斯顿左边的饭桌，在他身后边一点儿，传来一个人的话音，语速很快，喋喋不休，刺耳的呱呱声像是鸭子在叫，压过了饭厅那种惯常的嗡嗡声。

“词典进展得怎么样了？”温斯顿说，为了压过那个声音故意大声说。

“慢呀。”赛姆说，“我在整理形容词。蛮有意思的。”

他一听人提到新话语，马上来了兴致。他把小饭锅推向一边，一只修长的手拿起自己的面包，另一只手拿起奶酪，身子探向饭桌，以便交谈时不用扯起嗓子。

“这第十一版是定稿本。”他说，“我们把这种语言最后定型了——人们张口说话就是这种形式，无人再用别的形式说话。等我们把这部词典完成了，像你这样的人就得一遍又一遍地学习它。你以为，我敢说，我们的主要工作是发明新词。才不是呢！我们在摧毁老词——每天摧毁几十个，几百个。我们把语言砍削成骨头架子。第十一版没有一个词在二〇五〇年之前会成为过时的。”

他饥肠辘辘地啃食面包，吞咽了几口，然后接着说话，带了一种学究气的激情。他那又瘦又黑的脸生动起来，两眼没有了嘲弄的神色，几乎像在做梦。

“那真是一件妙不可言的事情，把老词一个个摧毁。当然，最大的浪费在于动词和形容词，不过几百个名词也弃掉不用了。不仅仅是同义词，还有反义词。说到底，一个词要只是另一个词的对立面，还有什么正当理由存在呢？一个词本身就包含了其对立面。比如说‘好’这个词。如果你有一个像‘好’这样的词，还有什么必要知道‘坏’这个词吗？‘不好’一词就一举两得了——甚至更可取，因为这才是不折不扣的对立面，那另一个词就多余了。再比如，如果你想要一个‘好’的更强有力的版本，留着像‘优秀’和‘出色’这样一连串词义模糊没有用处的词，又有什么意义呢？所有这类词都算上又有什么意义呢？‘加好’一个词的意思就都有了，或者，如果你想表达得更强烈一些，‘双加好’一个词全解决了。当然，我们已经在使用这些形式了，不过在新话语的最后版本里，别的形式就都不存在了。等到最后，好和坏的整个概念只用六个词就万事大吉了——实际上呢，只用了一个词。难道你不觉得这很带劲儿吗，温斯顿？这是老人家的创意，当然。”他把话补充完整了一些。

温斯顿听见他提到老人家，脸上掠过一种乏味的急切神色。然而，赛姆还是立刻看出来温斯顿缺乏一种热情。

“你不是真的欣赏新话语，温斯顿。”他说，很有些悲哀，“即便你在用新话语写作，却还用老话语思考呢。我偶尔在《泰晤士报》上读过你写的一些文章。文章写得不错，但是它们是译文。在你心里，你更愿意守住老话语不放，就是舍不掉老话语模糊而无用的形态。你领会不了摧毁老话语的妙处。你知道新话语是世界上唯一的语言吗？新语言的词汇每年都在缩小。”

温斯顿当然不知道这个。他莞尔一笑，心下希望表示认同，却不相信自己说得出口。赛姆又咬下一口黑乎乎的面包，三口两口嚼咽下去，继续说道：“你难道没有看出来，新话语的全部目的就是缩小思想范围吗？最终，我们将把思想犯实际上控制到不可能再犯的程度，因为将来没有什么词汇可以表达思想犯了。每一种观念，一旦需要，只用一个词来表达，把其含义毫不含糊地界定下来，其附属含义统统除掉，彻底忘记。在第十一版里，我们距离这一点儿已经不远了。但是，在你我死后，这个过程还会长久继续下去。每年都会减少一些词，逐年递减，意识的范围也就越来越小了。当然，即使现在，思想犯没有了理由，也没有了借口。这只是一个自我约束的问题，实际控制的问题。但是，到了最后，连约束和控制都不需要了。等语言完美了，革命也就完成了。新话语即英社，英社即新话语。”他补充道，露出几许神秘的得意，“你可曾想过，温斯顿，到了二〇五〇年，最迟这个时间，有哪个活着的人能听懂我们现在正在进行的谈话吗？”

“除了——”温斯顿疑心重重地开口道，随后马上停下来。

到了嘴边的话是“除了无产阶级”，但是他制止了自己，不完全清楚这话是不在某种程度上不够正统。但是，赛姆还是猜出来他要说什么话。

“无产阶级不是人。”他无所顾忌地说，“到了二〇五〇年——也许更早——所有关于老话语的知识都会消失。过去的整个文学都会被摧毁。乔叟、莎士比亚、弥尔顿、拜伦——他们只会在新话语的版本里存在，不仅变成某种截然不同的东西，而且实际上还会成为某种与它们过去所有的意思互相矛盾的东西。连党的文学都会改变。连各种口号都会改变。自由的概念都废除了，像‘自由即奴役’这样的口号又有何用？整个思想气候都截然不同了。事实上，我们现在理解的思想不存在了。正统意味着不思考——不需要思想。正统就是无意识。”

温斯顿突然深信不疑，总有一天，赛姆会被蒸发的。他太有头脑了。他看得太明白，说得太清楚。党不喜欢这样的人。他有一天会失踪的。这点就写在他的脸上。

温斯顿把面包和奶酪吃完了。他在椅子上斜过一点儿身子，喝杯子里的咖啡。他左边饭桌上那个男人，嗓子呱呱呱的，还在高谈阔论。一个年轻女子也许是他的秘书，背朝温斯顿坐着，在听他说话，似乎急于附和他所说的每一句话。一次又一次，温斯顿一旁听到了“我想你是对的，我同意你说的话”这样的附和，话音很年轻，女性的，相当卖傻。但是，那男人的声音一刻也不停顿，哪怕那个姑娘在讨好附和。温斯顿与这个男人有一面之交，尽管他不知道这人在虚构司占据了重要的位置。这人三十来岁，喉头发达，阔大而移动的嘴。他的头稍稍后仰，因为他坐的角度，他的眼镜有些反光，温斯顿因此只能看见两个镜片，看不到人眼。令人有点恐怖的是，从他大嘴说出的滔滔不绝的话里，简直不可能听清楚一个词。只有一次，温斯顿听清了一个短语——“完全彻底地消灭戈尔茨坦主义”，这话说得非常快，而且，听起来似乎连成了一整块，好像浇灌成一行的铅字。其余的话就是吵闹声，呱呱呱叫唤。可是，尽管你不能完全听清楚这个人在说什么，你却丝毫不会怀疑其一般的性质。他也许是在谴责戈尔茨坦，要求对思想犯和坏分子采取更加强硬的措施。他也许是在历数欧亚国军队的暴行，他也许是在歌颂老人家或者马拉巴前线的英雄——总之是没有什么区别的。不管是在谈论什么，你都能肯定他说的每个词都是正统的，纯粹的英社。温斯顿一边观察那张没有眼睛的脸，只见那张嘴喋喋不休，一边有了一种奇怪的感觉，认为这不是一个真人，而是一种假人。那不是嘴巴在说话，那是喉咙在说话。他喋喋不休的那些玩意儿由词句组成，却不是真正意义上的讲话：那是无意识状态里的一种噪音，如同鸭子在呱呱呱叫唤。

赛姆一时间陷入沉默，用勺把子在一摊烂炖里划来划去。另一张饭桌传来的说话声很快，尽管周遭乱糟糟的，依然清晰可辨。

“新话语里有一个词。”赛姆说，“我不知道你是否知道，就是鸭语，像鸭子一样呱呱呱叫唤。它是一个很有意思的词，含有两种互相矛盾的意思。用在对方身上，它是骂人；用在你喜欢的人身上，它就是表扬。”

毫无疑问，赛姆会被蒸发的，温斯顿再次想到这个结果。他想到这点，心里很难过，尽管他很清楚赛姆看不起他，还有点不喜欢他，而且只要有理由，就会振振有词地谴责他是思想犯。赛姆身上有些说不清道不明的错误东西。也有一些他所缺乏的东西：谨慎、超然、一种尚可拯救的愚蠢。你不能说他是非正统的。他相信英社的各种原则，他尊敬老人家，他为各种胜利欢呼，他仇恨异端，不仅真诚地仇恨，还有一种不安的热情，对最新的资讯了如指掌，这是一般党员达不到的水准。然而，他身上总是有些名声不好的东西。他所说的话还是不说为好，他读了很多书，经常光顾栗子树咖啡店，那里画家和音乐家云集。没有法律，哪怕是不成条文的法律，不让人经常到栗子树咖啡店，然而那个地方兆头不妙。党内不被信任的老人经常去那里聚会，最终会被清洗。戈尔茨坦本人，据说，几十年前曾经在那里露面。赛姆的命运不难预见。但是不容置疑的事实是，如果赛姆抓住了温斯顿的内心观念的本质，哪怕只有三秒钟，也会立即向思想警察告发。在这种事儿上，换了任何人也一样，不过赛姆尤其如此。热情还不够。正统就是无意识。

赛姆向上望去。“帕森斯来了。”他说。

听他的话外之音好像在说：“那个讨厌的傻瓜。”帕森斯是温斯顿在胜利大厦的同楼租户，这时正穿过饭厅走来——一个中年男子，矮胖，一头金发，一张青蛙脸。刚刚三十五岁，他已经把脖子吃出了脂肪褶子，腆腰叠肚的，但是他动作灵活，孩子气。他的整个长相都像发育超标的小男孩，有过之而无不及，所以虽然他身着制服，但是人们简直只会想到他穿了少年揭发队的蓝短裤、灰衬衫以及红领巾的样子。想到他那副样子，你总是看见他肉乎乎的膝盖，袖子卷起露出了胖滚滚的胳膊。帕森斯，的确，只要有正当借口，十之有九会穿上短裤，参加团体远足或者其他体育活动。他兴致勃勃地向他们两个喊着“哈喽，哈喽”，在饭桌旁坐下，一股浓浓的汗腥味儿挡都挡不住。粉嘟嘟的脸上细小的汗珠子清晰可见。他出汗的能力超强。在社区活动中心，你若看见他的球拍把子是湿的，说他刚刚打过乒乓球一准没错。赛姆弄出一张纸条，上面写了长长一栏字，指间夹着一根墨水笔，正在苦心琢磨。

“看他在吃午饭的时间都在工作。”帕森斯说，胳膊肘捅了捅温斯顿，“积极吧，嗯？你在那里忙什么，老伙计？我估计，对我来说那都是很高深的东西。史密斯，老伙计，我跟你说我为什么到处找你。你忘了向我缴费了。”

“什么费？”温斯顿说着，早自动地去掏钱了。你的工资的四分之一都用来自动捐赠，名目多不胜数，很难说清哪是哪。

“仇恨周捐款。你知道——户户相连基金。我是咱们片儿的财务。我们干得不遗余力——争取来一次轰动的表现。我跟你说，如果胜利大厦在整个街区挂不出最壮观的旗帜，那可不是我的错。你答应交给我两块钱呢。”

温斯顿摸出来两张皱巴巴的脏钞票，递了过去，帕森斯用文盲人爱用的干净字体记在一个小笔记本上。

“想起来了，老伙计。”他说，“我听说我家的那个小叫花子昨天用弹弓打你了。我狠狠地教训了他一顿。实际上，我跟他说，要是他再干这种事儿，我会把弹弓没收了。”

“我想他是没有看成绞刑，心里不痛快。”温斯顿说。

“唉，也是——我的意思是说，表现了正确的精神，不是吗？他们就是无恶不作的小叫花子，两个都那德行，不过说话很积极！他们整天想的就是少年揭发队，当然还有打仗。你知道我家那个小丫头上个星期六随队到伯克汉普斯特德远足干什么了吗？她约了另外两个小丫头跟她一起，偷偷离开远足队伍，整整一个下午去跟踪一个陌生人。她们跟踪了两个小时，穿过那个森林，然后，她们到了阿莫沙姆，把他交给了巡逻队。”

“她们为什么这样干？”温斯顿说，颇有几分吃惊。

帕森斯扬扬得意地说："我家小妞认定他是某种敌人的特务——也许是空降下来的。但是，关键在这里，老伙计。你想是什么东西让她首先产生怀疑的吗？她发现他穿了一双奇怪的鞋——她说她以前从来没有看见有人穿那种鞋。因此十之八九他是个老外。七岁的娃娃够机灵的，是吧？"

"那人后来怎么办了？"温斯顿问道。

"哎，当然，我说不来。不过，我一点儿不会惊讶，如果——"帕森斯做了一个端枪瞄准的动作，舌头咔嗒一声，表示射击。

"好啊。"赛姆心不在焉地说，没有抬头，还在看他的纸条。

"我们当然不能疏忽大意。"温斯顿尽职地说。

"我要说的是，正在打仗呢。"帕森斯说。

仿佛为了验证这话，他们头顶上的电屏上传出来吹号声。但是，这次却不是宣布军事胜利，而是富足部的一个告示。

"同志们！"一个急促的年轻声音喊道，"注意了，同志们！我们向你们宣布光荣的消息。我们在生产上打了大胜仗！现在回首各类消费品的总数额，看得出生活水平在过去一年提高了百分之二十。今天上午，大洋国举国上下举行了自发的游行，工人走出工厂和办公室，高举旗帜，走上街头，高声呼喊，感谢老人家给人民带来了全新的幸福生活，这归功于老人家的英明领导。以下是一些完成的数字。食物——"

"我们全新的幸福生活"重复了好几遍。这是富足部近来挂在嘴边的话。帕森斯，他的注意力被号角声吸引住了，坐在那里目瞪口呆，一本正经，一种深受启发的无聊神态。他跟不上电屏上念数字的速度，但是他清楚这些数字反正是让人满意的。他掏出来一个又硕大又邋遢的烟斗，里面已经填上了半烟斗烟叶。因为一个星期只供应一百克烟叶，是不可能把烟斗装得满的。温斯顿在吸一根胜利牌香烟，小心翼翼地把烟横着拿。新的配额供应明天才开始，他手头只有四根香烟了。此时此刻，他对远处传来的吵闹声充耳不闻，直耳静听电屏上传出的东西。看样子，一星期巧克力的供应量提高了二十克，国人都要上街游行，感谢老人家的恩泽。他思忖，昨天电屏还宣布巧克力供应一星期削减了二十克呢。仅仅过了二十四小时，国人就吞咽了这个碴儿了吗？是的，他们生吞活剥了。帕森斯轻而易举地吞咽了，像动物一样愚不可及。另一张饭桌上那个看不见眼睛的家伙吞咽得很狂热，很来劲，而且谁要是还敢说上星期巧克力供应量只有三十克，他就会迫切要求对其追查到底，无情谴责，予以蒸发。赛姆，他也吞咽了——方式比较复杂，涉及双重思想。那么，难道只有他一个人还有记忆吗？

神话一样的统计数字从电屏上源源不断地发送出来。与去年相比，食物、衣服、房子、家具、饭锅、燃料、船只、直升机、书籍、婴儿——一切都增加了，只有疾病、犯罪、神经病除外。一年又一年，分分秒秒，每个人，每样东西，都在飞速增长。如同赛姆早就干过的，温斯顿也拿起勺子，蘸了流过饭桌的那滩灰不溜丢的烂炖汤，画了一道长线，构成一个图案。他思考着生活的物质状况，气不打一处来。这种状况要一直持续下去吗？食物吃起来总是这个味道吗？他环顾一下食堂。低矮的天花板，拥挤的饭厅，因为人多拥挤，四壁脏兮兮的；糟烂的铁饭桌和椅子，摆放得拥挤不堪，坐下来擦肩磨肘的；弯曲的饭勺，坑坑洼洼的盘子，粗糙的白色杯子；表面都是油腻腻的，每条缝隙都塞满污物；劣质杜松子酒、劣质咖啡、铁腥味儿烂炖以及脏衣服混合在一起，发出一股酸苦味儿。你的肚子，你的皮肤，总有一种抗议，感觉你有权利享受的什么东西却被你欺骗了。没错，他对任何完全不同的东西都没有记忆了。凡是他能够确切记得的，不论什么时候，都是食物从来没有够吃过，袜子或者内衣上总是布满破洞，家具总是破旧不堪，房间的暖气总是不热，地铁总是人满为患，房子总是东倒西歪，面包总是黑乎乎的，茶总是不够喝，咖啡总是很难喝，香烟总是供不应求——什么东西都不便宜，都不充足，只有杜松子酒还差强人意。当然，尽管随着年纪变大，状况越来越恶化，但是如果你对日子难过、环境肮脏、物质贫乏感到沮丧，因为冬季漫长、袜子脏破、电梯失灵、用水冰凉、肥皂粗糙、香烟糟碎、食物发霉而心情低落，这难道不是表明，这都不是事情的自然秩序吗？为什么除非你有某种祖先的记忆，明白事情原来并非这种样子，你就会觉得这一切不堪忍受呢？

他再次环顾一下食堂。几乎每个人都很丑陋，而且如果不是都穿着了蓝色制服，看上去会更加不堪入目。饭厅的那一头，一个人坐在饭桌边，一个奇怪得像甲壳虫模样的瘦小男子在喝咖啡，他那双小眼睛疑虑重重地四下张望。温斯顿想，如果你不注意周围的情况，那就很容易相信党树立的理想体格——身高体壮的青年，胸脯丰满的姑娘，金色头发，充满活力，肤色健康，无忧无虑——是存在的，甚至占据了主导地位。实际上，按他的判断，一号简易机场的人民大多数都身材矮小，肤色黑，不招人待见。奇怪的是，这种甲壳虫模样的人怎么在各部里随处可见：人长得五短三粗，年纪尚早就变得胖墩墩的，小短腿，行动敏捷，走道小跑，表情费解的肥嘟嘟的脸盘，小眼麻溜的。这种类型似乎在党的统治下人丁兴旺。

富足部的告示在再一次响起的号角声中结束，让位于声音微小的音乐。帕森斯在一连串数字的轰击下按捺不住呆钝的热情，把嘴里的烟斗取了出来。

“富足部今天确实干得不错。”他说，一边摇头表示欣赏，“随便问一声，史密斯老伙计，我说你有刀片借我用一下好吗？”

“一片也没有。”温斯顿说，“我自己六个星期里一直使用一个刀片。”

“啊，没事儿——只是想到问你一声，老伙计。”

“对不住了。”温斯顿说。

紧邻的饭桌那个呱呱鸭鸣的声音由于富足部宣布消息一时间停下来，这会儿又开始呱呱了，和以前一样。不知怎的，温斯顿突然发觉自己想起了帕森斯太太——头发稀少，脸上的皱褶里藏了灰尘。用不了两年，那些孩子就会向思想警察揭发她。帕森斯太太会被蒸发的。赛姆会被蒸发的。温斯顿会被蒸发的。奥布莱恩会被蒸发的。而帕森斯却永远不会被蒸发。那个说话呱呱得像鸭子叫的看不见眼睛的家伙不会被蒸发。甲壳虫一样的小男人在各大部迷宫一般的过道里敏捷奔走，脚下生风——他们永远不会被蒸发的。那个在虚构司上班的黑头发姑娘——她也永远不会被蒸发。他似乎觉得他出于本能，知道谁会活下来，谁会毁灭，尽管到底靠什么能生存下来，却不容易说清楚。

这时，他猛然一惊，从思考中回过神来。临近饭桌边的那个姑娘半侧着身子，正在看他。正是那个一头黑发的姑娘。她从侧面看着他，但是莫名其妙地看得入神了。她一旦遇上他的眼神，就扭开不看了。

温斯顿背部开始冒冷汗了。一股麻嗖嗖的恐惧嗖一下穿透了他。那感觉一下子差不多都穿过去了，但是还留下一种惴惴的不安。她为什么盯着他看？她为什么一直跟踪他？不幸的是，他来到这里时没有看清她是不是已经坐在那张饭桌边了，或者是后来才过来的。但是昨天，在“两分钟仇恨”活动期间，反正她紧挨着他身后入座，显然没有必要那样做。很可能她的真正目的是他偷听他说话，弄清楚他是不是在热情高涨地呼喊。

他早些时候的思想又回来了；也许她实际上不是思想警察的成员，但是那就一准是业余的间谍，其危险就如临大敌了。他不知道她看了他多久，不过少说也有五分钟了，而且很可能他的面部表情控制得不到位。在公共场合或者电屏的范围之内，让你的思想开小差是很危险的。芝麻大的事情就会把你卖了。一根神经的抽搐、焦虑的下意识神色、自言自语的习惯——凡是看起来不大正常、有什么事情藏着躲着的，都会让你遭殃。不管什么情况，你脸上挂出一种不恰当的表情（比如宣布胜利消息时露出不以为意的表情），就是万恶不赦的冒犯。新语言里甚至专门有一个词，叫作脸罪。

那姑娘把后背再次冲着他了。也许她根本不是真的在盯他的梢，也许她两天前紧挨着他坐是巧合。他的香烟熄灭了，他小心翼翼地把它放在饭桌的边沿儿上。下班了他会把它吸完的，如果他能保证烟丝不掉出来的话。极有可能坐在下一张饭桌的那个人是思想警察的线人，极有可能三天之内他就要到仁部那些地下室受审了，但是香烟头一定不能浪费。赛姆已经把那张纸条折叠起来，放进口袋里。帕森斯又开始说话了。

“我过去跟你说过，老伙计，”他咬着烟斗杆儿说，“有一次我家的两个小叫花子把市场上一个老太太的裙子点着了，因为他们看见她用一张老人家招贴画包裹香肠。他们悄悄地尾随在后面，用一盒火柴把裙子点着了。我相信把她烧得不轻。小叫花子真行，嗯？就是上进上进再上进！那可是他们当今在少年揭发队受到的一流训练——比我那时候强多了。你以为给他们配备的最新东西是什么呢？穿过钥匙孔窃听的耳机！我家小姑娘前天晚上带回家一个——在我们的起居室门上试了试，据说比她的耳朵贴在那个孔上听得清楚两倍。当然，那只是一个玩具，你放心吧。不过，传授给他们正确的思想了，嗯？”

这时，电屏放出了尖厉的哨声。这是上班的信号。三个男人站起来，跟着人群去挤电梯，温斯顿的香烟残留的那点烟叶掉落了。

第六章

温斯顿在他的日记里写道：

> 那是三年前的事儿了。一个黑黢黢的晚上，大火车站附近的一条狭窄的辅道上。她站在墙壁的门口附近，上面的街灯几乎没有什么灯光。她生了一张年轻的脸，描画得很浓。吸引我的正是那种描法，一色白，像戴了个面具，嘴唇却抹得鲜红。党的妇女从来不描抹脸。街上没有别人，也没有电屏。她说两块钱。我——

写到这里，很难写下去了。他闭上眼睛，用指头按摩，试图把那个反复出现的情景挤出来。他实在忍不住想扯起嗓子，喊出一串脏话。或者用头狠狠地撞墙，把桌子掀翻，将墨水瓶扔出窗外——暴力、喊叫、自找痛苦，只要可以把一直折磨他的记忆涂抹掉就行。

你最可怕的敌人，他思忖，是你自己的神经系统。你内心的紧张状态随时都会转变成某种看得见的症状。他想起了一个男人，几星期前他在大街上碰上的：一张相当平常的脸，一个党员，三十五岁或者四十岁的样子，高高的，瘦瘦的，提着一个公事皮包。还有几米远时，那个男人的脸左边突然抽搐了一阵。他们擦肩而过时这个动作又来了一次：那只是一个小动作，颤动了一下，快得像照相机快门咔嗒响了一下，但是很显然这已经成了习惯了。他记得当时就想：这个可怜的倒霉蛋完蛋了。令人心惊肉跳的是，那个小动作很可能是无意识的。最要命的危险是你在梦里说话。就他所知，这是防不胜防的。

他吸了一口气，接着写道：

> 我跟着她进了门道，穿过后院，进入一个地下室厨房。靠墙摆了一张床，桌子上有一盏灯，灯捻拧得很小。她——

他咬紧了牙关，心下凄然。他恨不得痛痛快快吐一口唾沫。他和那个女人待在地下室厨房的时候，他想起了凯瑟琳，他的爱妻。温斯顿结婚了——至少是曾经结过婚；也许他现在还是已婚，因为就他所知，他的妻子还没有死。他好像再次呼吸到了那间地下室厨房闷热的气味，一种臭虫、脏衣服和浑浊的廉价香水味儿，但是怎么廉价也还是诱人的，因为党的妇女从来不使用香水，洒香水是不可想象的事儿。只有无产者使用香水。在他的脑子里，香水的味儿是和私通混合在一起的。

他和这个女人乱搞，是两年来他第一次行为失检。与妓女来往当然是禁止的，但是这样的清规戒律，你偶尔冒犯也就冒犯了。这种事儿有危险，却不是生死的事儿。让人逮住嫖妓会判五年，在劳改营服刑；如果你没有犯过别的事儿，就坐五年大牢。这种事易如反掌，只要你能避免正干事儿时被人逮个正着就好。贫民区准备出卖肉体的一窝一窝的。有的女人为了一瓶杜松子酒就出卖，因为无产者是不可以喝酒的。心照不宣的是，党甚至睁一只眼闭一只眼，鼓励卖淫，当作无法彻底压制的本能的发泄口。仅仅是及时行乐没有多大关系，只要偷偷摸摸，没有乐趣，只涉及底层的受歧视的阶级的女人们。不可原谅的罪过是党员之间的乱搞。可是——在历次大清洗中被清洗者都一致供认犯过这样的乱搞罪——很难想象这样的事情实际上在发生。

党的目的不只是防止男人和女人形成难以控制的忠诚关系。党的秘而不宣的真正目的，是铲除性交的所有快感。爱情是敌人，情欲也是敌人，婚姻之内如此，婚姻之外也如此。党员之间的所有婚姻不得不由专门因此任命的委员会批准，而且——不过这一原则却从来没有明确宣布过——如果男女双方给人的印象是肉体上的互相吸引，申请一概会被驳回。党唯一承认的婚姻目的是生儿育女，为党服务。性交被视为有点令人恶心的小手术，如同灌肠。这点也从来没有形成文字，但是使用一种间接的方法，这种主张从小就灌输到每个党员的头脑里了。少年反性同盟这样的组织都无处不在，宣扬两性不折不扣的独身生活。所有的孩子都通过人工授精（新话语称为人授）生育，由公共机构养大。温斯顿很清楚，这并不意味着一丝不苟执行彻底，只是大体与党的总的意识形态相符合就行。党一直力图扼杀性本能，如果不能彻底杀死它，那就歪曲它、腌臜它。他不知道为什么要这样干，但是好像这样干是自然而然的。就女人方面的情况看，党的努力是大体成功的。

他又想起了凯瑟琳。他们分手一定有九年了，十年——都快十一年了。他很少想到她，这有点怪。他有时能一连几天忘记自己曾经结过婚。他们在一起只过了大约十五个月。党不准离婚，但是如果夫妇还没有孩子，党则鼓励分居。

凯瑟琳高个子，金色头发，举手投足都超凡脱俗。她的脸轮廓清晰，鹰钩鼻子，那张脸你要是没有看出来其背后空洞无物，还以为颇有贵族气质呢。在他们生活的初期，他就认定——也许这只是因为他比多数人了解得更狎昵吧——认定她毫无例外地是他遇到过的最愚蠢、最低俗、脑子最空洞的人。她脑子里但凡有点思想，那就是口号，只要是党交给她的任务，不管多么愚不可及，绝对没有她不能盲目执行的。他在心里戏称她是“人声传音轨”。但是，他还是能忍耐下去，与她凑合生活，要不是因为一件事情——性。

只要他触摸她，她就一哆嗦，身体僵直起来。拥抱她就像抱着一个拼接起来的木头人。不可思议的是，就是在她紧紧抱住他的时候，他还是觉得她同时在使尽全身力气把她推开。她的肌肉僵直，很容易传达出那种印象。她会躺在床上闭上眼睛，不抵抗，也不合作，只是屈从。这超级令人窘迫，而且，过不了多会儿，就会恐怖起来。然而，即便如此，他还受得了她，勉强生活，只要两个人说好了他们不会同房了。但是，不可思议的是，凯瑟琳拒绝这样。只要能够，她说，他们必须生养个孩子。因此，那种性表演得继续进行，一周一次，相当有规律，只要情况允许。她甚至上午就提醒他晚上要同房，好像某件事儿晚上必须完成，绝不可忘记。她提到这事儿用了两个名字。一个是“造个孩子”，另一个是“我们为党应尽的义务”（是的，她实际上就用了这个说法）。没有多久，等那个说好同房的日子快到了，他倒有了明确的恐怖感。幸亏没有造出孩子来，最后她同意放弃尝试，过不多久，他们就分手了。

温斯顿不出声地叹息一口。他又拿起笔，写道：

> 她一下子仰躺在床上，没有任何预热的行为，立即撩起裙子，那种做派粗俗不堪，让人惧怕——

他发现自己站在昏暗的灯光下，鼻孔里满是臭虫和廉价香水味儿，心下感到了挫败和愤慨，可就是在这个时刻，还是想到了凯瑟琳那白白的身体，由于党的催眠力量而变得冻僵一般。为什么总是这个样子呢？为什么他不能拥有一个自己的女人，非要相隔一两年来搞这种下三烂呢？但是，真正的爱情是一种简直不可想象的事情。

党的女人全都一样。贞洁深深地栽种在她们体内，如同对党的忠诚。通过早期的精心造势，通过游戏和冷水浴，通过在学校、少年揭发队和青年团灌输乱七八糟的东西，通过讲座、游行、唱歌、喊口号、军乐，等等，天然的感情就都被绞杀得干干净净了。他的理智告诉他，例外一定是有的，但是他的内心却不相信。她们都是坚不可破的，因为是党叫她们这样表现的。他所想得到的，甚至不是被爱，而是攻破贞洁这道壁垒，哪怕他这一辈子只有一次。性交行为，颠鸾倒凤地来一次，那就是造反了。性欲就是思想犯罪。哪怕为了唤醒凯瑟琳，如果他成功了，那就好比诱奸，尽管凯瑟琳是他的妻子。

但是，故事的其余部分还得记下来。他写道：

我把灯拧亮堂了。在灯光下我打量她——

天黑下来后，煤油灯微弱的灯光似乎很亮。他第一次能好好地打量一下这个女人。他朝她走近一步，然后停下了，心里充满了欲望和恐惧。他痛苦地意识到他到这里来所担的风险。巡逻队完全可能在他出去时把他逮个正着；为了这种事情，他们可是不遗余力，会在室外耐心等待。如果他这时出去，哪怕没有干他来这里想干的事情，那也——

故事不得不记下来，这关系到悔过自新。在煤油灯下，他一下子看清，那个女人是老女人。她脸上描抹的那层妆其厚无比，看上去仿佛随时会像硬纸板做的面具那样皲裂了。她头发里都有了缕缕白丝，不过真正吓人的细节是那张有点收不住的嘴巴，一眼看去什么都没有，只是一个黑窟窿。她满嘴都没有牙齿了。

他赶紧往下写，字迹十分潦草：

当我在灯光下打量她时，她原来是个老女人，至少五十岁了。然而，我还是赶上前去，该干什么就干什么。

他用手指按了按眼皮。他总算把这段故事写下来了，但是写下来也不会有什么不一样。这个疗法没有疗效。骂一通脏话的情绪涌到了嗓子眼儿，像过去一样极度难耐。

第七章

如果还有希望（温斯顿写道），只能在无产者身上。

如果还有希望，一定在无产者们的身上，因为只有在那里，在那些群集的被人漠视的大众里，大洋国百分之八十的人口，那种摧毁党的力量才能产生。党是不能从内部摧毁的。大洋国的敌人，如果有什么敌人的话，他们无法在一声号令下一起入侵，连彼此的身份都难以辨认。即便传说中的兄弟会存在，正像可能确有其事一样，那也很难想象他们可以揭竿而起，只能是三三两两分散活动。造反意味着眼睛中的一个眼神，声音中的一种传染；至多不过，互相间偶尔的小声传话。但是，无产者们，一旦他们多少意识到他们自己的力量，则无须在一起密谋。他们只需要站立起来，像骏马抖落蝇虻一样晃一晃身子。如果他们做出选择，那么明天早上他们就会把党爆成碎片。他们迟早会这样干的。不过——

他记得，有一次他走在拥挤的街道上，数百个嗓子——女人的嗓子——正在他前面一点儿的辅道上发出刺激耳鼓的喊叫。那是一种愤怒的绝望的大喊大叫，让人胆战，“吼——吼——吼——吼——吼”叫得深沉而洪亮，像大钟震颤的余音嗡嗡不停。他的心跳动起来。事情说来就来了！他想。一场动乱！无产者终于打破牢笼了！他赶到闹事的地点时，看见两三百妇女围在街市的货摊边，一张张脸上表情悲惨，仿佛她们待在一条下沉的船上，难逃厄运。但是，就在这时，全体的绝望瞬间化开，成了个人之间的争吵。看起来原是一个货摊在卖平底锅。那都是一些劣质的单薄如纸的东西，但是不管什么炊具总是很难买到。目前，炊具供应一下子断档了。买到炊具的妇女在人群中挤来挤去，试图带着铁锅挤出来，但是几十个女人紧紧地围在货摊边，指责摊主香仨臭俩，把更多的铁锅把持在什么地方不卖。又一阵喊叫响起来。两个气呼呼的女人，其中一个还披头散发，都死死攥住同一个铁锅，拼命想从对方手里夺过来。她们一时间你抢我夺的，随后锅把子就脱落了。温斯顿注视着她们，感到恶心。然而，就在不久前，几百个女人还扯足嗓子一起喊叫，喊出令人胆寒的力量呢！为什么她们在关系重大的问题上，永远不能那样喊叫呢？

不到他们有觉悟的时候，他们永远不会造反，不到他们造反之后，他们又总不会有觉悟。

他思忖，这种话几乎就是从党的教科书里誊写来的。当然，党声称把无产者从枷锁下解放出来了。在革命前，他们被资本家残酷地压迫，挨饿、挨打，妇女被迫到煤窑下挖煤（实际上，妇女仍在煤矿里做工），儿童六岁就被卖给了工厂。但是，双重思想的原则不能含糊，党同时又教导无产者生来低人一等，必须甘当奴隶，如同牲口，只用几条简单的条条框框就统治得服服帖帖。在现实中，无产者的情况鲜为人知。了解多了毫无必要。只要他们继续干活儿，生养后代，他们的其他活动无关紧要。随他们去吧，如同阿根廷平原上散放的牛群，他们回到了看似合乎他们天性的生活方式，一种祖祖辈辈相传的方式。他们出生了，在贫民窟长大，十二岁就干活儿去，经历美丽的短暂的蓓蕾绽放，性欲觉醒，二十岁结婚，三十岁就人到中年，多数人活到六十岁就命归黄泉了。繁重的体力劳动，拉家带口，与邻居鸡吵鹅斗，电影、足球、啤酒，尤其是赌博充斥了他们大脑的地平线。持续控制他们并不困难。思想警察总有几个线人在他们中间活动，散布谣言，看出来谁有危险，就盯住他们，把他们除掉；但是，无须费劲儿向他们灌输党的意识形态。无产者不必具备强烈的政治感情。要求他们具备起码的爱国主义就万事大吉了，不管什么时候，有需要就打着爱国主义号召他们加班加点，延长工作时间，或者减少配给供应。如同有时无产者心有不满一样，一旦有这种苗头，他们的不满也会不了了之，因为，没有普遍的观念，他们只能对特别的小小不快耿耿于怀。更大的邪恶注定会逃避他们的注意。无产者的大多数在家里连电屏都不安装。就是警察也很少去干涉他们。伦敦城里犯罪活动很猖獗，大世界里有小世界，窃贼、黑帮、妓女、毒贩，各种各样的诈骗分子无处不在；但是，因为这一切都发生在无产者自己中间，那就没有什么大不了了。只要涉及道德问题，让他们效仿他们先人的规矩好了。党的性禁欲规定不会强加于他们。男女乱交不受惩罚，离婚是允许的。在这类事情上，只要无产者表现出任何需求，连宗教信仰都不会干涉。他们犯不上怀疑。正如党的口号宣布的："无产者和动物是自由的。"

温斯顿伸伸手，小心翼翼地挠了挠那块静脉曲张的患处。它又开始痒痒了。你怎么都会回到一件事情上，那就是你不可能了解革命前生活到底是什么样子。他从抽屉拿出一本儿童历史教科书，这是他从帕森斯太太那里借来的，开始把一段文字誊写到日记里：

> 在旧社会，光荣革命之前，伦敦不是我们今天看到的这个美丽城市。伦敦城是个黑暗、肮脏、悲惨的地方，人们吃不饱穿不暖，成千上万的穷人脚上没有靴子穿，头上无片瓦睡眠。儿童还没有你大就得一天去干十二个小时活儿，为狠心的老板卖命，一旦他们干活儿太慢老板就用皮鞭抽打他们，只给他们发霉的面包吃，冷水喝。但是，劳苦大众都吃不饱穿不暖时，极少数美丽的大宅子里却住着富人，使唤着三十多个仆

人伺候他们。这些富人就叫资本家。他们长得肥胖、丑陋，一脸凶相，如同另一页上的那幅画像里的人。你能看见他身穿黑色的长大衣，名叫礼服大衣，头戴一顶怪模怪样的闪亮的帽子，形状如烟筒，叫作高礼帽。这就是资本家的制服，别人是不允许穿戴这套行头的。资本家拥有这个世界的一切，别的人都是他们的奴隶。他们拥有所有的土地，所有的房屋，所有的工厂，所有的金钱。如果有人不听话，他们就把他投入大牢，或者剥夺他们的工作，让他们饿死。平民老百姓要跟资本家说话，那就不得不卑躬屈膝，低三下四，取下帽子，连连称呼"老爷"。资本家们的总头儿叫作国王，而且——

这套目录其余的部分他就都知道了。文中还会提到身披没有袖子的细麻僧袍的主教、穿了貂皮法袍的法官、罪犯示众的颈手枷、足枷、踏车惩罚、九条皮条的刑鞭、市长大人的宴会、亲吻教皇脚趾的教规。还有一种用拉丁文命名的"初夜权"，也许在儿童教科书里不会提到。法律规定，每个资本家都有权利与在他工厂干活儿的女人睡觉。

你怎么能说清楚哪些是谎言呢？普通百姓的生活也许比革命前好一些。唯一的证明是你自己的骨头里在无声地抗议，本能地感觉到你生活的状况难以忍受，而在别的时间里又一定感觉大不一样。他明显感觉到，现代生活真正有特点的东西，不是其残酷和没有保障，而只是其枯燥、其灰暗、其索然无味。如果你环顾周遭，生活不仅与电屏上滔滔不绝的谎言毫无共同之处，而且与党试图达到的理念也格格不入。现实生活的大部分区域，就是对一个党员来说，都是无色彩的，非政治的，无非是辛苦地做完乏味的工作、在地铁中抢一个位置、织补一只旧袜子、乞讨一片糖精、节省一个烟头。党树立的理想是某种巨大、可怕、闪光的东西，一个钢筋水泥、怪异机器和致命武器的世界——一个武士和狂热者的民族，团结一致奔向前方，万众思想统一，高呼同一口号，顽强工作、战斗、夺取胜利、进行迫害——三亿人民长了同一张脸。现实在腐败，城市在破旧，人民营养不良，脚穿烂鞋，住着不断修补的十九世纪的房子，总是闻着圆白菜味儿和卫生间的臭味儿，为生活辛苦奔波。他似乎看见了伦敦的图景，庞大而败落，城市数百个垃圾箱，掺杂其间的还有帕森斯太太的照片，一个脸色憔悴、头发稀疏的女人，在一筹莫展地对付一个堵塞的下水管。

他伸下手去，再次挠了挠踝子骨。电屏日日夜夜都在你的耳边聒噪那些统计数字，证明人民如今有吃有穿有房住有娱乐——他们比五十年前的人活得更长、工作时间更短、身材更魁伟、身体更健康、体格更强壮、生活更幸福、脑子更聪明、教育更优质。没有一个词能够证明是对的还是错的。举例来说，党宣称，今天百分之四十的成年无产者都识字，而在革命前，据说，只有百分之十五的人识字。党宣称婴儿的死亡率如今只有千分之一百六十，而革命前则是千分之三百——如此等等。这就像两个未知数的简单等式。不难猜度，历史课本里的每个词，甚至那些你毫无疑问接受的事情，都是凭空杜撰出来的。就他所知，像“初夜权”那样的法律、资本家那样的人物、高礼帽那样的穿戴，从来不曾有过。

一切都消退在迷雾里了。过去被抹掉了，抹掉行为又被忘记了，谎言成了真理。他一生中只有一次掌握了——事件发生之后，这是十分可靠的——具体的、无误的造假的证据。他用指头捏住它多达三十秒钟。那一定是在一九七三年吧——反正是他和凯瑟琳分手那会儿。不过，真实相关的日期则是在七八年前。

故事真正开始于六十年代中期，大清洗正在进行，革命的元老都一劳永逸地被消灭了。到了一九七〇年，元老没有一个幸存下来，只有老人家安然无恙。其余所有的人都被认定是卖国贼和反革命分子。戈尔茨坦逃脱了，藏匿起来了，无人知道去向，别的元老、少数人就此销声匿迹，而多数人在声势浩大的公开审讯后供认了他们的罪行，然后就被处决了。最后一批幸存者中有三个人，名叫琼斯、阿伦森和拉什福德。那一定是在一九六五年，他们先后被逮捕。一如经常发生的，他们消失了一年多，因此人们不知道他们是活着还是死了，然后突然让他们露面，像通常那样招供。他们供认与敌人串通（那个时期，敌人是欧亚国），盗用公款，谋害各种各样的可靠的党员，与老人家的领导地位阴谋对抗，而这在革命发生前就早已开始了，一系列的破坏活动造成了成千上万人的死亡。他们供认了这些罪过后，得到了宽大处理，恢复了党籍，安排了职位，听起来位高权重，实际上有名无实。三个人都在《泰晤士报》上写了长篇痛心疾首的检查，分析他们变节的原因，保证悔过自新。

他们获释后，温斯顿实际上在栗子树咖啡馆见过他们仨。他记得他用眼角余光观察他们的那种担惊受怕的迷恋心情。他们都比他大很多，像古代世界的遗迹，都是建党初期英雄辈出的岁月留下来的最后一批伟大人物。地下斗争和内战的魅力在他们身上依然可见。尽管那时各种事实和日期都已经变得模糊不清，但是他还是觉得他听说他们的名字要比听说老人家的名字早得多。不过，他们是不法分子、敌人、不可接近者，一两年内就一准会灭迹，厄运难逃。不管谁，只要落入思想警察的手里，最终都只有九死一生的结果。他们只是等待送入坟墓的行尸走肉。

没有人在离他们最近的桌子旁边就座。在这样的人周围被人看见都是不明智的。他们一声不响地坐着，面前摆了杜松子酒玻璃杯，丁香味儿四溢，是这家咖啡馆的特色。三个人中，拉什福德的外貌留给他的印象最深。拉什福德曾经是一个著名的漫画家，他那些残忍的卡通形象在革命前和革命中，深深影响了老百姓的观念。即使现在，过了一段时间，他的卡通画还在《泰晤士报》上发表。它们只是他早期风格的模仿，令人费解的没有生气，没有说服力。它们总是再现从前的题材——贫民窟居民、挨饿的孩子、街头巷战、头戴高礼帽的资本家——即便在街垒中资本家也似乎离不开高礼帽——一种无休止、无希望的回到过去的努力。他是一个身躯魁伟的人，一头油腻的灰发，脸褶松松垮垮的，嘴唇向前凸显。他一度一定强壮无比；现在他庞大的身躯委顿、松垂、鼓鼓囊囊，向四面八方坍塌而去。他看去好像一座崩溃的大山，眼看就要四分五裂了。

那时十五点了，这个时辰很孤寂。温斯顿现在记不得他当时为什么在这个时辰走进那家咖啡馆。整个咖啡馆几乎空空如也。电屏上细小的音乐在嗡嗡嘤嘤地响。那三个人坐在他们的角落里，几乎一动不动，一言不发。没有人叫酒，侍者把新杜松子酒自动添上。在他们身旁的桌子上有一个棋盘，棋子都摆好了，但没有人下棋。后来，大约过了半分钟，电屏上发生了情况。电屏播放的音乐变了声调，音乐也改了调子。情况发生了——但是却很难描述。那是一种特别的、噼噼啪啪的、嘶哑的、嘲笑的调调——温斯顿在心里称它为黄色小调。随后，电屏上一个声音唱道：

在枝叶伸展的栗子树下，
我卖了你而你卖了我：
那里他们躺着，这里我们躺着，
在枝叶伸展的栗子树下。

三个人听了一动不动。温斯顿瞟了一眼拉什福德那张饱受沧桑的脸，看见他两眼里充满了泪水。他第一次注意到阿伦森和拉什福德破损的鼻子，内心掠过一阵哆嗦，但是不知道为什么哆嗦。

没过多久，这三个人都被逮了起来。看样子是他们释放不久就又开始从事新的阴谋活动了。第二次过堂时，他们再一次供认以往的所有罪过，一连串新的罪过，老账新账一起算。他们被处决了，他们的下场被记录在党史里，警戒子孙后代。这事过了五年之后，即一九七三年，温斯顿打开风动管掉落在他办公桌上的一叠卷宗时，发现了一小片纸，显然是滑落在其他卷宗里随后忘记了。他一打开它就看出了其意义重大。那是十年前从《泰晤士报》撕下来的半张报纸——一页报纸的上半张，因此上面还有日期——版面上有一幅照片，是党在纽约举行的集会上的代表们的合影。人群中央突出的位置，分别是琼斯、阿伦森和拉什福德。一点儿没错，就是他们三个人，反正下面的说明文字里有他们的名字。

问题是，这三个人在两次审判会上，都供认说他们一直在欧亚国境内。他们从加拿大的一个秘密机场飞往西伯利亚某个约会地点，与欧亚国总参谋部的人员会面，把重要的军事情报出卖给他们。那个日期触动了温斯顿的记忆，因为那天正好是仲夏日；但是全部故事也一定没完没了地记录在别的地方了。只有一个可能的结论：他们的供认都是谎言。

当然，这事儿本身算不上什么结论。即便在那时，温斯顿也很难想象到人民在大清洗中被消灭，真的是犯下了他们被控诉的罪行。但是，这是确凿的证据；这是一个被抹掉的过去的片断，如同一根化石骨头，出现在错误的断层中，推翻了地质学上的一个理论。如果能把它设法公布于世，让其意义为世人了解，它足以把党爆成粉尘。

他本来一直在干活儿。可他一看见那幅照片上的人物，便感觉到了照片的意义，他赶紧用另一张纸覆盖上。还好，他打开卷宗时，从电屏的角度看，是一个上下颠倒的样子。

他把草稿本子放在膝盖上，把椅子往后推了推，尽量躲开电屏远一点儿。保持你的脸上没有表情不是什么难事儿，甚至你的呼吸都能花些力气得到控制；但是你无法控制你的心脏的跳动，而电屏相当敏感，能捕捉到心跳。他等待了估计十分钟，十分钟里饱受折磨，害怕什么偶然事件——比如说，突如其来的一阵过堂风吹过他的办公桌——让他露了馅儿。后来，没有敢把覆盖上的纸去掉，他把那幅照片一起丢进了记忆洞，一同还扔掉了一些别的报纸。也许再过一分钟，它就会粉碎成灰烬了。

那是十年或十一年前的事儿了。要是搁在今天，他也许会留住那张照片。说来奇怪，手指拿着那张照片这一事实，现在对他来说好像关系重大，虽然那张照片本身，如同那个记录在案的事件，只是记忆了。党对过去的掌控真的不如过去强有力，他心下嘀咕，仅仅因为一个证据曾经存在过而不再存在了吗？

然而，今天，假如那张照片能从灰烬里重生，它也许算不上是证据了。在他发现那幅照片的时候，大洋国已经不再与欧亚国交战了，对欧亚国的特务们来说，这三个死人出卖了他们的国家。此后，曾有几次别的变化——两次，三次，他记不清多少次了。很可能，那些供认已经改写了一次又一次，直到那些原始的事实和日期不再有一点儿存在的意义。过去不仅改变了，而且在继续改变。梦魇般折磨他的是，他从来就没有完全弄清楚，这种不惜成本的欺骗为什么要进行。篡改过去的立竿见影的种种好处是很明显的，但是最终的动机很难破解。他又拿起笔，写道：

我理解方法，我不理解原因。

他奇怪，如同他过去一再感到奇怪那样，他自己是不是一个疯子。也许疯子只是少数吧。曾几何时，相信地球围绕太阳转就是疯病的症状；今天，相信过去不可以改变就是疯病的症状了。他有这种信仰也许很孤立，而如果孤立，接下来就成疯子了。但是，成了疯子的念头倒也不怎么让他难过；可怕的是他也许是错的。

他拿起那本儿童历史教科书，端详卷首上老人家的那幅像。那两只催眠性的眼睛关注着他本人。仿佛某种巨大的力量在把你往下压——某种刺透你头颅内部的东西，猛击你的脑子，吓得你无所适从，放弃信仰，说服你几乎否定了你的感官的证据。临了，党会宣布二加二等于五，而你就欣然相信了。不可避免的是，他们迟早会宣布二加二等于五的：他们的地位逻辑需要这样宣布。不仅经验是无效的，而且外部现实的存在也会被他们的逻辑蛮不讲理地否定。异端集大成就是常识。让人不寒而栗的不是他们因为你不那么思考而杀害你，而是他们也许是对的。因为，毕竟，我们如何知道二加二等于四呢？如何知道重力发生作用呢？如何知道过去是不可改变的呢？如果过去和外部世界只是存在脑子里，而且如果脑子本身是可以控制的——那又是什么情况呢？

然而，不！他的勇气似乎突然主动地强硬起来了。奥布莱恩的脸，没有任何明显缘由，在他脑海里浮现出来。他知道，而且比以往更加肯定，奥布莱恩是站在他这边的。他在为奥布莱恩写日记——献给奥布莱恩的日记；这像一封没有尽头的信，没有人会读到，但是写给一个具体的人，因为这一事实便有了色彩。

党告诉你否定你眼见的证据，耳听的证据。这是他们最基本的最后命令。他的心在往下沉，因为他想到那排山倒海的力量就在他跟前，党的任何知识分子都能轻而易举地驳倒他，他不能够理解那些奥妙无穷的论点，哪里还会据理力争。然而，他站在正确的一边！他们错了，他是对的。明显的东西、朴素的东西、真理，都必须捍卫到底。自明之理就是真理，坚持到底吧！可靠的世界存在，可靠世界的法则没有改变。石头很坚硬，水是湿的，没有支撑的物体落在地球的中心。他带了感情和奥布莱恩交谈，而且也是在阐明一个重要的公理，他写道：

自由就是自由地说二加二等于四。如果这是理所当然的，其余一切都不在话下。

第八章

一条通道尽头的某个地方，烘咖啡的味道——真正的咖啡，不是胜利牌咖啡——飘到街上来了。温斯顿不由自主地停了下来。大约两秒钟里，他回到了童年那个忘掉一半的世界。随后，门砰然响了，好像把这咖啡香味儿突然切断，仿佛味道本是一种声音。

他在人行道上走了好几公里，他的静脉曲张在饱胀。三个星期里，这是他第二次没有去社区活动中心：一种冒失的行为，因为你可以想见，你出席社区活动中心的人员数量会被仔细查点的。原则上，党员没有业余时间，除了上床睡觉，是不能单独待着的。按不成条文的规定，他没有工作、吃饭、睡觉时，他应该参加某种集体文娱活动；凡是具有自处的嗜好的行为，哪怕是一个人散散步，都是有些危险的。新话语对自处有一个词：自生，意味着个人主义和为人孤僻。但是，今天晚上他走出真理部时，四月的芳香吸引了他。天气暖融融，天空湛蓝湛蓝的，过年以来从未看见过，社区活动中心那种漫长的吵闹的夜晚，那些无聊的耗人的游戏，那些讲座，还有杜松子酒浇灌的大呼小叫的同志关系，好像突然变得难以忍受了。一时心血来潮，他从公共汽车站转身，向伦敦的花花世界走去，先是向南，然后向东，然后再向北，任由自己在叫不出名字的街道游逛，懒得打听他向何处走去。

“如果还有希望。”他在日记里写道，“希望在无产者身上。”这话不断回到脑海，是一种神秘的真理的阐述，一种显而易见的荒谬的破解。他大概在东北边曾经是圣潘克拉斯火车站一带的含混土色贫民窟里溜达。他行走在一条鹅卵石街上，两边都是两层楼住宅，破败的大门直通人行道，莫名其妙地让人想到老鼠洞。在鹅卵石上，这里那里存着脏水滩。在黑魆魆的大门的里里外外，以及两旁狭窄的陋巷里，人民聚集在一起，数量惊人——花蕾盛绽的姑娘，嘴唇涂得浓艳；追逐姑娘们的青年；臃肿的摇晃的老女人让你看到十年后那些花季姑娘的影子；弯腰屈背的老翁们踩了八字脚蹒跚而行；破衣烂衫的孩子们在污水坑边玩耍，听到母亲愤怒的喊叫一哄而散。大街上大概四分之一的窗户破败不堪，用木板遮挡起来。多数人没有搭理温斯顿；少数几个瞄他几眼，几分防范，几分好奇。两个女人身宽体胖，红砖般小臂交搭在胸前，站在门口闲扯。温斯顿走过时听到了她们闲扯的只言片语。

"'是呀，'我跟她说了，'这样好是好，'我说，'可是如果你处在我的位置，我干过什么，你也会照干不误。横挑鼻子竖挑眼谁不会，'我说，'不过你不会遇上和我一样的麻烦的。'"

"唉。"另一女人说，"谁说不是呢。就这么回事儿。"

叽叽喳喳的声音戛然而止。两个女人在他走过时打量他，带着无声的敌意。不过也说不上是什么敌意；只是一种警惕，一时间的静止，如同某种不熟悉的动物走过一样。党的蓝色制服在这样的街上不是常见现象。没错，在这种地方出没很不明智，除非你有迫不得已的正事要办。如果你碰上了巡逻队，他们还会盘问一番。"看一下你的证件好吧，同志？你在这里干什么？你什么时候擅离工作岗位的？这是你回家的必经之路吗？"——等等，问个没完。并非有什么规定，回家非走必经之路，但是如果思想警察听说这种事儿，足以引起他们对你的注意。

突然间，整条街骚动起来。四面八方传来报警的呼啸。人们纷纷跑进门道，动如脱兔。一个年轻女子在温斯顿前面一点儿从门里跳出来，一把拉起一个在水池边玩耍的小孩，用围裙把他罩住，三步并两步跳回门里，一串动作一气呵成。与此同时，一个身穿六角手风琴似的黑衣服的男子，从一条小巷窜出，向温斯顿跑来，慌慌张张地指向天空。

“蒸汽机！”他叫道，“看仔细，头儿！头上要爆炸。快趴下！”

“蒸汽机”是无产者不知什么缘故对火箭弹的戏称。温斯顿马上扑倒在地。无产者们告诫你这种事儿，一般来说总是对的。他们似乎具备某种本能，事先几秒钟预告火箭弹会来，尽管火箭弹按说远比声音飞得快。温斯顿用胳膊紧紧抱住脑袋。轰然一声，似乎要把人行道掀翻了；一阵碎小物体纷纷降落在他的背上，等他站起来，他发现附近窗户的碎玻璃落了他一身。

他接着向前走去。炸弹把街前面两百米处一组房屋夷为平地了。一柱黑烟冲向天空，黑烟下是一片墙灰烟雾，一群人已经围在废墟前。他前方的人行道有一堆墙灰，他能看见灰堆中间有一道鲜红的血迹。他走到跟前，原来是一个人的一只齐腕炸断的手。除了附近那摊血，那只手全无血色，像石膏脱出来的模型。

他把那只手踢进了臭水沟，然后，躲开那群人，拐进了一条小巷。三四分钟后，他走出了炸弹波及的区域，街上黏稠而蜂拥的生活一如以往，仿佛什么事情都没有发生过。快二十点了，无产者常去的酒店（他们称作“酒吧”）顾客盈门，拥挤不堪。黑乎乎的弹簧门没完没了地开开关关，传出来一股尿骚味儿、锯末味儿和酸啤酒味儿。在一家前墙凸出的弯角里，三个人紧紧地站在一起，中间那个人拿了一张折叠的报纸，另外两个人伸长脖子一起看报。相距一定距离还看不清他们脸上的表情之前，温斯顿能看见他们身上每一条线条多么用神专注。显然，他们在看某条重大的消息。距离他们几步远时，三个人突然分开，其中两个发生了激烈的争吵。一时间，他们似乎就要拳脚相加了。

“你他娘的不能听我好好说吗？我告诉你，没有尾数是七的数字中彩，都整整十四个月了！”

“有的，中过了嘛！”

“没有的，没有中过！家里我全收着，收集了两年了，记在一张报纸上。我像钟表一样按时把它们记下来。我跟你说，尾数是七的数字没有——”

“有的，七字中过了！我他妈的可以把那个中彩号码告诉你。四〇七，尾数七。那是二月份的事儿——二月份第二个星期。”

“二月份你个奶奶！我白纸黑字地全记下了。我跟你说，没有数字——”

“哦，别嚷嚷了！”第三个人说。

他们在谈论彩票呢。温斯顿走出三十米时，回头看了看。他们还在争论，表情生动，一脸激情。彩票每星期开一次奖，奖金丰厚，无产者们格外关注，是一件公共事件。大概有三百万无产者关心彩票，这是他们生活的重大理由，如果不是活下去的唯一理由的话。彩票是他们的快乐，他们的傻念头，他们的麻醉剂，他们的智力刺激剂。只要事关彩票，哪怕那些斗大字不识几个的人，也好像能够运算精确，记忆惊人。有一大帮人依靠买彩票的系统谋生，预测中奖号码，兜售吉祥小玩意儿。温斯顿与中奖活动没有任何瓜葛，那是富足部操作的项目，但是他很清楚（党内人人都很清楚）奖金大体上都是想象出来的。只有很小的奖金实际上能兑现，大奖金的得主是根本不存在的人。因为大洋国各地之间没有相互联系，这事儿不难操作。

不过如果还有希望的话，希望在无产者身上。你要死守这一信念。你用话说出这一信念，它听起来就有道理了；你看见人群从你身边的人行道上走过，这个信念就成了信仰的行为了。他拐进去的这条街一溜下坡。他觉得他过去来过这个住宅区，不远处应该有一条大通衢。前面什么地方传来一阵叫喊声。这条街拐了个直角，顶头是一段台阶，通向一条下沉的窄道，那里有几个摊贩在兜售发蔫的蔬菜。这时，温斯顿记起来他身在哪里了。那条窄道通向一条大街，到了下个拐弯处，五分钟路，是那个旧货商店，他就在那里买了那个空白笔记本，现在成了他的日记本。不远处一个小文具店里，他又买了那个笔杆和那瓶墨水。

他在那段台阶上驻足小憩。窄道对面有一家昏暗的酒吧，窗户看去涂了雾气，而实际上是覆盖了灰尘。一个年龄很大的男人，弯腰屈背但很有活力，白胡须硬嘟嘟地向前矗着，如同青虾的须子，猛地把酒吧弹簧门推开，走了进去。温斯顿站着，看着，突然想到，那个老翁至少八十多了，革命爆发时已经是人到中年了。他和为数很少的像他一样的人，是现在这个世界和消失的资本主义世界之间最后的连接了。在党的内部，也没有多少人的观念是革命前形成的。老一代在五十年代和六十年代的大清洗中多数都被消灭了，幸存的少数人长期担惊受怕，早已被改造成脑力上的招安者了。如果活着的人有谁能给你真实地讲述本世纪早期的状况，那只能是无产者了。突然间，誊写到日记里的教科书里的那段课文，在温斯顿的脑海里浮现出来，一阵发疯的冲动控制了他。他要到那个酒吧去，同那个老翁搭讪，问他一些问题。他会对他说："跟我说说你小时候的生活吧。那时候生活是什么样子？情况比现在好呢，还是坏呢？"

急匆匆的，唯恐拖延久了心下害怕，他走下台阶，跨过窄街。这是发疯的行为。当然，按惯例，没有明确规定不准和无产者交谈、光顾酒吧，但是这种行为太不合常规，只要发生就会被注意到。如果巡逻队出现了，他可以借口说因为感到一阵头晕，但是他们十之八九不会相信他。他把酒吧门推开，一阵酸啤酒的难闻的干酪味儿迎面扑来。他进入酒吧时，吵闹的声音一下子静下去一半。他感觉到身后大家都在注视他的蓝制服。酒吧另一头正在进行飞镖比赛，中断了大约三十多秒。他随后跟进来的那个老翁站在吧台前，好像在和酒保争执什么，不过那酒保是个体壮、敦实、鹰钩鼻的年轻人，胳膊异常粗壮。另外几个人，手拿啤酒杯，在看热闹。

“我很客气地问你问题，不是吗？”那个老翁说着，挺直肩头，一副好斗的样子，“你告诉我这个他娘的鬼地方没有一品脱酒杯吗？”

“一品脱究竟他妈的是什么呢？”酒保问道，手指戳在吧台上，向前探着身子。

“听听他说的！自己分明是酒保，却不知道品脱是什么！咦，一品脱就是二分之一夸脱，四夸脱就是一加仑。接下来就该教你 ABC 了。”

“从来没有听说过。”酒保不耐烦地说，“一升，半升——我们就是这样上酒的。你面前有的是酒杯。”

“我就喜欢一品脱。”老翁不依不饶地说，“你给我来一品脱，伸伸手的事儿。我年轻的时候没喝过他娘的一升半升啤酒。”

“你年轻的时候，我们都还生活在树顶上呢。”酒保说，看了一眼别的顾客。

一阵哄堂大笑，温斯顿走进酒吧引起的动静似乎不见了。老翁白胡子拉碴的，脸上还出现了羞红。他转过身去，嘟嘟哝哝的，和温斯顿撞了个满怀。温斯顿连忙用胳膊轻轻地扶住了他。

“我可以请你喝一杯吗？”温斯顿问道。

“你是一个绅士。”老翁说，再次挺直了肩膀。他看起来没有注意到温斯顿的蓝色制服。

“一品脱！”他对着酒保没好气地说，“一品脱啤酒。”

酒保在柜台下的大水桶里涮了两个厚玻璃杯，每个杯子注入了半升啤酒。啤酒是无产者酒吧唯一能喝到的东西。无产者按说喝不到杜松子酒，尽管实际中他们也很容易搞到。飞镖比赛又嗖嗖地开始了，吧台边的几个人开始谈论彩票。温斯顿一时间给忘在了脑后。

窗户边有一张松木桌子，他和老翁尽可以交谈而不必担心别人偷听。这样的交谈是极其危险的，但是好在酒吧里没有电屏，他一进酒吧就把这点弄清楚了。

“他可以给我弄一品脱嘛。”老翁一边嘟哝，一边拿着酒杯坐了下来，“半升不够喝，不过瘾。一升又喝不完，喝了都尿了。更别说多花了钱。”

“和年轻时比，你一定经历了很多变化。”温斯顿试探着说。

老翁淡蓝色的眼睛从飞镖盘转向酒吧，从酒吧转向厕所的门，仿佛他期望在这酒店里发生什么变化。

“啤酒更好，”他最后说道，“也更便宜！我年轻时，淡啤酒——我们习惯叫‘我乐’——一品脱才四便士钱。那当然是战争前的事儿了。”

“哪次战争？”温斯顿问道。

“所有战争前。”老翁含糊其辞地说，他拿起酒杯，肩部又挺了挺，“祝你身体健康！”

他消瘦的脖子间，凸出的喉结一上一下飞快地移动，啤酒瞬间就喝光了。温斯顿走向吧台，回来时又端来两个半升啤酒。老翁似乎忘了他反对喝掉一升啤酒的话了。

“你比我大多了吧。”温斯顿说，“我还没有出生，你早就是成年人了。你一定记得革命前的那些日子什么样子吧。我这样岁数的人对那时的生活一点儿也不知道。我们只能在课本里看到，可课本里的东西也许不真实。我很愿意听听你的高见。历史教科书说，革命前的生活和现在的生活截然不同。那时的人们受尽了可怕的压迫、虐待、贫困——日子糟糕得难以想象。伦敦城里，广大人民从来吃不饱，从生到死都在挨饿。一半人脚上没有靴子穿。他们一天要干十二个小时的活儿，九岁就离开学校，一间屋子睡十个人。那时候，只有很少一部分人，只有几千人——人们叫他们资本家——有钱，有权。他们拥有他们能拥有的一切。他们住在豪华宽敞的大宅邸，使用三十多个仆人，他们出门开汽车，坐四轮马车，喝香槟酒，戴高礼帽——”

老翁一听快活起来。

“高礼帽！”他说，“真有意思，你还提到了高礼帽。这东西昨天还让我想到了呢。不知道为什么。就是想到了。我很多年没有看见过高礼帽了。过时了，它们不时兴了。我最后一次戴高礼帽是去参加我妹夫的葬礼。那是——哦，我跟你说不清是哪年了，但是一定是五十年前的事儿了。就是要去参加葬礼我才去租了一顶，你知道。”

“高礼帽本身不是十分重要。”温斯顿耐心地说，“问题是，那些资本家——他们和少数依附他们活着的律师、牧师之类是人间的主宰。世间的一切都为了他们的利益。你——普通老百姓和工人——是他们的奴隶。他们可以对你为所欲为。他们把你像牲口一样船运到加拿大。只要他们乐意，可以睡你的女儿。他们可以让人用九根皮条的鞭子抽打你。你从他们身边走过，还得摘帽行礼。每个资本家身边都带着一帮走狗——”

老翁又一次来精神了。

“走狗！”他说，“可有些年头没有听到这个词了。走狗！这倒让我想到了过去，真的。回想起来——哦，说不清猴年马月了——我有时星期天下午到海德公园去听人家讲演。救世军、罗马天主教、犹太人、印度人——各种各样的人都到那里去。有一个家伙——哦，我不能说出他的名字，但是一个很能讲话的人。他讲话一点儿不客气。‘走狗！’他说，‘资产阶级的走狗！统治阶级的奴才！’寄生虫——这些都是另外的叫法。还叫‘鬣狗’呢——他真的叫他们鬣狗。当然，他是指工党，你知道。”

温斯顿感觉他们的谈话两岔了。

“我真正想知道的是这么回事儿。”他说，“你现在比那时享有更多的自由吗？你现在所受待遇更像一个人所受的吗？在过去，富人，上层人——”

“上议院。”老翁提醒说。

“上议院，就按你说的。我只是在问，这些人把你当下等人对待，只是因为他们富有而你贫穷吗？举例来说，你碰见了他们，就真的不得不摘下帽子对他们喊‘老爷’吗？”

老翁看样子陷入了深思。他喝了一大口啤酒才回答。

“是呀。”他说，“他们喜欢你向他们脱帽致敬。那是表示尊敬、喜欢。我不喜欢这个，我个人不喜欢，不过经常这样做。这么说吧，不得不做给人看。”

“还有——我只是在引用历史教科书里看到的东西——这些人和他们的仆人真的经常会把你从人行道推进臭水沟里吗？”

“有一个人曾经推过我一次。”老翁说，“想起这事儿，好像就发生在昨天。那是在划艇比赛的夜晚——划艇比赛的晚上人们一贯都闹哄哄的——我在沙夫茨伯里大街撞上了一个年轻人。他挺像个绅士的——穿着白衬衫，戴着高礼帽，黑色外大衣。他在大街上东一拐西一拐地走路，我一下躲不及就和他撞上了。他说：‘难道你走路不看道吗？’我说：‘这他妈人行道你又没买下，对不？’他说：‘你喝醉了。我给你半分钟，一边去。’说来你也许不信，他上手就推，一下推在我胸口上，使大劲儿推，差一点儿把我推到公共汽车轮子下。哦，那时我很年轻，我也给了他一下，只是——”

一阵哭笑不得的感受抓住了温斯顿。这老翁的记忆只有一堆垃圾一样的琐碎。你就是问他一天，也得不到任何真正的东西。从某个角度说，党史课本也许是对的，甚至是完全对的。他做了最后一次尝试。

“也许我没有把话说明白。”他说，“我要说的是这么回事。你活了一个大寿数，你在革命前就活了半辈子了。比如说，在一九二五年，你已经长大成人了。就你记得的，你可以说，一九二五年的生活比现在的生活是更好了，还是更糟了？如果要你选择，你愿意过那时的生活还是现在的生活？”

老翁心有所思地看着飞镖盘。他把啤酒喝完，比刚才喝得慢许多。等他开口说话，口气宽容和世故了不少，仿佛啤酒让他平和了一些。

“我知道你想让我说什么。”他说，“你想让我说我宁愿再年轻一次。只要你去问他们，多数人都会说想再年轻一次。年轻好啊，身体好，有力气。等你活到我这把年纪，永远别指望好活了。我腿脚有毛病，膀胱很糟糕，那个难受。夜里起夜六七次。不过话看怎么说，人老了也有很多好处呢。你不用像大家一样遇事就着急了。和女人没有瓜葛了，这可是大事情。我和女人没上床都快三十年了，你相信我没错。干脆没有那个要求。”

温斯顿向后仰身，靠在窗台上。再问下去没有用了。他正想再去买些啤酒，老翁却突然站起来，拖着脚步急匆匆地赶向酒吧间那头的厕所。多喝了半升啤酒，他的事儿就来了。温斯顿坐了一两分钟，看着那个空酒杯，一点儿没有注意到他的两脚已经把他带到了大街上。顶多再过二十年，他想，这个巨大而简单的问题就一劳永逸地不需要回答了：“革命前的生活是不是比现在的生活更好呢？”然而，事实上，这个问题即便现在也没有答案，因为少数从那远古的世界零星存活下来的人，是没有能力比较两个时代的优劣的。他们只记得无数没有用的东西，与干活儿的伙伴争吵啦，寻找丢失的自行车气筒啦，早已亡故的妹妹脸上的表情啦，七十年前一个上午刮起的一阵旋风啦；只是所有关系重大的事实都不在他们的视野范围里。他们像蚂蚁，只能看见微小的东西，看不见大目标。等到记忆力衰退，文字记录被篡改——等这种情况发生过，党声称提高了人民生活条件，人们也就听信了，因为所有可以检验的标准都不存在了，永远不存在了。

这时，他的思路突然停止了。他停下脚步张望了一下。他身置一条狭窄的街道，有几家黑魆魆的小店铺，夹在住宅之间。他的头顶上方悬挂着三个褪色的铁球，看去仿佛曾经镀过金。他感觉知道这个地方。

一点儿没错！他就站在那家旧货铺外面，在这里买到了那个日记本。

恐惧一下子袭来。一开始买那个笔记本就够冒险的，他发誓再也不到这个地方来了。可是，只要听由思想漫游，他的两脚就自动地会把他带回到这里。他开始写日记的初衷本来是希望防止他不由自主地产生自杀的冲动。与此同时，他注意到，尽管快二十一点儿了，这家店铺却还开着门。感觉他在店内比在外面马路上溜达少让人怀疑，他便走进了店门。如果店主问话，他可以随口说他在踅摸剃刀片。

店主刚刚点上悬挂的煤油灯，油灯发出了不洁净却友好的味道。店主大约六十来岁，羸弱，驼背，和善的长鼻子，温和的眼睛，厚厚的眼镜后两眼有些变形。他的头发差不多全白了，但是眉毛很浓，还很黑。他的眼镜、他温和的忙乱的动作、身穿年代久远的黑色平绒外衣，让他给人模糊的知识分子的气息，仿佛他曾经是一个文化人，或者也许是一个音乐家。他的声音很轻，仿佛变弱了，他说话的口气不像多数无产者那么土气。

“你还在人行道上我就认出你来了。”他马上说，“你就是那个买走那本年轻女士的纪念册子的先生。那本子纸张很美。过去叫奶油纸。不再生产那种纸了——哦，我敢说五十年来都不生产了。”他从眼镜上方瞧了瞧温斯顿，“还有什么事情我可以为你效劳吗？或是只是随便看看？”

“我路过，”温斯顿含糊其辞地说，“进来看看。我没有什么特别想要的。”

“很好，很好。”店主说，“因为我也觉得没有什么事情可以为你效劳。”他用柔软的手掌的手做了一个致歉的动作，“你一看就明白，你可以说这就是一个空铺子。再说，你我之间刚刚做过旧货买卖。不再有什么需求，也没有存货了。家具、瓷器、玻璃器皿——全都慢慢地用破了。当然，金属器皿也差不多回炉化掉了。我已经没看见铜蜡烛台很多年了。”

事实上，这家铺子狭窄的内部塞得满满的，很乱，只是几乎没有一件东西有一点儿价值。地上的空间很有限，因为四壁下面堆了无数落满灰尘的相框架。窗户台上摆了一碟碟螺母螺钉、用乏的凿子、破刃铅笔刀、零件全都失灵的旧手表，以及别的乱七八糟的东西。只有墙角一张小桌子上摆了几样七零八碎的东西——漆器鼻烟壶、玛瑙饰针，等等，看起来好像还有些令人感兴趣的玩意儿。温斯顿向桌子走去，眼光落在一个又圆又光的物件上，在灯光下反射着幽光，于是他把它拿了起来。

那是一块沉甸甸的玻璃，一面鼓起来，另一面平整，差不多就是个半球形。玻璃的颜色和质地都让人感觉特别柔软，像雨水一般。在它的正中心，鼓起的面具有放大作用，映现出一个奇怪的粉色的卷曲的物体，让人想到玫瑰花或者海葵。

“这是什么？”温斯顿问道，好生奇怪。

“这就是珊瑚。”老人说，“应该是从印度洋过来的。人们通常都把它镶在玻璃里。少说这东西也有一百多年了。仔细端详，时间更久。”

“一件很美的物件。”温斯顿说。

“一件很美的物件。”另一位也用欣赏的口气说，“不过现在很少有人看出好歹来。”老人咳嗽了几声，“嗯，如果有缘分，你想买下，出四块就成。我记得像这种东西，过去能卖到八镑钱呢，八镑就合多少钱来着——嗨，我换算不过来，反正是不少钱呢。可话说回来，现在谁还在意真正的古董——哪怕流传下来的很少了？”

温斯顿立刻付了四块钱，把那宝贝装进了口袋。真正吸引他的还不只是它美不胜收，它拥有的那种气息似乎属于一个与现在截然不同的时代。这柔软的雨水一样的玻璃，与他见过的任何玻璃都不一样。这宝物因为显然没有实际用处而加倍吸引人，尽管他猜得出它曾经被人当作镇纸使用。它装在口袋里很沉，但是幸亏它没有什么体积，撑不鼓口袋。一个党员弄到手这样的物件，有些匪夷所思，甚至有些歪门邪道。任何老古董，更别说美的东西，总是会无端引起怀疑。老人收下那四块钱，显然变得更加来精神。温斯顿看出来，就是给他三块钱、甚至两块钱，他都会欣然收下的。

“楼上还有一间屋子，你也许有兴趣看看。”他说，“里面东西不多。只有几件东西。不过我们要是上楼，需带灯上去。”

他点着了另一盏灯，弓起身子，带头慢慢地走上那架陡直的旧楼梯，穿过一个小过道，进了一间屋子，不是面向街道，而是面向一个铺了鹅卵石的院子和林立的屋顶烟囱。温斯顿发现家具摆放有序，仿佛是备好让人睡觉的。地上铺了一溜地毯，墙上挂了一两幅画，壁炉边有一把深陷的邋遢的椅子。壁炉架上那只老式的玻璃钟表，表面是十二个小时制，在嘀嗒嘀嗒地走。窗户下，一张床占据了屋子四分之一的地方，上面放了床垫。

“我妻子死前，我们一直住这儿。”老人说，口气有些歉意，“我一点儿一点儿地都把家具卖掉了。这是一张美丽的桃花心木床，如果不是臭虫成堆，怎么都算一张好床吧。可是我敢说，你会发现这床有点笨重。”

老人把灯往高处举了举，以便把整间屋子照亮，而且在暖暖的朦胧的光线下，这地方看起来不可思议地温馨。温斯顿脑子里闪过一个念头，那就是也许花几块钱租用这屋子一个星期，是很容易的，如果他敢冒险的话。这是一个完全不着边际的想法，怎么想到就怎么丢开吧；但是这房间唤醒了他身上一阵怀旧情绪，一种祖先遗传的记忆。他仿佛觉得他很清楚坐在这样的屋子里是什么样的感受，一把椅子摆在旺火旁，把脚放在炉架上，上面吊着水壶，彻底独处，彻底安全，没有人监视你，没有声音干扰你，只有水壶发出的吱吱水声，还有钟表友好地嘀嗒嘀嗒响声。

“没有电屏吧！”他忍不住嘟哝道。

“哦，”老人说，“我从来不弄那种东西，价钱死贵。再说啦，我也从来没有感觉需要它。那边墙角倒是有一个像模像样的折叠桌子。不过，当然，如果你想打开使用，你还得重新装合页。”

另一个墙角有一个小书架，温斯顿不由自主地向那边走去。书架上什么也没有，只有乱七八糟的东西，在无产者居住区，像别的地方一样，搜书焚书进行得很彻底。大洋国无论什么地方，一九六〇年以前出版的书都可能见不到了。老人还举着灯，站在床对面壁炉旁边悬挂的一幅黄檀框架的画前。

“我说呢，要是你真的对老照片有兴趣——”他深有用意地说。

温斯顿走过去细看那幅画。那是一幅镌刻铜版画，上面有一座椭圆形建筑，窗户是长方形的，前面有小钟楼。一道围栏把建筑物圈了起来，后面尽头看上去像是一座塑像。温斯顿注视了几分钟，大有似曾相识之感，但是他记不起来那座塑像了。

“镶框固定在墙上了，”老人说，“不过，我看我可以把它给你卸下来。”

“我认得那座建筑。”温斯顿终于说，“现在成了废墟了。位置就在正义宫外面那条大街的中央。”

“没错。法律大院的外面。让炸弹炸掉了——哦，很多年前的事儿了。那曾经是一座教堂。圣克莱门特的丹麦人教堂，就叫这个名字。”他莞尔一笑，露出一些歉意，仿佛感觉说了些惹人发笑的话，随后补充说，“橘子和柠檬，圣克莱门特教堂的钟声说！”

“哦——橘子和柠檬，圣克莱门特教堂的钟声说。我小的时候听过这首歌谣。歌谣里说些什么，我记不得了，但是我知道结尾那句：这里有一支蜡烛照亮你上床，这里有一把斧子劈开你的脑袋。伴随着跳舞唱的。他们向你伸出胳膊，让你从下面钻过去，等他们唱到这里有一把斧子劈开你脑袋时，会把胳膊一下子收回来，夹住你。歌谣里都是些教堂的名字。全伦敦的教堂都在歌谣里——就是说所有主要的大教堂。”

温斯顿含糊地猜度那座教堂属于哪个世纪。想确定伦敦一座建筑的年代，可不是一件容易的事儿。凡是宏大和壮观的建筑物，倘若外表有几成新，就大言不惭地声称是革命以来修建的，而凡是一眼就看得出是比较早期的建筑物，又说成所谓中世纪那个黑暗时期的东西。资本主义历经几个世纪，却认为没有产生过任何有价值的东西。你从建筑物上学不到历史，甚至于从书本上也学不到历史。塑像、铭文、纪念碑、街道的名字——但凡可以让人看见过去的东西，都有组织有系统地改掉了。

“我一直不知道那是一座教堂。”他说。

“很多东西也都留下来了，真的。”老人说，“不过它们都另派用场了。哦，那首歌谣里说些什么吗？啊，我记起来了！

橘子和柠檬，圣克莱门特教堂的钟声说，
你欠我三个硬币，圣马丁教堂的钟声说——

得，我就记得这些了。一个硬币，那是一枚小铜币，看上去像一分钱的样子。”

“圣马丁教堂在什么地方？”温斯顿问道。

“圣马丁教堂吗？它倒还在。就在胜利广场上，和美术馆并排。一座带了个三角形门廊的建筑物，前面有一些柱子，台阶拾级而上，长长一溜呢。”

温斯顿很熟悉那个地方。那是一座博物馆，用来做宣传，摆满了各种宣传品——火箭弹和漂浮堡垒的模型啦，揭露敌人暴行的蜡像啦，诸如此类的玩意儿。

“过去叫作田地里的圣马丁教堂。”老人补充说，“不过我记不得那一带有什么田地。”

温斯顿没有买下那幅画。这是一种更加不适合拥有的物件，比那个玻璃镇纸还要命，不可能带回家，除非把画从框架里取出来。

但是他延宕了几分钟，和老人搭讪着，从交谈中他得知老人的名字不叫威克斯而叫查林顿。从店铺前的招牌看，你可能会猜到这个名字。查林顿先生看样子是一个鳏夫，六十三岁，住在这铺子里三十年了。三十多年来他一直打算改掉窗户上面那个店铺名，但是阴差阳错地一直没有机会改。他们交谈的当儿，那首记起一半的歌谣一直在温斯顿的脑壳里回响：

> 橘子和柠檬，圣克莱门特教堂的钟声说，
> 你欠我三个硬币，圣马丁教堂的钟声说！

说来奇怪，只要你唱给自己听，就会真的觉得听见了教堂钟声，迷失的伦敦的教堂钟声，仍然在什么地方存在着，换了模样，被遗忘了。从一个个幽灵般的教堂尖塔，他似乎听见传来了悠扬的钟声。但是，就他所能记得的，他在实际生活里从来没有听见过教堂的钟声。

他离开查林顿先生，一个人下了楼梯，为的是不让老人看见他走出旧货店门时，要往街上东张西望几眼。他已经拿定主意，适当地间隔一段时间——比如一个月——他还会冒险来一趟这个旧货铺。这比起逃避到社区活动中心去，也许危险不到哪里去。卖了日记本，不知道这店主是否可靠，竟然再次回到这里，这种行为首先就愚蠢透了。但是——

是的，他又想，他就是要回来一次。他要再买些美丽的乱七八糟的小玩意儿。他会把那件圣克莱门特教堂的镌刻铜版画买下来，从框架里取出，藏在制服的上衣下拿回家。他会把那首歌谣的其余部分从查林顿的记忆里发掘出来。连租用一下那间屋子的疯狂念头都又在他脑子里闪现了一下。大约五分钟时间里他想入非非，让他忘乎所以，事先没有从窗户向外张望一眼就走上了街道。他甚至开始哼起一首即兴的小调——

橘子和柠檬，圣克莱门特教堂的钟声说，

你欠我三个硬币，圣马丁教堂的钟声说——

突然，他的心似乎变得冰冷，五脏六腑变成了一股水。一个身穿制服的人影从人行道上走来，相距不到十米的样子。是虚构司的那个姑娘，那个一头黑发的姑娘。天色暗淡下来，但是认出她来一点儿不难。她直视了他的脸一眼，随后继续前行，仿佛她不曾看过他。

几秒钟里，温斯顿浑身软瘫，动弹不得。然后向右拐弯，步履沉重地向前走去，一时间竟然不知道走错了方向。不管怎样，一个问题算是解决了。毫无疑问，这个女孩子在跟踪他。她一定是尾随他来到这里的，因为，在同一个黄昏，同一条无名的后街上，距离党员居住的地方好几公里远，她碰巧走来，这是难以置信的。巧合得太离奇了。无论她是不是思想警察的真正线人，或者就是一个好管闲事的业余侦探，都无关紧要了。她在监视他，这就足够了。也许，她还看见他走进过那个酒吧。

走路很吃力。口袋里的那块玻璃每走一步都撞一下他的大腿，他简直想掏出来扔掉算了。最要命的事情是他肚子痛起来。有那么一会儿，他觉得他要是不能很快找到一个厕所，他就死定了。但是，在这样一个居住区是没有公共厕所的。然后，肚子的阵痛过去了，留下一种隐隐约约的痛感。

这条街是一条死胡同。温斯顿停下来，站了一会儿，心下嘀咕下面该怎么办，随后转身，原路返回。他回身的当儿，他突然想到那个女孩子从他身边走过不过三分钟，一路跑去，他也许会追上她。他可以一路尾随她，直到一个僻静的地方，然后用石头砸碎她的脑袋。他口袋里的那块玻璃就足够重的，取她性命小菜一碟。但是，他马上丢开了这个念头，因为想到这事儿是件力气活儿就让他受不了。他跑不动，没有力气用力一击。另外，那女孩子很年轻，有力气，会奋起反抗的。他也想到赶往社区活动中心，一直待到那里关门，这样就能证明他那个夜晚没有别的活动。但是，这也办不到。他感到浑身软弱无力，要死的样子。他只想赶紧回家，坐下来，图个安静。

他回到公寓时，已经二十二点了。总闸会在二十三点三十分关掉电灯。他走进厨房，一口气吞服了一茶杯胜利牌杜松子酒。随后他走到了那个墙凹里的桌子边，坐下，从抽屉里取出日记本。不过，他没有立即打开。电屏传来一个沙哑的女人的声音，在呱呱地唱一支爱国歌曲。他坐在那里呆看日记本的大理石花纹封面，试图把那个声音从意识里排除掉，但是徒劳无功。

他们来逮你都是在夜间，总是在夜间的。应该做的事情就是在他们没有逮捕你时就自杀了事。有人无疑就是这样做的。很多消失的人实际上都自杀了。然而，生活在一个没有枪支、没有快速致命的毒药的世界里，自杀需要孤注一掷的勇气。他很吃惊地想到，疼痛和恐惧在生物学上毫无用处，每到需要特别力气的关口，人体总是软瘫下来，背叛了你。如果他行动迅速，他本可以结果了那个女孩子的；但是，正是因为他面临的危险到了极点，他失去了行动的力量。他不由得想到，在危机时刻，你从来无法和外部敌人搏斗，却总是在跟自己的身体较劲儿。即使现在，有杜松子酒壮胆，他肚子里的隐痛也让他无法连续思考。他发觉，那些看似英雄或者悲剧的情景里，身体的背叛是一样的。在战场上，在酷刑室，在沉船上，你正在奋斗的问题总是会被忘记，因为身体膨胀起来，除非它填满宇宙，哪怕你在搏斗或者痛得号叫时没有浑身瘫痪，但是生命也只是不失时机地在跟饥饿、寒冷、失眠作战，在与肚疼或者牙痛搏斗。

他打开日记，记下几句很重要的话。电屏上的那个女人又开始唱一支新歌。她的声音好像一块玻璃碴一样戳进了他的脑子。他努力想到了奥布莱恩，日记为他而写，写给他看，但是他想不到奥布莱恩，却想到了思想警察把他逮走会发生什么事情。巴不得赶快把你结果了。但是，在死亡之前（谁都不讲这样的事情，可是谁都知道就这么回事儿），例行公事般的供认是必须过的关：在地上趴着，哀叫怜悯，打断骨头，打碎牙齿，头发结有血痂。既然结果总是一样的，你为什么还要忍受这个？为什么不在几天前、几个星期前，了结你的性命？谁都躲不过侦破，谁都不能不供认。一旦你犯了思想罪，早晚都得在特定的日期里死掉。这样的恐怖改变不了什么，为什么要拖延到未来的时间呢？

他努力一下，比刚才有了一点儿进步，总算想起了奥布莱恩的形象。“我们将在没有黑暗的地方相见。”奥布莱恩曾对他说。他知道这话是什么意思，或者他认为他明白是什么意思。那个没有黑暗的地方，是想象的未来，你永远看不到，但是通过预见，你能神秘地分享。但是，电屏传来的声音在他耳边嘈杂不休，他很难按照思路进一步思考。他往嘴边放了一支香烟。一半烟丝一下子掉在了他的舌头上，一种苦涩的尘土，很难吐干净。老人家的那张脸浮现在他的脑海，取代了奥布莱恩。正像他几天前做过的，他从口袋里掏出来一枚硬币，打量几眼。那张脸注视着他，庄重、镇静，但是藏在那撇黑胡子下面是什么样的一种微笑呢？如同沉闷的钟声，那些话回到他这里来了：

战争即和平
自由即奴役
无知即力量

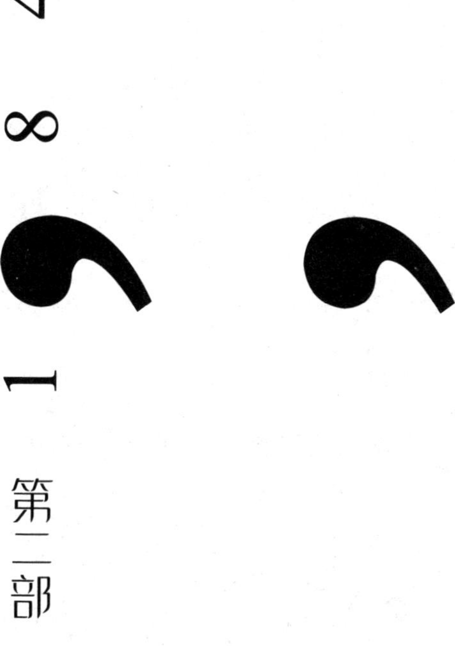

第二部

第一章

上午过半，温斯顿离开他的小格子间上厕所。

一个人影从灯光明亮的长长的走廊另一头向他走来，形单影只的样子。来人是那个一头黑发的姑娘。自从那日在那家旧货铺外面与她不期而遇，四天过去了。她越来越近时，他看到她的右臂挂在吊带里，远处看去不是很清楚，因为吊带的颜色和她的工作服几近相同。也许她在一个大万花筒上玩空翻时把手弄伤了，那些小说的情节可都是在大万花筒上玩花样“草拟”出来的。这在虚构司是司空见惯的事故。

他们相距大概四米时，那个姑娘脚下绊了一下，随即脸朝下摔倒在地上。她撕心裂肺地叫了一声。她一定压在那条受伤的手臂上了。温斯顿猛地收住了脚步。那个姑娘已经跪起来。她的脸变得蜡黄，嘴唇显得更加艳红了。她的两只眼睛紧紧盯着他，一种苦苦哀求的神色，看样子是因为害怕而非疼痛。

温斯顿内心升起一种奇怪的情感。他面前是一个敌人，正在谋取他的性命；他面前，又是一个有血有肉的人，疼痛难忍，没准儿折了一根骨头。他已经本能地冲过去帮扶她。这时候，他已经看清楚她确实摔倒在她那只缠满绷带的胳膊上，好像觉得别人摔了跤他自己疼痛不已了。

“你伤着了吗？”他问道。

“不要紧的。我的胳膊摔着了。一会儿就好了。”

她说话时仿佛她的心在扑腾乱跳。她确实面色如灰。

“你没有摔断哪儿吗？”

“没有，我没事儿。就疼了一会儿，就一会儿。”

她把没有绑带的手伸给他，他接着把她拉起来。她的脸色和缓了一点儿，看上去确实好多了。

“不要紧的，”她又简短地说道，“我只是把手腕摔痛一下。谢谢，同志。”

说完，她顺着刚刚走来的方向径直往前走，脚步轻盈，仿佛真的不要紧了。整件事儿发生不到半分钟。当事人脸上都来不及流露感情，是一种本能状态所呈现的习惯，可事有凑巧，事情发生时他们刚好站在一个电屏前。不论怎样，瞬间的惊讶是很难掩饰的，因为在他扶起那姑娘的两三秒间，她往他的手里顺了什么东西。毫无疑问，她是有意传递东西的。那东西又小又扁平。他走过厕所门时他把那东西迅速塞进口袋，用指尖摸了摸。那是一块叠成方块的小纸片。

他站在便池解手时，他用指尖对付着把小纸片打开了。不用说，小纸片上面一定写了什么话。有那么一会儿，他忍不住想钻进一个如厕间，打开一睹为快。然而，那样做未免十分莽撞，他很清楚这点。电屏在不停地监控，没有什么地方能让人放心。

他回到了小格子间，坐下，把那张小纸片随意扔在别的文件堆上，戴上眼镜，把说写器拉到跟前。“五分钟，”他跟自己说，“五分钟，不能再少了！”他的心在胸腔怦怦直跳，阵阵心悸袭来。还算走运，他在忙着处理的是一件日常事务，纠正一长串数字，不需要集中多大注意力。

不管在纸上写什么，它都有某种政治意义。就他所能预见的，无非两种可能性。一种可能性更大一些，就是那个姑娘是思想警察的线人，正像他一直担心的。他不知道为什么思想警察选择这样的方式传递他们的信息，但是也许他们有自己的理由。写在纸片上的东西也许是一种威胁，一种召唤，一种自裁的命令，一种云遮雾罩的圈套。不过还有另一种更宽泛的可能性，不停地冒出来，他压都压不住。那就是，这封短信不是来自思想警察那里，而是来自某种地下组织。也许兄弟会确实存在！也许那个姑娘是兄弟会的成员！无疑，这个念头很荒谬，但是他感觉一块纸片顺进手心时，脑子里马上冒出了这个念头。又过了一两分钟，他想到了另一种更容易的解释。此时此刻，尽管他的理智告诉他，这一信息也许意味着死亡——然而，他仍然不相信，并且没有道理的希望一再出现，心脏因此怦怦直跳，费了很大力气才稳住声音不发抖，对着说写器呜呜哝哝地念出那些数字。

他把那拨已经做完的活儿卷起来，装进风动管里。八分钟过去了。他把鼻梁上的眼镜扶了扶，叹息一声，把下一拨工作的活儿拖过来，那个小纸块就在上面。他把小纸块打开。只见字体大而歪斜，所写内容是：

我爱你。

几秒钟里，他惊讶不已，竟然没有把这种招灾惹祸的东西扔进记忆洞里。虽然他很清楚流露出过多的兴趣危险多多，然而他扔掉它时仍然忍不住再看一遍，仅仅是为了弄清楚上面真的写了那三个字。

上午余下的时间，很难专心工作。更要命的是，专心做一件又一件琐碎的工作固然很难，而隐藏他的情绪，不让电屏察觉，更难。他觉得肚子里仿佛一团火在燃烧。在闷热、拥挤、嘈杂的食堂用午餐不堪忍受。他原本希望在午餐时间里独处一会儿，但是运气太糟，那个蠢蛋帕森斯一屁股坐在他身旁，他身上的汗臭味儿差不多把烂炖的那点味道盖过了，没完没了地谈论仇恨周的各种准备。他对老人家的头的纸模型兴致甚浓，说有两米宽，是他女儿的特务连为了仇恨周专门制作的。让人恼怒的是，在这一片嘈杂声中，温斯顿根本听不清帕森斯在说些什么，不得已经常要他把一些废话重复一遍。他只窥见了那个姑娘一次，她和另外两个姑娘坐在饭堂那头的一张饭桌旁。她装出没有看见他的样子，他也没有再向那个方向张望。

整个下午更加难挨。午饭刚过，他接到一件棘手的活儿，需要几个小时，必须把一切事情搁置一旁。这活儿主要是在两年前一系列产品报告上弄虚作假，手段不计，只要能给一个核心党内的主要成员造成负面影响就行，因为这个人现在已经乌云当头了。这种活儿温斯顿干起来得心应手，不到两个小时，他已经全力以赴，把那个姑娘忘到了脑后。随后，那个姑娘的脸回到了他的记忆里，随即而来的是一种强烈的不可遏制的要求，只想单独待一会儿。只有单独待一会儿，他才能把这一新发生的事情理出头绪。今晚又是他去社区活动中心的夜晚。他在食堂狼吞虎咽了一顿晚餐，味同嚼蜡，随后急匆匆地赶往活动中心，参加“讨论小组”的那种一丝不苟的愚蠢活动，打两盘乒乓球，吞饮几杯杜松子酒，坐下听半个小时的报告，名为《英社与象棋的关系》。他内心无聊之极，不过这次他丝毫没有逃避晚上在活动中心的冲动。一看见“我爱你”三个字，好好活下去的欲望在他内心变得强烈起来，为区区小事冒风险突然间显得得不偿失了。一直待到二十三点钟，他才回到家，上了床——待在黑暗中，只要保持安静，你就能安全地躲开电屏——总算能够连续地想事儿了。

一个切实的麻烦不得不解决：如何与那个姑娘接触，安排一次见面呢？他不再考虑她会给他设下某种圈套的可能性了。他知道那是无稽之谈，因为她把那个小纸块顺进他手里时毫无疑问是很用情的。很明显，她害怕得不行，她只会是这个样子。他脑海里也没有拒绝她主动接近的念头。仅仅在五个夜晚前，他曾经想到用石头砸碎她的脑壳呢，不过那都不在话下了。他想到她那光溜溜的年轻的身体，像在梦中品尝美味一样。他曾想象她像别人一样傻瓜一个，脑袋里塞满了谎言和仇恨，肚子里装满了寒冰。想到她可能会失去她，那个雪白的年轻的身体会从他身边溜走，他立时感到一阵燥热！他更害怕的是，一旦他不能尽快地与她接触，她会改变主意。可是，见面的切实困难天大地大。那好比下棋被对方将死了还试图走出一步。不管你拐向哪个方向，都有电屏对着你。实际上，他当时看见那个小纸块的五分钟里，他就把所有交往的可能方法都想到了；可是现在，有时间多想想，他再次一个办法接一个办法在脑子里筛选了一遍，仿佛他在一张桌子上摆开一溜工具一样。

不用说，今天上午发生过的那种相遇的办法，是无法复制的。如果她在记录司上班，或许相对要简单一些，可是他对虚构司那座大楼的坐落情况，印象十分模糊，他没有借口到那里走动。如果早知道她住在哪里，什么时候下班，那他能设法在回家的路上见她；然而，试图跟踪她回家很不安全，因为那意味着要在真理部外面晃来晃去，人家一定会注意到的。写封信邮寄给她，那根本行不通。惯常的办法根本没有什么秘密可言，在邮递过程中所有的信件都会被打开检查。实际上，很少有人写过信。因为偶尔需要寄信，印好的明信片有的是，上面有一大串现成的短语，用不上的短语你划掉就是你所写的内容了。再说了，他也不知道那个姑娘叫什么，更别说她的地址了。最后，他认准了食堂就是最安全的地方。如果他正好撞见她单独坐在餐桌边，位子在食堂中间，距离电屏不很近，周遭说话声嗡嗡作响——如果这些条件都具备，能持续三十秒钟，那就可能交谈几句话。

此后的一周，生活像一个不得安宁的梦。第二天，他离开食堂前，她一直没有露面。或许，她倒成晚班了。他们擦肩而过却彼此不看一眼。接下来的那天，她在用餐时间出现在食堂，但是与三个姑娘在一起，而且就坐在电屏跟前。随后三天度日如年，她彻底消失了。他整个身心好像备受煎熬，脆弱得不堪一击，一种一碰就碎的状态，他每动一下，每个声响，每下触摸，每说一个词或者每听一个词，都是一种煎熬。就连睡觉，他都无法彻底忘怀她的样子。那些日子，他懒得写日记。如果有什么可以冲淡的话，那就是他的工作，有时投入工作时他能一下子忘掉自己十分钟。他一点儿不知道她究竟发生了什么。他设法四处打听。她也许蒸发了，也许自杀了，也许被调到大洋国的另一端了——最坏的也是最有可能的，是她干脆变心了，决定躲开他。

第四天，她又露面了。她的胳膊没有了吊带，她的手腕上还有一圈橡皮膏。看见她如释重负，心中窃喜，他忍不住毫无顾忌地看了她几秒钟。接下来的那天，他和她差一点儿搭话成功。他走进食堂时，她坐在一张离墙很远的餐桌边，只有她一个人。时间还早，食堂就餐的人不是很多。领餐队伍磨磨蹭蹭地前行，温斯顿快到分餐台前时，滞留了足足两分钟，因为前面有人抱怨没有领到一片糖精。还好，那姑娘身边还没有人，温斯顿这时领到了一碟饭菜，开始向姑娘的餐桌走去。他若无其事地向她走去，两眼搜寻她后面的那张餐桌的位置。她也许离他只有三米远。再有两秒钟他就到位了。就在这当口，他身后传来喊他的声音："史密斯！"他假装没有听见。"史密斯！"那叫声又传过来，声音更大。没法装下去了。他转过身来。是个年轻人，一头金发，一脸傻气，名叫威尔舍，他几乎不怎么认识，威尔舍去一脸微笑地邀请他坐在自己餐桌边的空位上。一口拒绝不是万全之策。既然回应了，那他就无法过去坐在那个无人眷顾的姑娘的餐桌旁了。那样做，太招人耳目了。他友好地惨然一笑，坐了下来。那张傻气的脸冲他绽开。温斯顿恨得心头发痒，仿佛看见自己拿起一把镐头，把那张痴笑的脸一劈两半了。那姑娘的餐桌几分钟后坐得满满的。

她一定看见他向她走去，对这一暗示也许了然于心了。第二天，他多了个心眼儿，早早地到了餐厅。果不其然，她在老地方附近的一张餐桌边用餐，又只是一个人。用餐队伍里紧挨他前面的那个人矮小，移动敏捷，长得像甲壳虫，扁脸，一双小眼睛神色多疑。他端着饭菜碟转身离开分餐台时，那个小个子径直向那姑娘的餐桌走去。他满心希望再次化为乌有。稍远的一张餐桌有空位，但是那个小个子表情意味深长，告诉别人他对自己的舒服毫不含糊，那张无人就餐的餐桌非他莫属。温斯顿跟在后面，心里冰凉。除非他可以单独地和那个姑娘在一起，一切都白搭。就在这时，咣当一声巨响。那个小个子手脚着地，摔倒了，他的餐盘飞得不知所向，菜汤和咖啡汁汇成两道，满地溢流。他爬起来，恶狠狠地瞅了温斯顿一眼，他显然怀疑是温斯顿搞的鬼。不过这倒成全了好事。五秒钟后，温斯顿的心怦怦跳个不停，终于坐在那个姑娘餐桌旁了。

他没有看她。他把餐碟摆好，急匆匆地开始用餐。趁着别人没有到来，立即开口说话是头等大事儿，但是现在一种可怕的担心紧紧抓住了他。自从这姑娘初次示好，一个星期过去了。她也许变心了，一定变心了！这件好事不可能圆满结束；这样的好事在实际生活中是不会发生的。如果不是这时正好看见了安普尔弗斯，那个头发盖耳的诗人，端着餐碟一瘸一拐地满食堂转悠，他可能就三缄其口。安普尔弗斯若即若离地依恋着温斯顿，一旦看见温斯顿，当然会在他的餐桌边就座。要有所行动，大概就只有一分钟时间。温斯顿和姑娘埋头吃饭。他们吃的是清汤寡水的烂炖，算是一种稀饭，用青豆做的。温斯顿压低声音开始说话。他们两个都没有抬头看对方；他们一勺接一勺把汤汤水水的东西送进嘴里，勺子舀汤的间隙，他们拣要紧话交换了几句，声音又低又不动声色。

"你什么时候下班？"

"十八点半。"

"能在哪里见面？"

"胜利广场，纪念碑附近。"

"到处都是电屏。"

"如果人来人往，不会有什么事儿。"

"没有暗号吗？"

"没有。等你看见我在一大群人里，你才往我跟前走。别搜寻我。只要待在离我不远的地方就行。"

"几点钟？"

"十九点。"

"知道了。"

安普尔弗斯没有看见温斯顿，在另一张餐桌边坐下用餐。姑娘三口并两口吃完午餐起身离去，温斯顿坐着未动，吸了一支烟。他们没有再说话，而且，尽管两个人可以在同一张餐桌相对而坐，可他们没有审视对方一眼。

温斯顿按照约定时间早早来到了胜利广场。他溜溜达达，在巨大的笛子状的纪念柱底座周围转悠，柱子顶端是老人家的塑像，注视着南边的天空，那是他在"一号简易机场战斗"中歼灭欧亚国飞机（几年前还曾是东亚国的飞机呢）的用武之地。纪念柱前面的那条街里，有一个骑在马背上的塑像，应该是为奥利弗·克伦威尔量身而定。约定时间过去五分钟了，那个姑娘还没有出现。一阵可怕的恐惧攫住了温斯顿。她不会来了，改变主意了！他慢悠悠地走向广场的北面，认出了圣马丁教堂，感到了一种退而求其次的喜悦，因为教堂的钟声，在它还有钟声的时候，曾经发出过《你欠我三个硬币》的曲子。这时，他看见那个姑娘站在纪念碑底座前，在看或者说假装在看一条在纪念柱上飘飞的招贴画。为了安全起见，等人多了接近她更妥当。纪念碑的周遭都是电屏。然而，就在这时，一阵喧哗传来，左边什么地方响起重型车辆的隆隆声。突然间，大家好像跑过了广场。那姑娘敏捷地跳过纪念碑底座上的石狮子，加入了奔跑的人群。温斯顿追了上去。一边跑，他从一些嚷叫的话中听明白，是几车欧亚国俘虏过去了。

挤挤抗抗的人群把广场南边堵上了。温斯顿平时遇上这种拥挤的场合，总是往边上躲的，这次却推推搡搡、左冲右突，一个劲儿向人群中间钻去。一会儿，他离那个姑娘只有一臂远了，但是被一个五大三粗的无产者挡得死死的，还有一个同样五大三粗的女人，可能是两口子，好像形成了一堵难以穿越的肉墙。温斯顿只好斜过身子，狠狠地一用劲儿，把肩膀插在他们两人之间。一时间，他的五脏六腑在两个肌肉包裹的胯部之间饱受挤压，几成肉酱；随后，他总算挤了过去，累出了一身汗。他这下来到了姑娘身边。他们肩并肩站着，眼睛直愣愣的，你看着我，我看着你。

长长一溜卡车，表情木然的卫兵身挎机关枪，笔直地站在每个角上，车队缓缓地开过街道。卡车里，矮小的黄皮肤人，身穿破旧的绿色军装，蹲着，拥挤着。他们那悲切的蒙古人脸，看着卡车外面，一点儿好奇心都没有。卡车偶尔颠簸一下，立时发出叮当的金属声：所有的俘虏都戴了脚镣。一车接一车悲切的黄脸过去了。温斯顿知道他们不停地过去，却只是时不时看几眼就够了。姑娘的肩膀、肘子以上的胳膊紧紧挨着他。她的脸颊离他更近，他都能感觉到脸的温暖。她不失时机地掌握了这个局面，就像在食堂里那次一样。她还用过去那种没有口气的声音开始说话，嘴唇几乎不怎么动，低声细语，街头的吵闹声和卡车的隆隆声很容易就盖过了。

“你能听见我说什么吗？”

“是的。”

“星期天下午你有空吗？”

“是的。”

“那就听仔细了。你要记清楚了，到帕丁顿火车站——”

用一种让他大为惊讶的军事行动的准确性，她把他需要遵循的路线交代得一清二楚。半个小时的火车行程；出站后向左转；穿过一片田地；走一条长草的小巷；过一条矮灌木之间的小径；路过一棵生满苔藓的死树。仿佛她脑子里有一幅地图。“你都记下了吗？”

“是的。”

“左拐，然后右拐，然后再左拐。那个大门上面没有横梁。”

“是的。什么时间？”

“十五点左右。你可以等一等。我从另一条路去那里。你全都记住了吗？”

“是的。”

“那就尽快从我身边走开吧。”

她不需要吩咐他这个。可是这时他们还无法从人群里脱身。卡车还在一辆接一辆过去，人们还在贪得无厌地看热闹。一开始，人群中发出了几声嘘声，不过那是党员们的积极表现，很快就停止了。弥漫的情绪只是好奇。外国人，不论是欧亚国的还是东亚国的，都是一种陌生的动物。毫不夸张地说，要不是他们的身份是俘虏，谁都不会看他们，即便是俘虏，匆匆看上几眼就够了。没人知道他们会有什么下场，除了少数几个作为战犯被吊死了，其他俘虏索性不见踪影，大概送到劳改营去了。那些圆圆的蒙古人脸过去后，更像欧洲人的面孔出现了，脏兮兮的，胡子拉碴，面容憔悴。毛发很重的脸颊上一双双眼睛瞪着温斯顿，有的还莫名其妙地死盯，随后就闪过去了。卡车队终于过完了。在最后一辆卡车上，他看见一个上年纪的人，脸上浓密的胡须灰白了，笔直地站在车上，两手交叠在胸前，仿佛他习惯把两手绑在一起了。快到了温斯顿和姑娘分手的时候了。但是，到了最后时刻，人群还在他们周围挤来挤去，姑娘的手摸到了他的手，一下子就攥住了。

接触时间不过十秒钟，但是好像他们的两只手握在一起很长的时间。他都有时间熟悉姑娘的手的细微之处。他摸到她长长的指头、浑圆的指甲，辛苦劳作的手掌长满茧子，手腕处细皮嫩肉的。只是抚摸一下，他就如同眼见一样了如指掌了。与此同时，他突然想到他还不知道姑娘眼睛的颜色是什么。也许是棕色的，但是长黑头发的人有时也生了蓝色的眼睛。扭转头打量她无疑是十分愚蠢的。两只手握在一起，在拥挤的人群中不易看见，他们只是目不转睛地看着前方，取代姑娘眼睛的是那个上年纪的战俘的眼睛，从他脸上的毛发深处往外张望，悲戚戚地看着温斯顿。

第二章

温斯顿在斑驳的树荫下寻径而行，树枝分开的地方，就进入了阳光地带。树下左边的地面上，风信子白茫茫一片。空气好像在轻吻你的皮肤。这是五月的第二天。森林中心地带更深入的地方，传来斑鸠的鸣叫。

他来得早一点儿。一路走来没有遇上什么麻烦，那姑娘显然十分老到，他因此也不像惯常那样担惊受怕了。大概是相信她能找到一个安全的地方。一般说来，你不能肯定你在乡间就比在伦敦更安全。当然，乡间没有电屏，但是暗藏的窃听器的危险无处不在，你的声音可能被记录并辨认出来；此外，你单独出门而不被人注意并不容易。不足一百公里的距离，倒是不需要拿你的通行证去签证。但是有时候巡逻队会在火车站巡逻，只要碰上党员就检查证件，盘问一些讨厌的问题。还好，没有巡逻队出现，从火车站走出来，一路回头张望，看看到底有没有人跟踪他。火车上全都是无产者，因为天气宜人，大伙儿像过节一般高兴。他乘坐的木座车厢坐了一个庞大的家族，人声鼎沸，从老掉牙的老奶奶到刚过满月的婴儿，到乡下亲戚家欢度一个下午，而且，如同他们毫不隐讳地对温斯顿解释的，捎带弄些黑市黄油。

小路开阔起来，不一会儿，他就来到了姑娘告诉他的那条捷径上，只是一条牛群在灌木丛中踩踏出来的通道。他没有戴手表，不过时间不会超过十五点。脚下的风信子密密匝匝，只要抬步就可能踩住它们。他跪下来，开始采摘风信子，一来为了消遣，二来他影影绰绰地想到等他们相见时向姑娘献上一束野花。他很快采摘了一大束，凑近闻去，味道不够清新，这时背后传来动静，是脚踩在小树枝上再清晰不过的响声，把他吓得不知所措。他只好继续采集风信子。这是可以做得最好的事情。可能是那个姑娘，也可能是一路跟踪而来的人。四下张望未免心中有鬼。他采了一枝又一枝。一只手轻轻地搭在他的肩上了。

他抬头看去，是那个姑娘。她摇了摇头，显然是在警告他一定不要声张。然后拨开灌木丛，迅速地循着窄窄的小径走向树林。显然，姑娘过去去过那里，因为她在乱七八糟的坑洼上跳来跳去，仿佛一只兔子。温斯顿紧随其后，仍然拿着那束花儿。他首先的感觉是松了口气，然而眼见前面那个结实而苗条的身子，红色的绶带紧紧地束在腰间，臀部的曲线毕现无遗，自惭形秽的感觉沉重地袭来。即使现在，她回头打量他几眼，随后毫不犹豫地打退堂鼓，也是完全可能的。空气清新喜人，叶子青翠欲滴，只能使他泄气。就在从车站走来的路上，五月的阳光已经让他感到邋遢，老气横秋，一个在室内窝着的可怜虫，自己皮肤毛孔里藏满了伦敦的煤灰。他不由得想到，目前为止，她也许还从来没有在光天化日之下端详过他。他们来到她提到的那棵倒伏的树边。姑娘一跃而过，把灌木丛使劲儿扒拉开，看起来不像一片林中空地。温斯顿跟上去，却发现他们已经身置一片自然的林中空地了，一块小小的茅草土堆，周围都是高高的小树，把土堆遮掩得很是严实。姑娘停下来，转过身来。

“我们到了。”她说。

他面向她，只有几步远。然而，他还是不敢凑过去。

“我在小道里不想说话。”她接着说，“担心路上藏了传声器。我想不会有的，但是以防万一吧。那些猪猡诡计多端，总有机会认出你的声音。我们在这里就没事儿了。”

他还是没有勇气接近她。“我们在这里就没事儿了吗？”他重复道，显得很蠢。

“是的。看看那些树吧。”它们都是些白蜡树，是过去被人砍伐的，又长出了新枝条，一丛丛细杆子，都像手腕那么粗。“每一根枝条都藏不住传声器。再说了，我过去来过这里。”

他们两个只是在没话找话说。他这时设法凑近了她一点儿。她在他跟前亭亭玉立，脸带微笑，还有几分讥诮，仿佛她在猜度他为什么如此行动缓慢，不敢上手。风信子散落在地上。它们好像是自己落在地上的。他拉起了她的手。

“你能相信。”他说，“直到现在我还不知道你的眼睛什么颜色吗？”她的眼睛是棕色的，他注意到，很浅很浅的棕色，黑黑的睫毛。

“现在你看见我的真面目了，还可以多看几眼吗？”

“是的，巴不得呢。”

他找补说：“我三十九岁了，有个无法摆脱的老婆。我患有静脉曲张，还有五颗假牙。”

“我不在乎这些。”姑娘说。

接下来，很难说清楚是谁采取主动的，姑娘已经在他怀里了。一开始，他毫无感觉，只是有些难以置信。这年轻的身子靠在他身上绷得有些紧，那头乌黑的头发倚在他脸上。而且，没错！她真的就凑过脸来，他趁机吻上了那宽宽的红嘴唇了。她把两条胳膊紧紧地吊在他的脖子上，不停地叫他“亲爱的，宝贝儿，心肝儿”。他把她放倒在地上，她丝毫没有反抗的意思，听凭他为所欲为。然而，除了肉体上的接触，他真的没有丝毫肉体的情欲。他所感到的只是有些难以置信，充满自豪。他很高兴这事儿正在发生，却没有肉体上的欲望。来得太快，她的青春和俏模样儿把他吓住了，他过去完全习惯了没有女人的生活——他不知道究竟什么原因。姑娘翻身坐起，把她头发上的一朵风信子扯下来。她紧紧偎着他席地而坐，一条胳膊搂住他的腰。

“千万别在意，亲爱的。不用着急。我们有一整个下午呢。这难道不是一个难得的隐藏之地吗？有一次集体拉练，我迷路了，找到了这个地方。如果有人来了，一百米外你就能听见声音。”

“你叫什么名字？”温斯顿问道。

“朱莉娅。我知道你的名字——温斯顿，温斯顿·史密斯。”

“你怎么打听到的？”

“我以为打听这样的事情，我比你强，亲爱的。告诉我，在我给你那个条子之前，你怎么看我？”

他感觉没有任何必要对她撒谎。开始就把最坏的印象说出了，甚至可以说是爱的表示。

“我一看见你就发恨。”他说，“我想强奸你，然后杀死你。两个星期以前，我还很严肃地想到用石头砸死你呢。如果你真的想了解，我想象中你和思想警察有联系。”姑娘开心地大笑起来，不用说是把这番话当作对她当面一套背面一套表演的夸奖。

“才不是思想警察呢！你难道真的那样想吗？”

“嗯，也许不是百分之百吧。不过从你的一般表现来看——只是因为你很年轻，有活力，身体好，你知道——我以为也许——”

“你以为我是一个好党员。语言纯洁，行动单纯。旗帜、游行、口号、集体拉练——所有这一套都积极。所以你以为如果我一旦有机会，就会揭发你是思想犯，把你干掉吗？”

“是的，差不多就是这样想的。绝大多数女孩子都是这样子，你知道。”

“都是这该死的东西招惹的吧。”她说着，把“少年反性同盟”的红色绶带扯下来，扔到了一个树枝上。然后，她从制服口袋里掏出一小块巧克力，一分为二，递给温斯顿一半。温斯顿还没有接到巧克力，早闻出来那不是平常的巧克力。瞧它黝黑、发亮，包裹在银色纸里。巧克力通常都是土不拉几的一团，如同人们常说的，咬一口像垃圾燃烧的烟味儿。但是，极少有的几次，他尝到过姑娘送给他的这种巧克力。一闻到它的香味就唤醒了一些记忆，却记不确切了，只是强烈而心乱。

“你从什么地方弄到这东西的？”他问道。

“黑市。”她满不在乎地说，“看好了，其实我就是那种女孩子。我玩游戏很在行。我是少年揭发队的队长，为少年反性同盟一星期做三晚上义务劳动。我一小时一小时地满伦敦城张贴该死的宣传品。在游行队伍里我总是在打旗。我总是做出兴高采烈的样子，从来不退缩。总是跟大家一起嚷嚷，我说话就是乱嚷嚷。这是唯一的安全之策。”

第一口啃下的巧克力在温斯顿舌尖上已经化了。味道好极了。但是，记忆还在意识的边缘活动，感觉很强壮，却一时确定不了具体形状，如同一个物体在你眼角余光里晃动。他只好作罢，只明白这是某种行动的记忆，他愿意放弃却做不到。

“你很年轻。”温斯顿说，“你比我年轻十到十五岁。像我这样的男人，你能看上什么呢？”

“你脸上有什么东西吧。我想试试运气。我看人很准的，谁不属于那类人，我看得出来。我一看见你，我就知道你是反对他们的。”

他们看来是指党，特别是指核心党，姑娘说起话来口气公然不屑，那种仇恨劲儿让温斯顿感觉不安，尽管他知道如果有什么地方安全的话，他们在这里就再安全不过了。她身上让他暗自吃惊的东西是她的语言很粗鲁。党员是不应该骂人的，温斯顿自己就很少骂人，至少很少大声骂人。但是朱莉娅似乎一提到党就爆粗口，特别提到核心党，就不能不用你在湿淋淋的小胡同里看见的粉笔乱涂的脏话。他倒不是不喜欢这点。这只是她反对党及其所有党风的表征，在某种程度上似乎自然而健康，如同马儿闻见了烂草就打响鼻一样。他们离开了林中空地，又溜达着回到那片斑驳的树荫下，只要小道够肩并肩行走，两个人便互相挽着腰走路。他注意到她的腰部取掉那条绶带后尤其柔软多姿。他们与其说讲话，不如说窃窃私语。走出林中空地时，朱莉娅说，静静地走走就很好。不一会儿，他们走到了小树林的边缘。她拦住了他。

“别到空旷地去。说不准就有人在盯梢呢。只要我们待在那些树枝后面，就安然无恙。”

他们站在榛树的阴凉下。太阳光从无数的树叶间漏下来，照到他们脸上还热乎乎的。温斯顿向田地的远处眺望，心下泛起一种奇妙的认同，渐渐地惊讶起来。他展眼一望就认出来了。一片老牧场，草被多次啃食过，一条小径拐来拐去横穿其间，这里那里都是鼹鼠丘。对面凹凸不齐的边缘上，看得见榆树的枝条在微风中摇摆，它们的叶子又稠又密，轻轻地活动，如同女人的头发。毫无疑问，附近什么地方，尽管看不见，一定有一条小溪，绿色的浅水滩里有雅罗鱼在游动。

“附近一带有小溪吗？”温斯顿小声问道。

“没错，有一条小溪。就在临近那块田地的边上。溪水里有鱼，好大的个。你能看见它们在柳树下的小池里浮动，尾巴摇来摆去的。”

“是金色乡村——差不多就是。”他喃喃道。

“金色乡村？”

“不是真实的东西，是我有时在梦里梦见的景色。”

“看哪！”朱莉娅说。

一只画眉落在了五米远的一根树枝上，几乎与他们的脸一般高。也许画眉没有看见他们。鸟儿在阳光下，而他们在树荫下。鸟儿张开翅膀，随后小心翼翼地收回来，头垂下去一会儿，仿佛在向太阳致敬，然后开始放喉鸣叫起来。在下午的一片寂静中，鸟儿鸣叫的声音十分响亮。温斯顿和朱莉娅紧紧地依偎在一起，十分陶醉。鸣叫声一阵接一阵，叫了一会儿又一会儿，令人惊诧，从来不会重复，简直像是那鸟儿诚心在展示它的高超技巧。只见它时而停下鸣啭一会儿，展开翅膀，把翅膀梳理一下，时而摩挲其斑斑点点的胸脯，放喉高歌。温斯顿目不转睛地看着，隐隐约约生出几分敬意。这鸟儿，在为谁歌唱？为什么歌唱？没有情侣也没有情敌在注视。因为什么它会落在这冷清的树林边上，对着空寂放喉鸣唱呢？他嘀咕附近一带是不是还有隐藏的传声器。他和朱莉娅窃窃细语，声音很低，即使有传声器也录不到他们所说的话，但是可以把画眉的叫声录下来。也许，在传声器的另一端，一个甲壳虫般大小的小人儿在直耳静听呢——聆听那画眉的叫声。渐渐地，鸟鸣声声不绝，把温斯顿脑海里的胡思乱想统统清除了。仿佛那是一种流质，泼溅了他一身，与树叶间散落下来的阳光混合在一起。他停止思索，任凭感受。姑娘的腰肢依偎在他的臂弯里，柔软，暖和。他把姑娘转过来，他们这下肩并肩了，她的身子似乎融化进了他的身体。只要他的手挪动她的身子，她的身子就像水一样随和。他们的嘴唇亲吻在一起，这时的亲吻与他们早些时候彼此生硬的亲吻大不一样了。他们再次挪开脸时，两个人都深深地吸了一口气。那鸟儿受了惊吓，扑棱一下飞走了。

温斯顿把嘴唇贴在她的耳边。“现在来吧。”他小声说。

“不能在这里。”姑娘低声回答说，“回那片空地去，那里更安全。”

偶尔响起一声小树枝的断裂声，他们急匆匆地循原路回到那片林中空地。他们再次进入那些小树苗的圈子里，姑娘转过身来，面向着他。他们两个都呼吸急促，不过那种微笑又浮现在她的嘴角。她站着，审视了他一会儿，然后把她的工作服的拉链拉开了。哇，就这样！一切都如同在他的梦里。如同他想象中一样，姑娘动作麻利，三下两下就把衣服扯下来，一甩手把衣裳扔在一边，那个极其动人的动作似乎把一整套文明都撂在了九霄云外。她的玉体在阳光下美白而发亮。不过，一时间他没有打量她的玉体，他两眼被她大胆的浅浅微笑的有些雀斑的脸蛋儿深深地吸附住了。他跪在她身边，把她的两只手握在自己的手里。

“你过去搞过这事儿吗？”

“当然。几百次呢——嗯，怎么也有几十次了吧。”

“与党员搞吗？”

“是的，一贯与党员干的。”

“也与核心党员搞吗？”

“才不和那些猪猡干呢，绝不。哎呀，一旦有丝毫的机会，他们会如狼似虎地扑上来，一点儿不像他们平时道貌岸然的样子。”

温斯顿怦然心跳。这姑娘搞过几十次了，他倒希望是搞了几百次了——搞了几千次。不管什么东西，只要事关腐败，就让他希望满满。谁知道呢？也许党只是徒有其表，内里腐败，所谓的艰苦朴素自我牺牲不过是掩饰深重罪孽的作秀。如果他能让他们统统染上麻风病和梅毒，那是他求之不得的！凡是可以腐败、削弱、破坏的事情，他都求之不得！他把姑娘拽下来，这样，他们面对面了。

“听着。你搞得越多，我越爱你。你可明白吗？”

“是啊，全明白。”

“我恨纯洁，我恨善良。我不想看见任何地方存在美德。我想让大家都腐败到骨子里。”

“呵，好呀，我应该配得上你，亲爱的。我腐败到骨子里了。”

“你喜欢搞这事儿吗？我不光指我，我是指这事儿本身，嗯？”

“我乐此不疲。”

这正是他想听到的话。不仅仅是一个人的爱，而是动物本能，就是毫无差别的欲望：那才是把党撕成碎片的力量。他把她按在草地上，置于倒伏的风信子中间。这次没有遇到丝毫障碍。很快，他们的胸脯一起一伏，慢慢进入了正常速度，一种爽彻全身的快感过去，他们分开了。太阳好像变得更加暖和了。他们两个都有了睡意。他把扔在一边的制服拉过来，给她盖上半拉身子。转瞬之间，他们都进入梦乡，一觉睡了半个小时。

温斯顿先醒了。他翻身坐起，端详那张枕在她的手掌里有点雀斑的脸，仍在平和地睡觉。除了她的嘴，你不能说她生得美丽。倘若凑近细看，她眼睛周围有一两条纹路。短短的黑头发非常浓密、柔软。他突然想到，他还不知道她的姓，也不清楚她住在哪里。

那年轻、结实的玉体，这时酣然入睡，唤起他心中的怜悯，就有了保护她的感情。然而，刚才在那棵榛子树下，听着画眉啾啾鸣叫，他感觉到的那种无意间的温情，还没有完全恢复。他把制服扯在一边，仔细审视她那光滑的美白的侧体。搁在过去，他想，一个男人看一个姑娘的身体，看着就欲念顿生，男女苟合的事情就发生了。但是，如今，你不能有纯粹的爱、纯粹的欲念。凡是感情都不是纯粹的，因为任何事情都掺和了恐惧和仇恨。他们的拥抱是一场战斗，高潮是一次胜利。这是对党的一击，是一种政治行为。

东西。他们两个人的脸上都落了一层厚厚的灰泥。

有些夜晚，他们到达他们的约会地点，随后却不得不错肩而过，叹息一声，因为巡逻队从一个街角过来了，或者一架直升机正在头上盘旋。哪怕危险不算很大，那也很难有时间见面。温斯顿的工作一周要上六十个小时的班，朱莉娅甚至更长，他们不上班的日子因工作压力而变动，经常碰不到一起。朱莉娅反正很少有哪个夜晚是完全空闲的。她花了大量时间听报告、游行、为少年反性同盟散发传单、为仇恨周准备旗帜、为节约运动募捐，以及诸如此类的活动。这是有所得的，她觉得这就是很好的伪装。如果你遵守小规则，就可以破坏大规则。她甚至引介温斯顿白搭上一个夜晚，去参加义务军火生产，这是热情高涨的党员自愿做的。于是，每星期中的一个夜晚，温斯顿要花四个小时应付讨厌的活儿，在四面漏风的灯光暗淡的车间把小零件装配在一起，敲打锤子的声音和电屏播放的音乐互相干扰，很是吵闹。

他们在教堂钟楼见面时，时断时续的谈话的空隙都填满了。那是一个很热的下午，钟楼上那间四方形小房子里空气闷热，鸽子粪便的味道熏死人。他们坐在布满灰尘、碎枝很多的地上，两个人还轮换着站起来时不时从细窄的缝隙里张望，确保没有人前来。

朱莉娅二十六岁了。她和另外三十个女孩子住在一个宿舍里（“总是待在女人的臭气里！我恨透了女人！”她总会抱怨几句），如同他猜到的，她在虚构司的小说写作机器上干活儿。她喜欢她的工作，主要围着一架大功率的很麻烦的电机忙碌和维修。她不够“机灵”，但是喜欢动手，和机器打交道很顺手。她能描述杜撰小说的整个过程，从计划委员会发出总的指令到改写班子最后推敲润色，都不在话下。但是，她对完成的产品不感兴趣。她说，她“不怎么喜欢读书”。书籍只是不得不生产的商品，如同果酱和鞋带一样。

她对六十年代早期之前的事情都记不得了，只记得一个人不止一次谈起革命之前的日子，这个人就是她的祖父，不幸在她八岁时消失了。在学校，她是曲棍球队的队长，连续两年获得体操奖杯。她在少年揭发队里是小队长，做过青年团分支书记，然后参加了少年反性同盟。她一贯是个优秀分子。她甚至被挑选出来到虚构司的色情室上班（良好声誉的铁定的标志），中心工作就是为无产者制造廉价的色情文学。她评论说，在这里工作的人们戏称它是“垃圾屋”。她在那里待了一年，协助制造密封寄发的小册子，书名诸如《优秀故事选》或者《女学校的一夜》，无产阶级青年都偷偷摸摸地买来看，给人的印象是他们在看非法读物。

“那种书都写些什么呢？”温斯顿好奇地问道。

“哦，臭烘烘的垃圾。实际上很无聊。它们只有六种情节，不过是抄来抄去的东西。当然，我是唯一在万花筒上干活儿的。我从来没有在改写班子待过。我动笔写作可不行，亲爱的——很不称职。”

温斯顿听说色情室除了室领导外全是小姑娘，感到不可思议。理论依据是，男人性本能没有女人容易控制，一旦被他们处理的淫秽作品腐蚀，会招来更大的危险。

“他们那里甚至不要结过婚的女人。”她找补说，“姑娘一般说来更纯洁。这里却有一个不纯洁的，牛吧。”

她十六岁就和男人发生了性关系，对方是个六十岁的党员，后来怕坐大牢自杀了。“这倒是一了百了呢。”朱莉娅说，“要不然，他们会在他检讨时逼他说出我的名字。”打那以后，她又和各种各样的人搞过。在她看来，生活简单之极。你想要一种美好的时光，“他们”——就是党嘛，想阻止你享受好时光，你就会不惜一切手段打破那些清规戒律。她好像自然而然地想到，既然“他们”要剥夺你的快活，那么你就想要躲避被剥夺。她仇恨党，怎么发狠怎么骂，但是却闭口不谈一般性的批判。除非涉及她自己的生活，她对党的原则没有兴趣。他注意到，她从来不用新话语，只把日常使用的新词句顺口一用。她从来没有听说过兄弟会，也绝不相信有兄弟会存在。任何有组织的反抗党，都注定会失败，她认为都是愚蠢行为。聪明的行为就是破坏各种规矩，还好好地活着。他懵懂地发问，更年轻的一代人中有多少青年像这姑娘一样——就是在革命世界里成长的一代，别的什么都不懂，只认为党是不可改变的东西，像天空，不对抗其权威，却只是躲避，如同兔子躲避狗一样。

他们不谈结婚的可能性。这种事儿太遥远，不值得浪费口舌。就算温斯顿可以不择手段地摆脱掉妻子凯瑟琳，那也没有一个委员会能批准这样一桩婚事。这事儿甚至像白日梦一样渺茫。

“她是什么样的人呢，你妻子？”朱莉娅问道。

“她呢——你知道新话语有个词叫‘思想好’吗？那就是说天生正统，不会有什么坏思想，嗯？”

“没听说过，我真不知道这个词，不过我知道这种人，太知道了。”

温斯顿开始告诉她自己婚姻生活的故事，但是奇怪的是，她看样子早知道这种婚姻生活的主要环节。她反客为主，给温斯顿讲述，那口气仿佛她曾经见过或者经历过，凯瑟琳的肉身在被触摸时如何僵直，凯瑟琳如何似乎在使尽全身力气把他推开，哪怕她的胳膊紧紧地吊在温斯顿的脖子上。与朱莉娅交谈，温斯顿谈及这种事情不费吹灰之力；凯瑟琳反正早已不再是一种痛苦的记忆，成为一种令人反感的记忆了。

“我还能受得了，如果不是因为一件事情的话。”他说。他跟她讲了凯瑟琳逼迫他每周同一个夜晚必做的那种冷淡的小仪式。“她厌恶性交，可是没有什么东西能阻止她干这事儿。她因此叫那事儿是——你怎么都猜不出来的。”

“咱要对党尽义务。”朱莉娅随口答道。

“你怎么知道的？”

“我也上过学的，亲爱的。十六岁以上的孩子每个月听一次性报告，青年运动里也有的。他们年复一年地给你灌输这种话。我敢说这话在很多人身上都有作用。但是，当然，你也千万别把话说死，大家都是这样的伪君子。”

她开始就这个话题发挥起来。在朱莉娅身上，每一件事情都要回到她自己的性意识。只要涉及性问题，她就如鱼得水，表达得尤其准确。不像温斯顿，她摸准了党的性禁欲主义的核心要义。党的性禁欲主义不只是因为性本能创造了自己的天地，党对此无可奈何，因此就要尽可能地摧毁性本能。更为重要的是，性剥夺会导致歇斯底里，这可是求之不得的玩意儿，因为歇斯底里可以转变成战争狂热和领导崇拜。朱莉娅这样阐述道：

“当你做爱时，你要使用精力；事毕之后，你感到幸福，什么事情都不在话下。他们不能容忍你有这样的感觉。他们想要你始终都精力充沛。那套上街游行啦、欢呼雀跃啦、挥舞旗帜啦，只不过是性欲变态的表现。如果你内心幸福，那你为什么还会对老人家、三年计划、‘两分钟仇恨’以及所有这些狗屎东西情绪愤然呢？”

这话很对，温斯顿想。贞洁和政治正统两者之间，有一种直接的亲密的连接。这是因为，除了压制某种强有力的本能并用它来做驱动力，又如何把党需要党员应有的恐惧、仇恨以及盲目的信仰一直保持在正确水准呢？性冲动对党来说是危险的，党已经把性冲动充分利用了。他们利用生儿育女的本能，玩弄同样的把戏。家庭实际上是不能废除的，而且，的确，人民被鼓励以一种老式的方式喜爱孩子。另一方面，孩子又受到党的系统的蛊惑，与父母作对，教他们跟踪父母，揭发父母的不正统行为。家庭实际上变成了思想警察的延伸。家庭成了一种暗道机关，人人因此日日夜夜被亲密无间的告密者包围起来。

他猛然间想到了凯瑟琳。凯瑟琳要不是愚蠢透顶，觉察不到他的观点不合正统，毫无疑问会向思想警察揭发他的。但是，这时想起她来的真正原因，却是因为下午闷热起来，让他出了一头汗。他开始跟朱莉娅讲述一件曾经发生过的事情，或者不如说发生的失败的事情，那是十一年前另一个炎热的下午。

事情发生在他们结婚三四个月的时候。他们在肯特参加集体拉练迷了路。他们只是在别人后面落下了一两分钟，但是他们拐错了弯，转眼发现他们来到了一个旧白垩矿的边上没路了。再往下是一二十米的一个陡直的落差，谷底是大石板。他们找不到人问路。凯瑟琳一发现他们迷路了，就变得不安起来。离开闹哄哄的拉练队伍这么一会儿，就让她感到做错了事儿。她想原路返回，开始从另一个方向寻找归路。但是，这时温斯顿在他们下边的石崖的缝隙里发现了几丛乱蓬蓬的野花儿。一束野花有两种颜色，洋红色和砖红色，一看就是从同一根上生长出来的。他过去从来没有见过这样的奇观，便喊凯瑟琳过来分享。

“看啊，凯瑟琳！快看那些花儿。快到崖底的那束花儿，你看它们分两种颜色是吧？”

她已经转身要走，但她还是很勉强地回来看了一眼。她还伸长脖子向崖下张望他所指的地方。他站在她身后一点儿的地方，伸出手去扶住她的腰。这时，他突然想到只有他们两个人了。四下没有一个人影儿，树叶纹丝不动，鸟儿一声不鸣。身置这样一个地方，隐藏的传话器的危险很小，如果有什么传话器的话，也只能捕捉到声音。那正是下午最热的时候，令人昏昏欲睡。太阳热辣辣地毒晒他们，汗水直往脸上流淌。那个念头一下子冒出来……

“你为什么不一下子把她推下去呢?”朱莉娅说，“要是我，我会的。”

“是啊，亲爱的，你会的。要是我是现在的我，我也会的。也许我——我拿不准啊。”

“你后悔当时没有推下去吗？”

“是啊。总的说来我很遗憾该出手时没出手。”

他们并排坐在灰尘的地上。他把姑娘拉近一些。姑娘的头依偎在他的肩头，姑娘头发好闻的味道把鸽子粪便的臭气压住了。她很年轻，他想，还在生活里寻找奔头，不能理解把一个碍事的人推下悬崖，是不能解决任何问题的。

“其实推下去也不能怎么样。”他说。

“那你为什么还后悔没有推呢？”

“只是因为我喜欢积极，不喜欢消极吧。在这场我们进行的比赛里，我们都赢不了。某些失败未必比某些胜利差，就这么回事儿。”

他感觉到她的肩膀扭了扭，表示不赞成。她和他讲起这样的事情，总是与他意见相左。个体总是会被打败这一自然法则，她是不会欣然接受的。她在一定程度上认识到，她自己命运已经注定了，思想警察迟早会抓到她，杀害她，但是她思想的另一部分又相信也可能构建一个秘密世界，你在其中按自己的意愿生活。你所需要的只是运气、机灵和胆识。她不理解幸福这样的东西是不存在的，只有胜利在遥远的未来，在你死去很久之后，从向党宣战的那刻起，还是把你自己视为一具僵尸为好。

“我们是死人了。”他说。

“我们还没有死呢。”朱莉娅如实地说。

“肉体上没有死。六个月，一年——五年，想想吧。我怕死。你很年轻，所以大概你比我还怕死。明摆着，我们要把死亡尽可能往后推。但是，这没有多大区别。只要人还是人，死去和活着就是一码事儿。”

“啊，胡说八道！你愿意与谁睡觉，是我还是一具骷髅？难道你不喜欢活着吗？难道你喜欢这种感觉吗？这是我，这是我的手，这是我的腿，我是真实的，我是具体的，我是活生生的！难道你不喜欢这个吗？”

她扭过身来，把胸脯压在他身上。他能感觉到她的乳房，成熟而坚实，尽管隔着工作服。她的身体似乎给他的身体注入了一些青春与活力。

“是的，我喜欢这个。”他说。

“那么，别再谈论死亡了。现在听着，亲爱的，我们得定下下次约会的时间了。我们可以重访林中的那块空地。我们让那地儿歇息很久了。但是这次你一定要从不同的路线去那里。我已经全都计划好了。你坐火车——不过注意，我来给你画出图来。”

她用务实的作风，把一小堆尘土拢在一起，用鸽子窝里一根细枝，开始在地上画出一张地图。

第四章

温斯顿打量查林顿旧货铺楼上的那间简陋的小房间。窗户旁边的那张大床布置好了，备了粗线毛毯和没有枕套的枕头。那个老式钟表，十二个小时面盘，在壁炉上嘀嗒嘀嗒走着。墙角里，那张折叠桌子上，他最后一次造访买到的那个玻璃镇纸在灰暗中发出柔和的光。

壁炉栏里摆了一个铁皮煤油炉，一只平底锅和两个杯子，是查林顿先生提供的。温斯顿点上炉子，坐了一锅水烧开。他带来了一个信封，装满了胜利牌咖啡以及一些糖精片。时钟指针在七点二十上，实际上是十九点二十了。她要在十九点三十才来。

愚蠢，愚蠢，他的心不停地说：自觉的、无端的、自杀的愚蠢！党员能犯的所有罪孽中，这种罪是最不可能隐藏的。实际上，这个念头最初浮现在他的脑海，是那张折叠桌表面映照出玻璃镇纸的影像时形成的。一如他早料到的，查林顿先生对出租那间小屋子没有为难。他显然乐意依靠出租房子弄几块钱花。在温斯顿说明租用这间小屋子是为了偷情时，查林顿先生似乎也没有感到吃惊。相反，他目光平静地看着，说话不轻不重，神情耐人琢磨，给人的印象是他已经把自己的一半隐藏起来了。私密，他说，是非常珍贵的事情。谁都想要一个偶尔可以独处的地方。人们只要能够得到这样一个地方，别人知道了守住这个秘密好了，这是应有的礼貌。他还补充说，这所住房有两个出入口，一处要通过后院，直通一条小巷，这么说着他好像就消失得没影儿了。

窗户下面有人在唱歌。温斯顿利用薄纱窗帘的保护向外瞅去。六月的太阳还高悬在天空，下面阳光洒满的院子里有一个肥硕的女人，壮实得像一根诺曼柱子，胳膊红彤彤的，腰间围了一条粗布围裙，脚步如夯地在洗衣桶和晾衣绳之间走来走去，晾出了一串方方的白布，温斯顿认出来那些是小孩儿的尿布。只要她的嘴里没有晾衣夹子了，她就放开低音嗓门儿唱道：

那不过是无望的影泡，
像春天逝去一样飞跑，
可一个眼神一句话就把梦搅，
把我的心儿悄悄地偷掉！

这曲子已经在伦敦城流行了好几个星期了。这是为了无产者的利益，音乐司的下属科出版的无数大同小异的歌曲之一。这些歌的歌词是由一种名为韵文写作器的工具写出来的，没有一点儿人的作用。但是，那个女人唱得那么有滋有味，竟然把那些可怕的废话发挥成了几乎悦耳的调调了。他能听见那个女人的歌声、她的鞋子在石板上的摩擦声、孩子们在街上的喊叫声、远处什么地方隐约的交通喧嚣声，只有这屋子似乎出奇的安静，多亏没有安装电屏。

愚蠢，愚蠢，愚蠢！他又想了。不可想象他们能够几个星期出入这个地方而不被抓住。然而，拥有一个隐蔽的地方，真正属于他们自己的地方，又在室内，又近在咫尺，这种诱惑太大，他们两个都难以抗拒。他们在那个教堂的钟楼里幽会之后，有一段时间很难安排会面了。为了迎接仇恨周，工作时间大幅增加了。距离仇恨周还有一个月，但是大量的繁复的准备工作必不可少，人人都得加班加点。终于，他们两个千方百计地在同一天挤出来一个空闲的下午。他们本来说好重访林中那块空地的。前一天的夜晚，他们在街上短暂地会面。一如往常，他们两个在人群中随波逐流般行走，温斯顿几乎不看朱莉娅，但是匆匆一瞥他似乎发现她的脸色比平时苍白。

"没戏了。"朱莉娅感觉说话安全时，赶紧嘟哝说，"我是指明天外出没戏了。"

"什么？"

"明天下午我不能去了。"

"为什么不能去？"

"哦，还不是因为例假。这次来得早了。"

一时间他气愤至极。认识她一个月来，他对她的欲望的本质发生了变化。一开始，他们之间是很少有真情实感的。他们第一次做爱只不过是一次理性的行为。但是，第二次做爱之后，情况就大不相同了。朱莉娅头发的气味、嘴巴的味道、皮肤的感觉，好像统统进入了他的体内，或者弥漫于他周围所有的空气中。她成了他生理上的必需了，成了某种他不仅需要而且觉得他有权得到的东西了。当她说她不能来时，他立时觉得她在欺骗他。但是，正在这时，人群把他们挤在一起，他们的手无意间碰着了。她飞快地捏了一下他的指尖，似乎引发的不是欲望而是情谊。他猛然想到，一个男人和女人相处，这种特别的失望一定很正常，经常发生；一种深沉的温情，过去对她从未有过的温情，突然紧紧地攥住了他。他多希望他们就是一对结婚的夫妇，经过了十年的考验。他多希望如同他们这时走在大街上，成双成对，大大方方，没有惧怕，谈些家长里短，为了家用添置些七零八碎的东西。他尤其希望他们拥有一片天地，他们可以单独待在一起，无须感觉每次偷情都非得做爱才心安理得。实际上，不是在那个时刻，而是在第二天的某个时刻，他就萌生了租用查林顿先生的小屋的念头。当他把这个想法向朱莉娅提出时，她立马同意了，很是意外。

这时，楼梯上响起了迅捷的脚步。朱莉娅一头扎进了屋子。她提了一个棕色粗帆布工具包，他有时在部里就看见她提这样一个包。他赶上去把她搂在怀里，但是她急忙挣脱出来，部分原因是她还提着工具包。

“别猴急。”她说，“且让我向你展示一下我带来了什么吧。你带来那种恶心的胜利牌咖啡了吧？我想你准带来了。你可以怎么带来就怎么扔掉了，因为我们不需要那玩意儿。看看这里。”

她跪下来，打开工具包，拿出搁在上面的扳手和改锥。下面是几个干净的纸袋。她递给温斯顿的第一个纸袋有一种陌生但似曾相识的感觉。纸袋里装满了一些沉甸甸的沙子状的东西，一按就塌陷下去了。

“难道是糖吗？”他问道。

“真正的糖呢。可不是糖精，是糖。还有一条面包——纯正的白面包，不是我们吃的那种该死的东西——还有一小罐果酱。还有一听牛奶——看好吧！这才是我引以为傲的东西。我用粗布把它包上，因为——”

不过，她用不着告诉他为什么她要包裹起来了。味道已经散发在屋子里了，浓厚的热烈的味道，好像来自他幼小的童年，而现在偶尔也碰得上，一扇门还没有来得及关上就顺着过道飘过来，或者在人头攒动的大街上弥漫开来，瞬间闻了一鼻子，随后就消失了。

“咖啡，”他喃喃道，“真正的咖啡。”

“核心党的咖啡。搞到整整一公斤呢。”她说。

“你怎么弄到这些罕见的东西的？”

“全都是核心党的东西。那些臭猪猡没有搞不到的东西，什么都不缺。不过，当然，侍者和仆人之类的人可以揩些油的，而且——看，我还搞到一小包茶叶呢。”

温斯顿蹲在她身边。他把茶叶袋撕开一个角。

“真正的茶叶。不是黑莓叶子。”

“近来茶叶不少。他们攻占了印度，或者类似地方。”她含糊其辞地说，“不过，听着，亲爱的。我要你转过身去，等我三分钟。快去坐到床那边。别靠窗户太近。我不叫你，别扭过身来啊。”

温斯顿心不在焉地透过窗帘往外看。下面院子里那个胳膊通红的女人还在洗衣桶和晾衣绳之间走来走去。她又从嘴里取下两个夹子，深情地唱道：

他们说时间治愈一切，
他们说你迟早会忘记；
可是岁月的微笑和眼泪
把我的心弦狠狠地扭曲！

听起来，她把整首烂词连篇的歌烂熟于心了。她的声音和温馨的夏日空气一起上扬，非常有滋有味，充满了一种幸福的抑郁情调。如果六月的长夜漫漫，衣服洗起来没完没了，她也会心满意足，待在那里一千年，夹尿布，唱烂歌词。他突然想到一个稀奇的事实，那就是他从来没有听见一个党员独自唱歌，忘情地唱歌。唱歌也好像有点儿不正统，一种危险的怪癖，如同自言自语。也许，只有人们快到了挨饿的边缘，他们才有一唱方休的需求。

“你现在可以转过身来了。”朱莉娅说。

他转过身来，瞬间差一点儿认不出她来了。他原本期望看见她脱得光光的。但是，她没有脱光。她来了个华丽转身，要比脱光身子更令人不知所措。她把脸好好捯饬了一番。

她一定溜进无产阶级居住区的某个小铺，买了一整套化妆的材料。她的嘴唇涂得艳红艳红的，脸蛋儿抹了胭脂，鼻子上扑了粉；

连两眼下面都画了眼影，把眼睛衬托得亮晶晶的。化妆技巧并不高明，但是温斯顿的标准在这种事儿上也不甚高。他过去从来没有看见或者想到党的女人把脸描摹一番。她的容貌美化得让人刮目相看。只是在必要的地方多少抹了点色彩，她就变得不仅非常耐看，而且，尤其变得更有女人味儿了。她的短发和男孩气的制服正好增加了这样的效果。他把她揽入怀抱时，一抹紫罗兰香气扑进了他的鼻子。他记起来在那个地下室厨房半明半暗的光线里，那个老女人那张没牙的窟窿嘴。老女人也用了同样的香水，不过这时这种香水似乎无关紧要了。

“还有香水啊！”他说。

“是的，亲爱的，还有香水。你知道接下来我要干什么吗？我要去什么地方搞一件真正女人的衣裙来穿，取代这该死的裤子。我要穿丝袜和高跟鞋！在这个房间，我要做一个女人，不是党的同志。”

他扯掉了衣服，爬上了那张桃花心木大床。这是他第一次把自己脱得光光的，暴露在她面前。直到现在，他一直为自己灰白的瘦弱的身子感到难为情，小腿肚患有一片静脉曲张，在脚腕子上青不拉几一片。床上没有床单，不过他们铺的毯子没有毛了，也很光滑，大床的宽绰和弹性让他们深感意外。“臭虫一定成堆了，可谁在乎呢？”朱莉娅说。除了无产者，当今之日你再别想看见双人床了。温斯顿童年偶尔睡过双人床，朱莉娅过去却从来没有见过双人床，至少她记不得了。

他们很快睡了一会儿。温斯顿醒来时，表针已经悄悄指向九字了。他没有动弹，因为朱莉娅把头枕在他的臂弯里了。她脸上的粉饰物大部分都蹭到他的脸上或者枕头上了，但是留下的淡妆让她的脸颊更显美丽。西沉的太阳照在床尾一缕黄灿灿的光，把壁炉照得很亮，锅里的水烧得正开。下面院子里的女人停止了唱歌，孩子们隐约的喊叫声从街头传来。他有些含糊地发问，在被篡改的过去，躺在这样一张双人大床上，夏日夜晚凉意升起，一个男人和一个女人赤条条的，想做爱就做爱，想说什么就说什么，没有感觉非得起床不可，只是躺在床上，聆听外面世界平和的动静，这是否算一种正常的经历。可以肯定，从来没有在哪个时间里，这样的事情算是正常的。朱莉娅醒来了，揉了揉眼睛，用胳膊肘支起身子，打量那盏油灯。

“烧得只剩半锅水了。”她说，“我这就起来冲咖啡。我们还有一个小时。你们公寓什么时候断电熄灯？”

“二十三点半。”

“集体宿舍是二十三点。不过你得提前一点儿进门，因为——喂，滚蛋，你这贼头贼脑的东西！”

她突然在床上把身子一扭，从地上抓起一只鞋，像男孩子一样甩开胳膊向那个墙角扔去，与那个上午两分钟仇恨活动期间，他看见她向戈尔茨坦扔字典一模一样。

“什么东西？”

“一只老鼠。我看见它从护壁板下往外探鼻子呢。那里有一个窟窿。还行，我把它吓得不轻。”

“老鼠啊！”温斯顿嘟哝说，“就在这间屋子里！”

“老鼠无处不在。”朱莉娅一边躺下，一边轻描淡写地说，“我们集体宿舍的厨房里都有老鼠。伦敦的一些地方老鼠成灾了。你知道它们咬小孩子吗？没错，它们就敢咬小孩子呢。在一些街道上，做母亲的都不敢单独留下孩子离去两分钟。咬小孩的是那种硕大的褐色老鼠。最恶心的事情是那畜生总是——”

“别说下去了！”温斯顿求道，两眼紧紧地闭着。

“亲爱的！你的脸上一点儿血色都没有了。怎么回事儿？它们让你感觉恶心吗？”

“抵得上这世上所有的恐怖——一只老鼠！”

她凑近他身边，用胳膊把他抱搂，仿佛用自己的体温让他放下心来。他没有马上睁开眼睛。足足几分钟里，他觉得回到了一个噩梦里，他一辈子总是在做这种噩梦。噩梦的情景大同小异。他站在一面黑色的墙前，墙的另一面有某种不堪忍受的东西，某种可怕得不敢面对的东西。在梦中，他刻骨铭心的感受总是一种自欺欺人的行为，因为实际上他知道黑色的墙另一面是什么。拼命一使劲儿，如同从自己脑子里拽出一样东西，他甚至可以把那种东西拉到光天化日之下。他总是还没有搞清楚那究竟是什么东西时他就从梦中醒来了，不过这东西与他打断朱莉娅正在说的话好像有什么联系。

“对不起。”温斯顿说，“没有什么。我不喜欢老鼠，就这点事儿。”

“别担心，亲爱的，我们不让那些贼头贼脑的小畜生在这里横行。我们离去前，我会用一些破布把那个窟窿堵上。下一次我们到这里来，我会带一些泥灰，把洞口死死地堵上。”

那种瞬间的黑色恐怖已经忘记一半了。感觉有点难为情，他坐起来倚着床头。朱莉娅下了床，穿上制服，忙着弄咖啡。锅里冒起的香味浓极了，沁人脾胃，他们赶紧把窗户关上，生怕外面有什么人闻到咖啡味儿，四处打听。比咖啡味儿更妙不可言的是加了糖才有的那种丝绸质地，因为这么多年一直吃糖精，温斯顿几乎忘记了这种丝绸般的感觉了。朱莉娅一只手插在口袋里，另一只手拿了抹了果酱的面包，在屋子里走来走去，大大咧咧地瞅几眼书架，指指戳戳地说修理折叠桌的最好办法，随后一屁股坐进扶手椅里，试试是否舒适，带着一种宽容的兴致审视那只可笑的十二个小时钟表。她把那个玻璃镇纸拿到床上，在更亮的灯光下仔细端详。他从她手里接过来，总是对镇纸那柔软的雨水般的玻璃质地迷恋不已。

“你认为这是什么东西？”朱莉娅问道。

“我认为这什么东西都不是——我意思是说，我认为它永远派不上什么用场。可这正是我喜欢它的原因。这是他们忘记篡改的一小段历史。这还是一百多年前留下的信息，如果你知道如何解读它的话。”

“那边还有画呢，”她冲着对面墙上的版画点了点头，“也是一百多年前的东西吗？”

“更长久。有两百多年了，我敢说。也说不准。当今要弄清楚年代真是难于上青天。”

她走过去仔细打量。“那只小畜生就是从这里伸出鼻子的。”她说着，立即上脚踢了一下画下面的护壁板，“这是什么地方呢？我过去在什么地方见过的。”

“一座教堂，或者起码当教堂使用过。‘圣克莱门特的丹麦人’是它的名字。”查林顿先生教他的那支歌的只言片语浮现在他的脑际，他用半怀旧的口气找补说，“圣克莱门特教堂的钟声说，橘子和柠檬！”

让他大为惊讶，她把这句词接下去吟唱完了：

> 你欠我三个硬币，圣克莱门特教堂的钟声说，
> 你什么时候还我？老贝利的教堂钟声说——

“我记不得后面的词了。不过我记得结尾是：‘这里有一支蜡烛照着你上床，还有一把斧子劈开你的脑袋！’”

这好像一个暗号的上下两句。但是，“老贝利的教堂钟声”后面还有一句话。也许这句话能从查林顿先生那里问出来，如果他被问得正是时候的话。

“谁教给你的？”温斯顿问道。

“我的祖父。他在我还是一个小女孩子时经常念叨给我听。我八岁时他蒸发了——反正他无影无踪了。我不知道柠檬是什么样子。”

她顺口补充说，“我见过橘子。那是一种圆圆的黄黄的果子，皮很厚。”

“我能记得柠檬。”温斯顿说，“柠檬在五十年代还随处可见呢。那东西很酸，让你闻着就倒牙。”

“我敢打赌，那幅画后面有臭虫。”朱莉娅说，“我哪天把它取下来，好好清理一下。我看我们到离去的时候了。我必须把脸妆洗掉。多讨厌！然后我来把你脸上的口红擦掉。”

温斯顿又在床上赖了一会儿。屋子里黑下来了。他翻身对着光亮，懒懒地注视那个玻璃镇纸。让人迷恋不已的东西不是那点珊瑚，而是玻璃里面的质地。它看去那么深邃，却像空气一样透明。仿佛玻璃表面曾经是天空的苍穹，覆盖了一个小小的世界，连大气层都很齐全。他感觉似乎他能进到里面去，而且事实上他就在里面，连同这张桃花心木大床、那张折叠桌、钟表、铜版画以及镇纸自身。这镇纸就是他身置其中的屋子，珊瑚是朱莉娅的生命和他自己的生命，在这水晶体的中央成为一种永恒。

第五章

赛姆消失了。一天早上到来了，他却没有来上班，几个没有头脑的人还对他旷工说三道四。第二天，没有人再提他了。第三天，温斯顿去记录司的门厅看告示板。一则告示上印有象棋委员会的成员名单，赛姆是其中一个委员。告示看上去几乎与以往一模一样——没有任何涂抹的痕迹，但是一个名字没有了。这就足够了。赛姆不复存在了，他压根儿就没有存在过。

天气烤人。在迷宫一般的部里，没有窗户却安了空调的房间保持常温，但是外面的街道烤人脚面，地铁在高峰时段臭气熏天，令人恐怖。仇恨周的各种准备忙得不亦乐乎，各部的职员都在加班加点。游行、会议、军事检阅、各种报告、蜡像展览、电影放映、电屏节目，都得组织起来；看台得搭起来，模拟像得赶制出来，口号得复制出来，歌曲得杜撰出来，谣言得散布出去，照片得伪造出来。虚构司朱莉娅的单位过去一直生产小说，眼下得赶制一批庸俗不堪的小册子。温斯顿除了做日常工作，每天还得花费大量时间翻阅《泰晤士报》的过期的存档报纸，篡改并修饰那些会在各种讲话中引用的新闻。到了深夜，等闹哄哄的无产者在街头溜达时，伦敦城里一片奇怪的狂热的气氛。火箭弹比以往爆炸得更频繁，有时远处传来巨大的爆炸声，没人说得清楚怎么回事儿，但是谣言四起。

仇恨周的主题歌（名叫《仇恨歌》）的新曲子已经谱写出来了，

没完没了地在电屏上播放。那曲子很野蛮，吼叫一样的节奏，简直不能叫作音乐，跟擂鼓一样通通的。伴着游行脚步的踩踏，几百条嗓子吼声震天，真是让人不寒而栗。无产者们对《仇恨歌》乐此不疲，在深夜的大街上，与仍旧流行的歌曲《那只是无望的幻想》交替放歌，一争高低。帕森斯家的孩子们用马蜂窝和卫生纸芯不分昼夜地吹奏《仇恨歌》，让人不堪忍受。温斯顿的夜晚安排得满满的，比什么时候都忙。帕森斯组织起来的志愿者在街区为仇恨周作准备，缝旗子啦、刷标语啦、在房顶上插旗杆啦、跨越街道拉起铁丝悬挂条幅啦，等等。帕森斯吹嘘说，光是胜利大厦就要悬挂长达四百米的标语口号。他干得兴致勃勃，格外带劲儿。天热，又干体力活儿，这更让他有了借口，在晚上还穿着短裤和开领衫。他能同时奔波于各处，推呀扯的，缝啊补的，敲啊打的，修呀改的，同志长同志短地大呼小叫，鼓动人家踊跃参加，他身上流淌着似乎永不枯竭的酸臭的汗水。

一张新的招贴画突然遍布伦敦城。上面没有文字说明，画的只是一个欧亚国士兵的巨大形象，三四米高，一张没有表情的蒙古人的脸，高筒大军靴，腰挎一挺机关枪，阔步前进。不论你从哪个角度看那招贴画，机关枪的枪口，因为透视法画技而放大很多，似乎正对着你。所有墙壁的空白处都张贴了它，甚至比老人家的画像都多。无产者一般都对战争冷淡，眼下却因一时的爱国主义热情而被鼓动起来，仿佛要与一般情绪配合一致。火箭弹炸死了比平时更多的平民百姓。一颗火箭弹落在了斯特普尼一家电影院，把几百人活生生埋在了废墟里。那个住宅区的全体居民出动，送葬队伍很长，数小时源源不断，实际上成了抗议集会。另一颗火箭弹落在了一直是游戏场的闲置空地上，几十个孩子被炸成了碎尸。各种游行示威群情激奋，戈尔茨坦模拟像被烧，数百幅欧亚国士兵的招贴画被撕下来，一起烧掉，若干商店在骚乱中被劫掠一空；随后，一则谣言传遍全城，说特务利用无线电波启动火箭弹，一对老夫妇被怀疑与外国有亲缘关系，他们的房子被纵火烧塌，活埋而死。

躲在查林顿先生的旧货铺楼上的房间里，只要能相聚于此，朱莉娅和温斯顿就并排躺在窗户旁的光光的大床上，为了凉快脱得赤条条的。那只老鼠再也没有回来，但是臭虫因为天热繁殖迅速。这好像无关紧要。不管邋遢还是干净，这屋子都是天堂。他们一到来就会把每样东西撒上从黑市买来的胡椒粉，随后立即脱光衣服，浑身汗淋淋地做爱，然后就进入梦乡，醒来后发现臭虫集结起来，全体进行反击。

六月份，他们幽会了四次，五次，六次——七次。温斯顿丢掉了顿顿喝杜松子酒的习惯。他似乎没有喝杜松子酒的需要了。他长胖了，那块静脉曲张也好了，踝子骨上面的皮肤上只留下了一块棕色的瘢痕，早上起来阵阵咳嗽的毛病也没有了。生活的过程不再不堪忍受了，也不再有什么冲动，在电屏前面目狰狞地表演或者扯起嗓子大骂不已。既然有了安全的藏身之处，跟家差不多，就连只是频繁幽会、一次只能待一两个小时，都算不上多么辛苦了。重要的是这家旧货铺楼上的屋子应该存在。知道它就在那里，安然无恙，与待在里面差不多一样。那间屋子就是一个世界，过去的一块遗留地，灭绝的动物可以在里面散步。温斯顿想查林顿先生是另一只灭绝的动物。他平常上楼梯时会停下来与查林顿先生交谈几句。这个老人很少甚至根本就不出门，也几乎没有顾客。他只在这小黑铺子与更小的后厨房之间走动，过着幽灵一样的生活，在厨房为自己做饭，这里杂物中有一个难以置信的旧唱机，配了一个大喇叭。他看样子喜欢有机会说话。在那些不值钱的旧货中间走动，长长的鼻子，厚厚的眼镜，穿一件平绒外衣，背部佝偻，那样子怎么也不像一个收藏家，更像一个旧货商。他会用一种消退的热情，抚摸这件破烂或者那件破烂——一个瓷瓶塞啦、破鼻烟壶的彩绘盖子啦、里面装了几缕夭折的婴儿头发的镀金胸针匣啦——却从来不问温斯顿要不要买下，只是要他欣赏一下就够了。与他交谈，如同聆听老旧的八音盒丁零作响。他从记忆的角落拽出来一些遗忘的歌谣的片段。有一则歌谣说的是二十四只乌鸦，另一则歌谣却说到一头折了角的母牛，还有一个歌谣讲述柯克·罗宾的死亡。"我只是想到你也许有兴趣听听。"每次他吟唱了一个歌谣的新片段，便会难为情地浅浅发笑。但是，他对那则歌谣也只记得一两句歌词。

他们两个都知道——也可以说，心里有话却从来没有说出口——现在发生的局面不会久长。有时候，步步逼近的死亡似乎如同他们躺着的大床一样伸手可触，他们就会紧紧地抱在一起，一种绝望的肉欲，好像一个厄运当头的人抓住了最后的一点儿快活，时钟嘀嗒五分钟就命归黄泉了。不过，也有些时候，他们不仅有安全的幻觉，还有长久安全的幻觉。只要他们真切地待在这间屋子里，他们两个就能感觉到，没有什么伤害能伤及他们。到这里来很困难，也很危险，但是这间屋子本身是避难所。在温斯顿注视着那块镇纸的中央时，感觉能够进入那个玻璃世界，而且一旦进入那个世界，时间就停止了。他们经常让自己陷入遁世的白日梦里。他们的好运气会天长地久，他们会继续他们的幽会，一辈子的剩余时光就这样延续下去。或者，凯瑟琳会死掉，温斯顿和朱莉娅可以通过巧妙的方法结婚成家。或者，他们会一起自杀。或者，他们会一起消失，改头换面，不让人认出来，学会用无产阶级的口音，在工厂里找工作，在偏街僻巷里隐姓埋名，度过余生。可他们都知道，这都是信口胡诌，痴人说梦。在现实中，逃避是绝不可能的。甚至自杀那样切实可行的计划，他们都无意付诸实际。苟且一天是一天，过了一周是一周，编织一个没有未来的现在，似乎是一种无法征服的本能，正如你的肺呼吸了上口就要呼吸下一口，只要空气在嘴边就行。

有时候，他们也谈到从事积极的反党活动，但是如何走出第一步却毫无头绪。即便那传说的兄弟会真实存在，也仍有找到加入途径的困难。他跟她讲了他自己与奥布莱恩存在的或者似乎存在的那种奇怪的亲密感，还讲了他有时心血来潮，很想干脆走到奥布莱恩面前，宣称他是党的敌人，要求他的帮助。很奇怪的是，这话并没有让她大惊小怪，她认为那是行不通的冒失行动。她习惯根据脸相判断人，在她看来温斯顿眼角余光扫一眼就相信奥布莱恩值得信任，似乎是自然而然的。此外，她想当然地认为人人或者差不多人人都暗中憎恨党，只要觉得安全会就破坏规矩。但是，她拒绝相信广泛的有组织的反对派会存在，或者可能存在。关于戈尔茨坦及其地下军队的传说，她说，只不过是党有目的地捏造出来的弥天大谎，你只是不得已才假装相信的。在党的集会和自发的示威活动中，她无数次扯尖嗓子要求处决那些她从来没有听说过的人，处决她压根儿不相信他们犯下罪行的人。一旦举行公审，她就参加青年团的分队，围在法庭外面从早到晚，不停地高喊："处死卖国贼！"在两分钟仇恨活动中，她总是抢在别人前面辱骂戈尔茨坦。然而，她对戈尔茨坦究竟是什么人，他被指责讲了些什么言行，几乎一无所知。她是革命后成长起来的，年纪太小，记不得五十年代和六十年代那些意识形态的斗争。像这样独立的政治运动的事件，是她无法想象的；而且不管怎么样，党是不可战胜的。党会永远存在下去，永远是党的样子。你的反抗只不过是私下的不服从，或者最多通过孤立的暴力表示反抗，诸如杀死某个人或者炸掉某种东西。

在某些方面，她远比温斯顿判断得准确，对党的宣传很不以为然。一次，温斯顿碰巧顺带提到与欧亚国的战争，她随口说她认为战争根本就没有发生，他听了目瞪口呆。那些火箭弹每天落在伦敦城里，也许就是大洋国政府自己发射的，"就是吓唬老百姓"。这样的想法说真的从来没有在他脑袋里出现过。她也让他感到了一种嫉妒，因为她告诉他在两分钟仇恨活动期间，她最大的困难是避免脱口大笑起来。然而，她对党的教导产生疑问只是在这些教导触动了她自己的生活的时候。她经常准备接受官方的神话，仅仅是因为真理和虚假之间的区别对她来说无非半斤八两。她相信，比如说，在学校里就了解到，党发明了飞机。（温斯顿记得，他上学时，即五十年代，只听说党宣称发明了直升机；过了十几年，等到朱莉娅上学，就敢宣称发明了飞机了；再到下一代，那将会宣称发明了蒸汽机了。）当他跟她说，飞机在他出生前就已经存在了，远在革命之前，她对这一事实根本就没有一点儿兴趣。毕竟，到底谁发明的飞机又有什么关系吗？更让他大跌眼镜的是，他们一次随便闲聊时他发现她竟然不记得大洋国四年前是在同东亚国打仗，而与欧亚国是和平相处的。没错，她认定整个战争都是假的，不过，显然她连敌人的名字变化了都没有注意到。“我以为我们一直在和欧亚国打仗呢。”她含糊其词地说。这让他感到有点害怕。飞机的发明是在她出生以前很久的事儿，但是战争转换敌方却只有四年时间，她已经长大成人多年了。他和她为此争论了大约十五分钟。最后，他总算引导她追溯往事，直到她影影绰绰地记起东亚国有一段时间确实是敌人，而不是欧亚国一直是敌人。不过，这点也没有让她感到多么重要。“谁在意呢？”她不耐烦地说，“总是该死的战争，一次接着另一次，反正你明白所有的新闻都是谎言就行了。”

有时，他跟她谈起记录司以及他在记录司肆无忌惮地进行伪造的活儿。这样的事情对她看样子一点儿不可怕。她想到谎言变成真理，一点儿不觉得她脚下就出现了万丈深渊。他告诉她关于琼斯、阿伦森和拉什福德的故事，以及他手指曾经拿到那张非同寻常的纸条的经过。这也没有给她留下多大印象。的确，一开始，她连故事的要点都没有抓住。

“他们是你的朋友吗？”

“不是，我从来不认识他们。他们是核心党成员。再说，他们比我大多了。他们属于过去的人，革命前的人。我只认得出他们的脸。”

“那有什么可操心的？人们始终遭到杀害，不是吗？”

他试图让她明白究竟。“这可不同一般。这可不是什么人被杀害的问题。你应该明白，从昨天开始的过去，已经被抹掉了吗？如果在什么地方还存在过去的话，那过去只是存在于少数几个物体里，无须文字说明，例如那块玻璃。我们对革命以及革命前的岁月，几乎是一无所知了。每种记录都已经被销毁或者篡改，每本书都重写过，每幅画都重画过，每尊塑像和街道以及建筑都改了名字，每个日期都篡改过了。这个过程还在日复一日地继续，分分秒秒地继续。历史停止了。什么东西都不存在了，只有无休止的现在在继续，党在其中永远正确。当然，我知道过去被篡改了，但是我永远无法改变这种现状，哪怕我就在从事篡改的活儿。篡改的事情一经发生，便没有证明能存留下来了。唯一的证据存在我的脑子里，可我一点儿也不能肯定还有别人分享我的记忆。我这一辈子，只有那一回，我真的掌握了事件发生之后的真凭实据——还是在多年之后。”

“那又有什么好处呢？”

“没有什么好处，因为我把证据几分钟后就扔掉了。但是，如果今天发生了同样的事情，我会把证据保留下来的。”

“哦，我可不会！”朱莉娅说，“我随时准备冒险，但是要为了值得一做的事情，而不是为了什么旧报纸的碎片片。就算你保存下来了，你又能拿它干什么呢？”

“也许干不了什么。但是，那就是证据。它也许会在这里那里把怀疑的种子种下，假如我敢把证据拿给什么人看的话。我不会幻想，我们自己这辈子还能改变什么。可是你可以想象这里那里会冒出来反抗的小团体——三五成群的人们团结在一起，逐渐壮大，甚至留下很少的记录，这样，下一代人就能看到我们所留下的东西了。”

"我对下一代可没有兴趣，亲爱的。我只对我们自己感兴趣。"

"你只是一个腰身以下的小反叛。"他跟她说。

她认为这话妙不可言，高兴得张开两臂拥抱他。

关于党的理论的种种细节，她一点儿兴趣也没有。只要他开始谈论英社的原作、双重思想、过去的一笔勾销以及客观现实的否定，还有使用新话语的词汇，她就会厌烦，脑子混乱，说她永远不会对这样的事情瞎操心。谁都知道这些都是胡说八道，所以为什么还自寻烦恼，瞎操心呢？她知道什么时候高兴，什么时候扫兴，这就足够了。如果他坚持谈论这样的话题，她就会觉得索然无味，睡了过去。她是那种随时随地能够入睡的人。与她交谈，他认识到，做出正统的样子而浑然不知正统是何意，是轻而易举的事情。可以说，党的世界观强加于那些理解不了它的人身上，这招最为成功。他们听人摆布，接受种种公然颠倒黑白的事实，那是因为他们从来没有理解对他们无理要求是多么蛮横无理，还因为他们对公共事件毫无兴趣，不去注意正在发生什么。因为缺乏理解，所以依然健全。他们只是吞咽一切，而且他们所吞咽的东西没有危害他们，因为没有留下残渣，正如同一粒玉米未经消化就穿过一只鸟儿的体内一样。

第六章

事情终于发生了。期待的信息传来了。他这辈子，他似乎觉得，就在等待这件事情发生。

他正走在部里长长的楼道里，快到朱莉娅把那个小条子塞进他手里那个地点了，这时，他感觉身后跟上来一个比他块头大的人。这人，不管是谁，轻轻咳嗽了一声，显然是开始讲话的铺垫。温斯顿突然停下，转过身来。来人是奥布莱恩。

他们终于面对面时，他唯一的冲动似乎是逃之夭夭。他的心在剧烈地跳动。他紧张得讲不出话来。奥布莱恩，还好，继续不动声色地向前走去，这下他们两个并排行走了。奥布莱恩开始讲话，表情格外严肃而礼貌，这是他与大多数核心党员很不一样的地方。

“我一直希望找个机会和你谈谈。”他说，“我在《泰晤士报》上看到你的一篇新文章。你对新话语颇有学术上的兴趣吗？”

温斯顿部分恢复了他的自信。“谈不上学术吧。”他说，“我只是个外行。这不是我的专业。我从来没有参加过这种语言的实际建设。”

“可是你把文章写得很优美。”奥布莱恩说，“这可不是我自己的看法。我最近和你的一个朋友交谈过，他显然是专家。他的名字我一时记不起来了。”

温斯顿的心再次绞痛起来。很难想象，这话不是在说赛姆。但是，赛姆不仅死了，他还被抹掉了，一个非人了。任何明确指向赛姆的话，都会有致命的危险。奥布莱恩的话显然是在传达一种信号，一个暗号。只是枉担了思想犯罪的一个小小行为的虚名，他就让他们两个变成了同谋犯。他们继续缓缓地走下那条过道，但是奥布莱恩这会儿停下了脚步。他扶了扶鼻子上的眼镜，这个动作总是能把一种奇怪的消除敌意的友谊传达出来。然后，他接着说："我真正想说的是，我在你的文章里发现你使用了两个已经过时的词。不过，它们是最近才过时的。你看过第十版新话语词典了吗？"

"还没有。"温斯顿说，"我以为新词典还没有发行呢。记录司还在使用第九版词典。"

"第十版词典还要几个月才会发行，我相信。不过，几本样书已经发行了。我自己得到一本。也许你有兴趣看看？"

"很有兴趣。"温斯顿说，马上领悟了这话的意思。

"一些新的发展动向是花费了大心思的。动词数量减少——我想这点对你来说很有吸引力。我想想，我会派一个通讯员给你把词典送来，好吗？可是我又怕我稍不留神就会忘记这样的事情。也许你抽工夫能来我的住处把它取走？稍等一会儿。我把我的地址留给你。"

他们就站在一个电屏前。奥布莱恩有些心不在焉地摸了摸他的口袋，然后掏出来一个小皮本子和一支金墨水钢笔。正对着电屏，在这样的位置下，正在电屏那头监视的人，一定看得见他在写什么，而他草草写下地址，撕下一页，交给了温斯顿。

"我晚上通常都在家。"他说，"如果不在，我的勤务员会把词典给你。"

他离去了，温斯顿原地站着，拿着那页纸，这时不需要藏匿起来了。可是他还是把纸条上所写的地址悉心记下了，几个小时后他会把纸条连同一大堆别的文件塞进记忆洞里。

他们至多交谈了两分钟的话。这件逸事可能只有一个意思。那就是设法让温斯顿知道奥布莱恩的住址。这很有必要，因为除了直接打听，你永远不可能发现任何人住在哪里。地址索引之类的东西是没有的。“如果你想见我，到这里来就能找到。”这就是奥布莱恩要对他说的话。也许那本词典里夹了什么短信。但是，反正一件事情是确定无疑的。他梦寐以求的地下活动确有其事，而他已经到达了边缘地带。

他知道迟早他会听从奥布莱恩的召唤。也许明天，也许许久以后——他心中没底。刚刚发生的事情只不过是多年前就开始的一个程序付诸实施了。第一步是秘密的不自觉的想法，第二步是开始写日记。他已经从思想跨入语言了，现在又从语言进入行动了。最后一步可能是在仁部发生的什么事情。他已经接受了。尾即首，首即尾。但是这让人害怕；或者，更确切地讲，这就像预先品尝死亡的滋味，如同少活几年。即使在他和奥布莱恩讲话时，等话语的含义沉淀下来，一种寒冷的发抖的感觉传遍了他的全身。他有一种跨进阴暗潮湿的坟墓的感触，并没有因为他早已明白坟墓就在那里等着他而感觉好过一点儿。

第七章

温斯顿醒来了，两眼充满泪水。朱莉娅睡梦中滚到了他身边，嘟嘟哝哝的，好像是在说："怎么回事儿？"

"我梦见——"他开口道，话到嘴边又停住了。梦境过于复杂，三言两语说不清楚。梦就是梦，与梦连在一块儿的是一种记忆，他醒后几秒钟才浮现在他脑际的。

他仰身躺着，闭着两眼，仍然沉浸在梦的氛围里。那是一个明晃晃的大梦，他整个生命似乎在他面前铺展开来，好像夏日黄昏雨后的一幕景色。这全都是在玻璃镇纸里面发生的，只是玻璃表面就是天空的苍穹，苍穹之下万物都浸淫在清澈的柔和的光线里，一眼望去，无垠无际。这个梦也可以看作——没错，实际上就构成了——他母亲的臂膊的一个动作，而且三十年后由那个犹太妇女在新闻纪录片中再现了，只见它竭力保护那个小男孩遭受子弹的扫射，随后直升机还是把他们炸得血肉乱飞。

"你知道。"他说，"以前我一直以为我害死了我的母亲。"

"你为什么要害死她？"朱莉娅问道，还似睡非睡的。

"我没有害死她。肉体上没有害死过。"

在梦中，他记起了他瞅向母亲的最后一瞥，梦醒后几分钟里，一连串围绕梦的小事件回到了脑海。这是一种记忆，是他故意这么多年来从他的意识中排除掉的。他记不清日期了，不过事情发生时他不会小于十岁，可能十二岁了。

他父亲已经消失一段时间了；究竟有多久了，他记不得了。他只记得当时生活环境乱糟糟的，一点儿也不安宁：空袭的恐怖常有，地铁站里躲避空袭是常事，瓦砾随处可见，不明不白的告示贴满街头，身穿同样颜色衬衫的少年三五成群，面包店前的队伍庞大，远处机关枪的嗒嗒声没完没了——尤其是，食物从来没有够吃的时候。他记得，一个个漫长的下午，他和别的男孩子在垃圾桶和垃圾堆周围转悠，捡菜帮子、土豆皮，有时甚至能捡到发霉的面包皮，然后再细心地把上面的灰渣扒拉下来；有时候等待在特定路线上路过的卡车，因为事前听说卡车里装了牛饲料，卡车在坑坑洼洼的路段颠簸时会把豆饼碎片震落出来。

他的父亲消失后，他母亲丝毫没有表现出惊讶，也没有悲痛万分的样子，只是突然变了个人似的。她似乎变得完全心灰意冷了。温斯顿明显地感觉到，她在等待某件她知道一定会发生的事情。她把该做的事情都做了——做饭、洗衣、缝补、整理床铺、清扫地板，清理壁炉上的灰尘——总是慢悠悠的，一点儿多余的动作都没有，宛如画家的人体模型在自己活动一样。她有模有样的高大身子好像自然地归入安静的状态。一连几个小时她会坐在床上一动不动，给温斯顿的小妹妹喂奶，他的小妹妹瘦小，病恹恹的，非常安静，一个两三岁的孩子，尖嘴猴腮的样子。偶尔，她会把温斯顿搂进怀里，紧紧地抱住他很久，什么话也不说。他很清楚，尽管年幼，只顾自己，这一切都与从来不说出口的即将发生的那件事儿紧密相关。

他记得他们居住的那间屋子很暗，憋闷，好像被白床罩覆盖的床占满了。栅栏里摆了煤气炉，旁边有一个食物柜，室外台阶上有一个棕色的陶瓷水池，是几个屋子合用的。他记得他母亲塑像般的身子探在煤气炉上，搅动锅里的什么食物。他尤其记得他无休无止的饥饿，一到饭时就会激烈地不断地大吵大闹一气。他会无端找母亲的碴儿，一次又一次，责问为什么没有更多的食物，冲母亲嚷嚷，冲母亲发火（他还记得他大喊大叫的嗓音，开始过早地变声，有时隆隆的响声很奇怪），或者他又会试图装出哼哼唧唧的可怜相，争取分到更多的食物。他母亲随时准备多分给他一些食物。她认为这是理所当然的，因为他是“男孩”，应该得到家里最大的份额；然而，不管她多给他多少，他还是要求更多。每顿饭，她都求他别过分自私，别忘了他的小妹妹在生病，也需要食物，但是母亲的苦心没有用。如果她不再给他舀饭，他会怒气冲冲地哭叫，试图从母亲手里夺过饭锅和饭勺，还会从妹妹的盘子里抢几勺吃。他很清楚他这样做会让母亲和妹妹挨饿，可是他管不住自己；他甚至感觉到，他有权利这样做。他腹中空空，饥肠辘辘，好像就有理了。两顿饭之间，如果母亲防范不严，他就一而再再而三地偷吃食品柜里那点可怜的食物。

一天，巧克力定量供应发下来了。几个星期或者几个月过去，巧克力供应都杳无音讯。那一小份宝贵的巧克力他记得很清楚。只有一块，两盎司重（那时还以盎司为单位），他们三个人的定量。这块巧克力显然应该分成三份。突然间，仿佛听见别人在教唆，温斯顿听见自己扯起嗓子要求整块巧克力都归他自己享用。他母亲好言劝他别独吞。母子之间发生了又长又闹的争吵，一轮又一轮，喊叫，哼唧，哭天抹泪，苦苦劝说，讨价还价。他的小不点儿妹妹两手紧紧搂着她母亲，活脱一只小猴子，从她母亲的肩膀上看着他，瞪着忧伤的大眼睛。最后，他母亲把那块巧克力四分之三掰下来，给了温斯顿，四分之一给了他妹妹。小女孩子拿着那点巧克力，无神地看着，也许还不懂它是什么东西。温斯顿站着看了小妹妹一会儿。随后，他突然往上一蹿，从小妹妹手里夺走了那点巧克力，随后向门口跑去。

“温斯顿，温斯顿！”他母亲从后面喊他，“回来！把你妹妹的巧克力还给她！”

他站住了，但是却没有回去。他母亲焦急的两眼盯住他的脸。即便这个时候，母亲还在想那件事儿就要发生了，尽管他不知道究竟是什么。他的小妹妹意识到她手里的东西被人夺走了，有气无力地哀叫了一声。他母亲用胳膊把孩子紧紧搂住，让那张小脸贴在她的胸脯上。这个动作有某种东西，让他感到他的小妹妹要死了。他转身跑到了楼下，那小块巧克力快化了，在他手里黏糊糊的。

他再也没有看见他的母亲。他把巧克力吞食之后，觉得有点难为情，在街上晃荡了几个小时，后来饥饿袭来了才回家。他回到家里，母亲却不见了。那时这种现象屡见不鲜。屋子里了什么都在，只有母亲和小妹妹不在了。她们没有带走衣服，母亲连外衣都没有带走。直到今天，他还不能肯定地知道，他母亲是不是死了。完全有可能她只是被送到劳改营了。至于他的小妹妹，如同温斯顿自己一样，也许被送到一家孤儿院了（他们把这地方叫作“教化中心”），内战后孤儿院遍布各地；也许她和母亲一起都被送到劳改营了，也许索性被扔在什么地方死了。

这梦还在他脑子里栩栩如生，尤其那个胳膊搂抱的保护的姿势，似乎包含了全部含义。他的心回到了两个月前做的另一个梦。如同母亲抱着孩子坐在那张罩着白床罩的老旧的床上一模一样，这次她坐在一艘下沉的船上，在他下面很远的位置，每分钟都在下沉，但还是从越来越黑的海水里向上望着他。

他把他母亲失踪的故事讲给了朱莉娅听。朱莉娅没有睁开眼，翻了一下身，摆了一个更加舒服的姿势。

“我估计你在那些日子里就是个野性十足的小猪猡。”她呜呜噜噜地说，“孩子们全都是猪猡。”

“是的。但是这个故事的真正要点是——”

从朱莉娅的呼吸状态看，显然她又睡着了。他多想继续谈谈他的母亲。从他能记得的母亲的印象看，她一直是个不同一般的女人，虽然说不上特别聪明；但是她拥有一种高贵气质，一种纯洁，只是因为她服从的各种标准是私人性质的。她的感情是她自己的，外部世界奈何不了她。她不会想到，一种行动没有结果就意味着没有意义。如果你爱某人，你爱他去，在你没有别的东西给时，你还能给他爱。最后那一小块巧克力被抢走了，他母亲把那孩子紧紧地抱在怀里。这样做没有用，改变不了什么，弄不来巧克力，不能让那个孩子以及她自己躲过死亡；然而，她那样做好像是自然的。那艘船上的那个逃难的女人也用自己的胳膊护住了那个小男孩，如同薄纸一张，挡不住射来的子弹。可怕的事情是，党所做的就是劝说你，仅仅靠冲动，仅仅靠感情，是无足轻重的，同时从你那里剥夺了支配物质世界的一切力量。一旦你攥在党的手心儿里，你感觉到还是没有感觉到，你做了还是抵制不做，都没有任何区别。不管你发生了什么，你都得消失，你或者你的行为永远不会有人听说了。你从历史的长河里销声匿迹了。然而，对仅仅两代人之前的人来说，这点好像不是头等重要的，因为他们无意篡改历史。他们都受制于个人的忠诚，而且对这种品质坚信不疑。关键是私人的关系举足轻重，一个完全无助的姿势、一个拥抱、一滴泪、一句对垂死之人说的话，均有自身的价值。他突然想到，无产者们还留在这状态里。他们没有忠于一个党、一个国家、一个思想，他们彼此忠诚。他有生以来第一次对无产者不再不屑一顾，或者只把他们看作一种呆滞的力量，有朝一日会恢复生气，振兴这个世界。无产者保留了人性。他们的内心没有残酷无情。他们留住了原始的情感，而他自己都得通过有意识的努力才能重新拥有原始感情。想到这点，却毫无关联地记起来，几个星期以前，他在那条人行道上看见了一只炸断的手，一脚踢进了臭水沟，仿佛那只是一个圆白菜梗儿。

"无产者是人。"他大声说，"我们不是人。"

"为什么不是人？"朱莉娅问道，又刚刚醒过来了。

他思考了一会儿。“你想到过没有，”他说，“我们要做得最好的事情是干脆从这里出去，趁着还不晚，以后再也不要见面了？”

“是的，亲爱的，我想到过，好几次呢。但是我不会那样做，做不做都是一码事儿。”

“我们够好运气的，”他说，“但是好运气不会长久。你年轻，看起来正常、单纯，如果躲开我这样的人，你可以再活五十年。”

“不。我想过了。你干什么，我跟着干什么。别太灰心丧气了。我对好好活下去可是很有一套的。”

“我们也许一起再活六个月——一年——没人知道苟且多久。最后，我们肯定会分开。你看出来我们将会多么孤独无援吗？一旦他们抓住我们，那就什么都没有了，真的什么都完了，你帮不了我，我帮不了你啊。如果我招供了，他们会把你枪毙了，而如果我拒绝供认，他们还是会枪毙你。不管我做什么，说什么，或者管住自己什么都不说，都不会延迟你的死亡五分钟。我们彼此甚至不知道活着还是死了。我们将会丧失一切能力。有一点儿是重要的，那就是我们不要背叛对方，虽然这也不会带来丝毫的区别。”

“如果你是指招供，”她说，“那么我们还是招供为好。大家一贯都在招供。你阻止不了的。他们会严刑拷打的。”

“我不是说招供。招供不是背叛。你说什么、做什么，都无关紧要，紧要的是感情。如果他们能阻止我不爱你——那才是真正的背叛。”

她想了想。“他们做不到。”她最后说，“这是他们唯一无可奈何的东西。他们可以让你说出任何东西——任何东西——但是他们不能让你相信它。他们无法钻到你肚子里。”

“不能，”他说，口气里有了一些希望，“是不能，这很对。他们不能钻到你肚子里。如果你感觉保持人性是值得的，哪怕它不能产生什么结果，你都把他们打败了。”

他想到电屏通宵达旦都在窃听。他们夜以继日地监视你，但是如果你能保持头脑清醒，那你就能胜过他们。他们费尽了心机，却从来无法掌握一种秘密工具，来发现别人在想些什么。一旦你落入他们的手里，也许情况不是这样的。你不知道仁部里究竟发生过什么，但是还是能猜出来：严刑拷打、麻醉药、检测你神经反应的精密仪器、不让你睡觉、坐禁闭、轮番审讯，直到拖垮你。不管怎么样，事实是守不住的，他们可以通过审讯追查到底。但是，如果目标不是保命而是保持人性，最后会有什么根本区别呢？他们无法改变你的感情，在这事儿上，你自己也改变不了它们，哪怕想改变它们都不行。他们可以对你所做的、所说的、所想的，每样东西的细端末节都暴露出来；但是内心世界他们却一筹莫展，因为内心活动对你自己来说都是神秘的。

第八章

他们行动了，他们终于行动了！

他们身置其中的屋子是长方形的，光线柔和。电屏开得很低，声音呜呜哝哝的；深蓝色地毯很厚实，走在上面感觉像走在天鹅绒上。在屋子的另一头，奥布莱恩坐在桌前，一盏绿罩子台灯，两边都摆了一大堆文件。勤务员把朱莉娅和温斯顿领进来后，他连头都没有抬起来。

温斯顿的心怦怦地剧烈跳动，他怀疑他还能不能讲出话来。他们行动了，他们终于行动了，他心里只想到这个。到这里来根本就是一种冒失的行动，两个人一起来更是愚蠢之极；尽管他们确实是从不同的路线来的，只是在奥布莱恩家门口才相遇。然而，只是走进这样一个地方，都需要鼓起勇气。只有在非常罕有的情况下，你才能看见核心党员的住处是什么样子，或者才能深入这个城市他们居住的地区。公寓大楼的整个气氛啦、所有东西都厚重和宽阔啦、上好食品和优质烟叶散发的不熟悉的味道啦、速度快到难以置信的安静的电梯啦、一身白上衣的匆匆来往的勤务人员啦——一切都令人望而生畏。尽管他来这里有一个不错的借口，但是还是每走一步都胆战心惊，害怕某个一身黑制服的警卫会突然从哪个拐角冲出来，要求他出示证件，然后命令他滚出去。还好奥布莱恩的勤务员什么话都没有说，只是把他们两个领了进来。勤务员是一个矮小的一头黑发的男子，身穿一件白色上衣，一张钻石形状的脸，毫无表情，跟中国人的脸相有一拼。他领着他们一路走来的过道铺了柔软的地毯，墙壁糊裱了奶油色壁纸，白色的护墙板，每一处都无比干净整洁。这也令人望而生畏。温斯顿不曾记得还在什么地方见过一条过道，墙壁上没有人的身体来来回回磨蹭的污渍。

奥布莱恩的手指捏着一张纸条，好像在专注地研究。他毛发很重的脸，深深地勾着，你可以从旁看见他的鼻子的线条，看上去很有震慑力，也很有智慧的样子。大概二十秒钟过去了，他坐着一动不动。然后，他把说写器拉过来，用各部使用的混合词语口述了一个通知："一逗号五逗号七项全部批准句号建议所含六项双倍荒唐接近罪想删除句号不进行建筑方式充分评估机械状况在前句号通知完毕。"

他不慌不忙地从椅子上站起来，走过悄无声息的地毯。口述完那些新话语，他身上的官架子似乎放下一些，但是他那副表情比平常更加严厉，仿佛他很不高兴被人打搅。温斯顿已经感觉到了那种恐惧，这时突然被一种平时的窘迫感穿透了。他想到，很可能他就是犯了一个愚蠢的错误。他在现实中有什么证据可以证明奥布莱恩是某种政治秘密结社家吗？什么证据都没有，只是两眼的一闪以及一句模棱两可的话而已；此外，就只有他自己私下的瞎猜瞎想了，还都是源于一个梦。他甚至无法退而求其次，借口说来借那本词典，因为要是来取词典，朱莉娅一起同来就无法自圆其说了。在奥布莱恩走过电屏时，他似乎有了一个念头。他停下来，转过身，在墙壁上按了一下开关。啪嗒一声。电屏的声音停止了。

朱莉娅轻吟一声，一种受惊的反应。即便正在惊慌之中，温斯顿还是又吃一惊，没能管住舌头。

"你能关掉电屏啊！"他叹道。

"是的。"奥布莱恩说，"我们能关掉它。我们有这个特权。"

他这时站在他的对面。他魁伟的身板在他们两个前面居高临下，他脸上的表情仍然不可猜度。他在静等，带了几分严峻，等待温斯顿开口讲话，但是讲什么呢？即便到了这个时候，也很可以想象，他是一个公务缠身的人，有人竟然来打扰他，心里好生不快。没有人说话。电屏被停止后，屋子似乎死一般寂静。分分秒秒地过去了，时不待人。温斯顿困难重重，继续两眼注视着奥布莱恩。随后，那张严峻的脸突然松弛下来，呈现出微笑的端倪。奥布莱恩用他很有个性的动作，把他鼻子上的眼镜扶了扶。

“我先说，还是你先说？”他问道。

“我先说吧。”温斯顿赶紧说，“那东西真的关上了吗？”

“是的，一切都关掉了。我们单独在一起了。”

“我们来这里，因为——”

他欲言又止，第一次认识到他自己的动机模糊不清。因为他实际上并不清楚他指望奥布莱恩的什么帮助，所以要说清他为什么到这里来并不容易。他接着说，意识到他所说的话一定听上去软绵绵的，难免装腔作势：

“我们相信某种秘密结社是有的，某种秘密组织在对抗党，而你与此有关。我们想进入，为此工作。我们是党的敌人。我们不相信英社的各种原则。我们是思想犯。我们也是通奸犯。我跟你讲这话，是因为我们想把自己交给你处置。如果你想让我们用其他方式把自己牵连进去，我们随时准备。”

他停下话题，扭头瞅了一眼，感觉身后的门已经开了。一点儿没错，那个黄脸的小勤务员没有敲门就进来了。温斯顿看见他端来一个盘子，上面摆了酒瓶和玻璃杯。

“马丁是我们的人。”奥布莱恩不动声色地说，“把酒端过来，马丁。放在那张圆桌子上。椅子够坐吗？那么我们可以坐下来，舒舒服服地谈。你给自己拿把椅子来，马丁。这是谈正事。你可以暂停十分钟做你的勤务员的身份。”

小个子男人坐了下来，相当随意，但是还带着一种勤务人员的样子，那种贴身男仆享受特权的样子。温斯顿用眼角的余光打量他。他想到这个男子一辈子都在扮演一个角色，因此觉得放下这种赏赐给他的身份哪怕一分钟，都是很危险的。奥布莱恩握住瓶脖子拿起酒瓶，往玻璃杯子倒了一种暗红的流质。这唤起了温斯顿模糊的记忆，是某种在墙上或者广告牌上见过的东西——一只巨大的瓶子，电灯光闪烁，似乎在上下移动，把瓶子里的东西倒进玻璃杯。从顶部看下去，那东西几乎是黑色的，但是酒瓶却亮闪闪的像一颗红宝石。它散发出一种酸甜的味道。他看见朱莉娅拿起酒杯，闻了闻，一副坦然而好奇的神色。

“这叫葡萄酒。”奥布莱恩说着，淡然一笑，“你们在书本里读到过，毫无疑问。外围党的人恐怕很少能喝到这个。”他的脸色再次严肃起来，并且举起他的酒杯：“我想我们应该碰一下杯子祝大家健康，祝我们的领袖——伊曼纽尔·戈尔茨坦身体健康。”

温斯顿拿起酒杯，带了几分迫切的样子。葡萄酒他在书里看见过，梦寐以求。如同那个玻璃镇纸或者查林顿先生片段记忆的歌谣，葡萄酒属于那个消失的浪漫的过去，他的思想私下活动时喜欢称之为“往昔时光”。不知什么缘故，他总是认为葡萄酒有一种甜蜜的味道，如同黑莓酱，还有一种立即催人入醉的效果。实际上，等他一口气吞咽下去时，这东西显然令人失望了。其实是因为他多年来饮用杜松子酒，他简直品尝不了葡萄酒的味道了。他把空杯子放了下来。

“这么说，还真有戈尔茨坦这个人吗？”他问道。

“是的，是有这样一个人，而且还活着。在哪里，我就不知道了。”

“还有秘密结社——那个组织吗？全是真的吗？这一切不全是思

想警察的凭空捏造的吗？”

“不是，全是真的。兄弟会，我们叫它兄弟会。你们对兄弟会不必知道更多，只清楚它存在，你们属于它就行了。我一会儿会交代这点。”他看了看手表，“即使是核心党员，把电屏关掉一个小时以上，也是不明智的。你们不应该一起到这儿来，你们还要分别先后离去。你，同志，”他冲朱莉娅点了一下头，“可以先一步离去。我们还有二十分钟时间可以支配。你们应该明白，我必须先问你们一些问题。总的说来，你们准备干什么呢？”

“能干的事情我们都干。”温斯顿说。

奥布莱恩在椅子上把身子扭过去一点儿，直接冲着温斯顿。他几乎把朱莉娅晾在了一边，似乎理所当然地认为温斯顿可以向朱莉娅转述。他的眼皮在眼睛上低垂了瞬间。他开始提问，声音低沉，不动声色，仿佛在公事公办，一种教理式的问答，大多数回答已经了然于心了。

“你们准备献出你们的生命吗？”

“是的。”

“你们准备谋杀吗？”

“是的。”

“准备进行各种破坏活动，也许会造成数百名无辜平民死亡吗？”

“是的。”

“向外国列强出卖你们的国家吗？”

“是的。

“你们准备欺骗、伪造、讹诈、腐蚀儿童心灵、贩卖上瘾的毒品、鼓励卖淫活动、传染性病——只要能够造成党的堕落、削弱党的权力的事情，都照干不误吗？”

“是的。”

“如果，举例说，把一瓶硝酸泼在一个孩子的脸上就可以在某种程度上服务于我们的利益——你们也准备干吗？”

“是的。”

“你们准备改头换面，后半辈子做一个服务员和码头工人吗？”

“是的。”

“如果我们命令你们自杀，你们准备自裁吗？”

“是的。”

“你们两个，准备分开，再也不见面吗？”

“不！”朱莉娅突然喊道。

温斯顿觉得好像耽搁了很长时间才作答了。有那么一会儿，他好像被剥夺了说话的能力。他的舌头在动弹却没有声音，第一个词的开始音节形成了，说出来的却是另一个词，还一遍又一遍地出错。最后他终于说话了，却不知道到底在说些什么。“不。”他终于作答了。

“你们这样告诉我，很好。”奥布莱恩说，“我们必须了解一切。”

他转身向着朱莉娅，用一种更富于表达的声音补充说：“你明白即使他还活着，可也许他已经是截然不同的人了吗？我们不得已给他一种新身份。他的脸、他的举止、他的手型、他头发的颜色——甚至他的声音都会很不一样。而你自己也许会成为一个截然不同的人。我们的外科医生能把人整形，让人认不出来。有时，这是必要的。有时，我们甚至会残肢。”

温斯顿忍不住从旁瞟了一眼马丁那张蒙古人的脸。他没有看见他脸上有伤疤。朱莉娅脸色变得更苍白了，这让她脸上的雀斑越发明显了，但是她大胆地面对着奥布莱恩。她喃喃地说了些什么，似乎是表示同意的。

“好。那么就算说定了。”

桌子上有一个银色的小烟盒。奥布莱恩一副完全心不在焉的样子把香烟推给别人，自己抽了一支，然后站起来，开始踱来踱去，仿佛他站起来更有利于思考。香烟非常高级，很浓烈，包装精美，纸质有丝绸感，很少见。奥布莱恩又看了看手表。

“你可以回你的厨房去了，马丁。”他说，“一刻钟内我要打开电屏。离开前看清楚了这两位同志的脸。你还会看见他们的。我就不一定了。”

如同在前门时打量一番一样，这个矮小的男子的黑眼睛在他们两个脸上扫了几眼。他的态度里没有一丝友好的意思。他只是在记下他们的外貌，但是他对他们没有兴趣，或者表现得没有兴趣。温斯顿突然想到，一张合成的脸也许是不会变化表情的。没有讲话，也没有打什么招呼，马丁出去了，把身后的门悄无声息地关上。奥布莱恩踱来踱去，一只手伸进他的黑制服的兜里，另一只手拿着香烟。

“你们明白。”他说，“你们将会在黑暗里斗争。你们会总是待在黑暗里。你会接到命令，服从命令，却不知道理由。等会儿我会发给你们一本书，你们从中了解我们生活其中的那个社会，学会我们借以摧毁那个社会的战略。你们读过那本书时，你们就成了兄弟会的正式成员了。但是，知道我们为之奋斗的总目标，也知道当前的紧急任务，别的东西你们就不用了解了。我告诉你们兄弟会是有的，但是我不能告诉你们兄弟会的成员是上百个还是上千万个。就你们个人了解的情况而言，你们说出它的成员永远不会超出十几个。你们将有三四个接头人，他们会经常消失，由新人接替。这次是你们第一次接头，这会让事情有了头绪。你们接到的命令都是我发出去的。如果我们认为有必要与你们联系，会通过马丁执行。你们最后被捕了，你们要供认。这是不可避免的。但是，你们没有什么东西可供认，只不过是你们自己的行动而已。你们只能供出很少的几个不重要的人。也许你们会把我出卖了。那时候，我也许早死了，或者成了一个截然不同的人，长了一张截然不同的脸。”

他还在柔软的地毯上走来走去。尽管他身材魁梧，但是他的举止里有一种显而易见的优雅。哪怕是把手揣进兜里，或者手持一支香烟，都显得温文尔雅。他不只给人力量，还给人自信的印象以及略带讥讽性质的印象。他不论有多么认真，都没有狂热分子固有的那种天真单纯的样子。当他谈到谋杀、自杀、性病、残肢、为脸整形时，口气里带了些许插科打诨的调调。“这是不可避免的。”他的声音似乎在说，“这是我们不得已而为之，无法妥协。但是等生活值得再活下去时，我们就不会这样干了。”温斯顿对奥布莱恩流露出了仰慕之情，简直到了崇拜的份儿上。这时，他已经忘记了戈尔茨坦的阴影。你看着奥布莱恩那强有力的肩膀以及他那棱角分明的脸，那么难看却又那么有修养，你不可能相信他会被打败。没有什么计谋是他对付不了的，没有什么危险是他事前看不到的。就连朱莉娅也似乎被迷住了。她把香烟掐灭，听得全神贯注。

奥布莱恩继续说：“你们可能听说过很多关于兄弟会存在的传言。你们无疑会对兄弟会形成你们自己的图像。你们也许想象得到，一个庞大的地下秘密结社人员，在地下室里秘密碰头，在墙上涂写信息，通过暗号或者特殊手语接头。这种事儿是没有的。兄弟会的成员没有机会彼此相认，一个成员无法知道更多人的身份，不过寥寥数人。戈尔茨坦本人，如果他落入思想警察的手里，也不能供出兄弟会成员的全部名单，或者任何让思想警察找到一份完全名单的信息。这样的名单是不存在的。兄弟会不能够被消灭，因为它不是一个一般意义上的组织。把兄弟会捏在一起的不是别的，而是一种不可摧毁的思想。你们永远不会有任何东西可以依靠，只有这种思想。你们没有同志式的志同道合，没有同志式的鼓励。最后你们被逮捕时，你们得不到援助。我们从来不援助会员。至多不过，在绝对需要某人灭口时，我们偶尔能偷偷带一个刀片，送进囚牢里。你不得不习惯没有结果地活着，没有希望地活着。你们工作一阵子，就会被逮捕，就会招供，随后死去。这是你们看得见的唯一结果。

你们自己的这辈子不可能看见什么变化。我们是死者。我们唯一的真实生活是未来。等我们加入未来的生活时，只是一抔尘土，几根骨头。但是，这未来究竟有多么遥远，谁都无法知道。也许是一千年。眼下除了一点儿一点儿地扩大头脑清醒的人的范围，别无他法。我们不能集体行动。我们只能从个人到个人一步步传播我们的知识，一代接一代地传下去。在思想警察面前，没有别的道路可走。”

他停下来，第三次看了看他的手表。

“快到你离去的时候了，同志。”他对朱莉娅说，“等等。酒瓶还有半瓶葡萄酒呢。”

他把三个杯子斟满酒，举起了他自己的酒杯。

“这次为什么干杯呢？”他说，仍然带着那种淡淡的讥讽意味，“为了思想警察的混乱？为了老人家的死亡？为了人类？为了未来？”

“为了过去。”温斯顿说。

“过去是更为重要的。”奥布莱恩严肃地附和道。他们喝干了酒，过了一会儿，朱莉娅站了起来要走。奥布莱恩从一个柜子顶上取下一个小盒子，递给她一片白药片，告诉她把药片放在舌头上。很重要的，他说，可别让人闻出葡萄酒的味儿——电梯服务员非常善于察言观色。朱莉娅身后的门关上后，他看上去已经忘记了她的存在。他又走了几个来回，然后停住了。

“有些细节需要落实。”他说，“我估计你大概有个藏身的地方吧？”

温斯顿把查林顿先生旧货铺楼上的那间屋子说了说。

“临时住住还行。往后我们会为你安排别的住处。经常改换藏身的地方是很重要的。同时我会把那本书送给你，”即使是奥布莱恩，温斯顿注意到，似乎也是用强调的口气提及那本书的，“戈尔茨坦的书，你明白，尽早送给你。也许过些日子我才能弄到一本。现存的书不多了，你可以想象得到的。思想警察在查寻这本书，我们出多少，他们就摧毁多少。他们白费力气。这本书是不可摧毁的。如果最后一本没有了，我们还能一个字一个字地印出来呢。你上班带公文包吗？”他找补说。

“一般情况下会带的。”

“什么样子？”

“黑色的，很旧了。两条搭扣带。”

“黑色的，两条搭扣带，很旧——很好。最近的某一天——我说不准日期——你上午的活儿里有一条信息，上面有一个印错的词，你要要求重发。第二天你上班时不要带公文包。那天某个时候，在大街上，一个人会拍一拍你的手臂，说：‘我想你丢了你的公文包了。’送给你的这个公文包里有一本戈尔茨坦的书。你十四天后归还。”

他们沉默了一会儿。

“再有一两分钟你就要离去。”奥布莱恩说，“我们会再次相见的——如果我们能再见的话——”

温斯顿抬头打量他。“在没有黑暗的地方吗？”他问道。有些迟疑。

奥布莱恩点了点头，没有露出诧异不解的神色。“在没有黑暗的地方。”他说，仿佛听出来这句话的言外之意，“这个时刻，你走之前还有什么事情希望说吗？有什么信息？有什么问题？”

温斯顿想了想。他似乎没有什么问题想问了，他更没有觉得有什么冲动，想说些高调大话。奥布莱恩或者兄弟会直接相关的事儿不多想了，他想到的却是一幅混合图像：他母亲最后的日子居住的那间黑暗的卧室，查林顿先生旧货铺楼上的那间屋子，那个玻璃镇纸，还有红木框里那幅钢板雕刻画。他几乎是脱口而出地问道：“你过去听说过一支老歌谣吗？开头一句是‘橘子和柠檬，圣克莱门特教堂的钟声说’。”

奥布莱恩又点了点头。带着一种一丝不苟的谦和神态，他把这首歌谣的四句词全唱了出来：

橘子和柠檬，圣克莱门特教堂的钟声说，
你欠我三个硬币，圣马丁教堂的钟声说，
你什么时候还我？老贝利的教堂钟声说，
等我阔气了，肖尔迪奇教堂的钟声说。

“你知道最后一句啊！”温斯顿说。

“是的，我知道最后一句。恐怕你现在得走了。不过等等。我还是给你一片药片为妥。”

温斯顿站起来，奥布莱恩伸出手。他强有力地一握，把温斯顿的手掌骨都要握碎了。到了门口，温斯顿回头看了看，但是奥布莱恩似乎已经进入把他排斥于脑外的程序。他把手放在控制电屏的开关上，等他离去。温斯顿能看见他身后写字台上那盏绿罩子台灯、说写器和装满文件的铁丝框。这件事结束了。他心想，三十秒钟之内，奥布莱恩就会回到他被打断的重要工作中，为党而工作。

第九章

温斯顿疲惫不堪，快成果子冻了。果子冻，就这词。这个词不请自来地进入他的脑子。他的身体似乎不只像果冻一样不堪一击，而且透明了。他感觉，如果把手举起来，他能看见光线穿过它。血液和淋巴由于巨大的工作压力从他身上挤压干净，只留下神经、骨头和皮。所有的感知似乎全放大了。他的制服沉甸甸地压在肩头，路面磋磨他的脚底板，连手的一张一握都得使劲儿，把关节弄得咔咔响。

他五天来干了九十多个小时的活儿。部里大家都干得一样。现在总算结束了，他确实没有事儿干，任何党的工作都没有了，直到明天上午都歇着。他可以在那个藏身处幽会六个小时，在自己家床上躺九个小时。午后的阳光很温和，他缓缓地走在前往查林顿先生的旧货铺方向的一条脏兮兮的街上，不停地留神巡逻队，却又毫无道理地相信，这个下午不会有什么人给他带来危险。他背着的沉甸甸的公文包，每走一步都会磕碰他的膝盖，让他的腿的皮肤上下都有一种麻酥酥的感觉。公文包里有那本书，在他手里已经耽搁了六天了，可还没有打开过，更别说看几眼了。

仇恨周已经第六天了，游行、讲演、喊口号、唱歌、旗帜、招贴画、电影、蜡像、通通擂鼓、吹号声、嚓嚓踏步前进、坦克履带哗啦啦行进、成群的飞机轰鸣、机关枪嗒嗒响——六天来都在搞这一套，极度兴奋的情绪一点儿就着，对欧亚国的一致仇恨沸腾到了癫狂的程度，如果有两千名欧亚国战俘在最后游行那天公开绞死时，人群能伸手够到他们，一准会把他们撕成碎片——可就在这时候，忽然宣布大洋国并没有与欧亚国交战。大洋国在与东亚国交战。欧亚国是盟国了。

当然，没有谁承认什么变化发生了。只是形势急转直下，各地统一行动，人们知道东亚国而非欧亚国是敌人。温斯顿正在伦敦一个市中心广场参加示威游行，消息就传来了。那是夜间，一张张白脸和鲜红的旗帜都在强烈的光线照耀下。广场上聚集了几千个人，其中有大约一千多个身穿少年揭发队的学童。红布包裹的讲台上，核心党的一个演说家在对群众高谈阔论，只见他身量矮小、瘦瘠，长胳膊长腿不成比例，秃脑袋上散布着稀疏的头发。一个唧跛儿[①]再世，气鼓鼓一腔仇恨，只见他一只手紧抓麦克风的脖子，而另一只手在瘦骨嶙峋的臂端格外硕大，在头上气势汹汹地乱抓空气。他的声音从扩音器里传出来特别刺耳，嗡嗡地倾诉一系列暴行：大屠杀、驱逐、掠夺、强奸、虐待俘虏、轰炸平民、谎言宣传、非正义入侵、撕毁条约，条条罪状，罄竹难书。听他讲话一开始简直不可能不深信不疑，而后神经错乱。每隔几分钟，群众义愤填膺，吼声一片，讲演者的声音立马被成千上万条不可控制的嗓子发出的野兽般的怒吼淹没。最野蛮的尖叫声发自学校的孩子。讲话进行了大约二十分钟，这时一名通讯员火急火燎地冲到讲台，把一个纸条塞进那个讲演者的手里。他打开纸条，一边讲话，一边看纸条。他的声音或者神态没有改变，所讲的内容也没有发生改变，但是突然间名字变了。无须多言，心照不宣的涟漪在人群里荡过。大洋国在和东亚国交战！接下来，声势浩大的混乱发生了。广场上悬挂的旗帜和口号都写错

---

① 德国民间故事里的侏儒怪，为救王子的新娘，同意将亚麻纺成金子，条件是索要新娘的第一个孩子，除非新娘能猜出他的名字，结果新娘猜出了他的名字，他只好自杀。

了！其中一半招贴画上面的脸都是错的。有人破坏！戈尔茨坦的代理人在捣乱！人群乱成了一锅粥，招贴画被七手八脚地从墙上扯下来，旗帜被撕成了碎片，扔在脚下乱踩。少年揭发队充当了急先锋角色，纷纷爬上屋顶，把悬挂在烟囱上的横幅剪断了。但是，两三分钟之后，一切复归平静。那个演说家，仍然紧抓麦克风的脖子，两肩前倾，那只空手还在乱抓空气，演说照常进行。一分钟过去，群众中再次爆发出野蛮的愤怒的吼声。仇恨继续，一如既往，只是目标截然不同了。

这件事儿令温斯顿印象深刻，回头看，那个讲演者从一句话转向另一句话，实际上是在半句上进行的，不仅没有停顿，连句子结构都没有乱套。不过，当时另一件事情让他分神了。事情发生在招贴画被扯下来时发生的混乱中，一个他没有看清脸的男人拍了拍他的肩膀，说："对不起，我想你的公文包丢了。"他心神恍惚地接过公文包，连句话也没有说。他知道若干天后他才有机会翻看里面的东西。示威游行一结束，他就直接回到真理部，尽管这时快到二十三点钟了。部里的全体职员也都回来了。各项指令已经从电屏发出来，号召他们坚守岗位，这倒是多此一举了。

大洋国在与东亚国交战——大洋国一贯在与东亚国交战。五年来的政治文献的大部分，这下全部报废了。各种各样的报告、记录、报纸、书籍、小册子、电影、传声器、相片——所有的东西都得以闪电般的速度改写过来。尽管没有下达明确指示，但是人人心知肚明，记录司的头头脑脑们意在一个星期之内不再遗留和欧亚国交战或者与东亚国结盟的材料。这项工作压倒一切，尤其因为这工作所涉及的各项程序不能使用真实姓名。记录司的每个职员在二十四小时内要工作十八个小时，只有三四个小时的打盹时间。垫子从地下室搬来了，铺满了过道；餐点只是些三明治和胜利牌咖啡，由食堂的炊事员用小轮车推来供应。温斯顿每次停下工作去睡一个小时，都会把他的办公桌清理干净，而每次爬回来干活儿，睡眼惺忪，浑身酸痛，都会看见另一批文件卷像雪堆一样，把办公桌占得满满的，连说写器都埋起来，还掉落在地上，因此首要的活儿总是把它们整理利落，给他留出工作的地方。尤其糟糕的是，这活儿绝不再是纯机械性的。要做的事情往往是把一个名字更换成另一名字，不过各种事件的详细报道则要求细心和想象力。战争从一个地点转向另一个地点所需要的地理知识都相当了得。

到了第三天，他的眼睛疼痛难忍，他的眼镜每隔几分钟就要擦一次。伏案工作却像吃力地对付一项繁重的体力活儿，你有权利拒绝，却又迫不及待地想完成。就他还有时间记住的情况看，他对说写器嘟哝的每个词、他手里的铅笔画下去的每一笔，都是蓄意的谎言，对此他没有感到烦恼不安。他如同司里的每个人一样，操心的只是伪造工作干得完美。到了第六天的早上，纸卷的运转量慢下来了。半个多小时之内风动管没有输送任何东西；随后送来一个，然后就没有了。大体在同一时间里，各处的活儿终于停下来了。记录司不约而同地深深地暗暗舒了一口气。一项非凡的任务完成了，却再不会有人提及了。这下，谁都无法用文件证明战争曾经是同欧亚国进行的。时至十二点，上面出人意料地宣布，记录司的所有员工都放假到明天早上。温斯顿工作时把装着那本书的公文包放在他的两脚之间，睡觉时压在他身下，这时带着回到家中，刮脸，洗澡时差点睡着，洗澡水温吞吞的一点儿不热。

他爬上查林顿先生旧货店楼上时，各个关节都在痛快地嘎嘎作响。他累了，但是毫无睡意。他打开窗户，点上脏兮兮的小煤油灯，开了一锅水冲咖啡。朱莉娅一会儿就到来，同时他有那本书看。他在那张邋遢的沙发里坐下，把公文包的搭扣带解开。

一本沉甸甸的黑皮书，装订很外行，封面上没有书名，也没有作者名。印制也看上去不规则。书页的边角都弄烂了，稍不留神就散了，仿佛这书转了很多人的手。扉页上的文字是：

寡头政治集体主义的理论与实践

伊曼纽尔·戈尔茨坦 著

（温斯顿开始阅读。）

第一章 无知即力量

自从有文字记录的历史以来，大概从新石器结束以后，世上就有三种人：上等人、中等人、下等人。他们再按多种方式划分，拥有数不清的各不相同的名字，他们的相对人数以及他们相互间的态度，因时代而异；但是，社会的基本结构从来没有改变。即使经过巨大的动荡和似乎不可动摇的改变之后，同样的格局总是会复原，正好像回转仪总是恢复平衡一样，不管你按哪种方式把它推进。

这三种人的目的是完全不可调和的……

温斯顿停下阅读，主要是为了欣赏一下他正在阅读的这一事实，很舒服，也很安全。他独自一人——没有电屏，钥匙眼儿没有耳目，无须紧张兮兮地回头张望，或者用手遮挡书页。温馨的夏日空气在抚摸他的脸颊。远处不知什么地方，传来孩子们隐隐约约的喊叫；屋子里没有别的动静，只有钟表在嘀嗒嘀嗒地走。他往沙发深处坐了坐，把脚搭在壁炉栏上。这是天堂，是永恒。如同一个人弄到一本书，知道最终会读到每个词，再读每个词，他一下子翻到了另一处地方，眼前正好是第三章。他接着读下去：

第三章 战争即和平

世界分裂成三个超级大国是一件可见的事件，而且在二十世纪中叶之前就确实预见到了。随着俄国吞并欧洲，美国吞并英帝国，三个现存的强国其中两个，欧亚国和大洋国，就已经名副其实地存在了。第三国，东亚国，在另一个十年的混战之后才会崛起。

这三个超级大国之间的边界，一些地方是任意划定的，而另一些地方，他们要根据战争的胜负来临时界定，但是总的说来是根据地理界线来定的。欧亚国包括欧洲的整个北部和亚洲的大量土地，从葡萄牙到白令海峡。大洋国包括南北美洲、大西洋各岛屿，其中包括英伦三岛、澳大利亚和非洲南部。东亚国较其他两个超级大国要小，西边的边界不够确定，包括中国以及中国以南的各国、日本诸岛以及满洲、蒙古和西藏等不确定的部分。

香一个臭一个，这三个超级大国交战是家常便饭，过去二十五年来就一直战火不断。但是，战争不再是二十世纪初几十年那种你死我活、一战到死的搏斗。战争的目标变得有限，交战双方都无法摧毁对方，打仗不再为物质原因，分裂也不再因为真正的意识形态上的分歧。这并不是说，战争的进行或者战争的惯有态度，不那么嗜血，或者更仗义了。恰恰相反，战争歇斯底里在所有国家中是持续的、常见的，比如强奸、掠夺、屠戮儿童、将整个人口降为奴隶地位、虐待战俘以至活煮与活埋，这些暴行会作为家常便饭，而且，这些暴行会被我方而不是敌方看作英勇行为，得到嘉奖。但是从肉体角度看，战争涉及很少的平民百姓，多数是高度训练的专家，造成的伤亡相对要少。战斗要是真打起来，均会发生在模糊的边界线上，具体地点一般人只能猜测；要么发生在扼守海上战略要道的漂浮堡垒附近。在文明的中心地带，战争充其量相当于消费品持续短缺，或者火箭弹偶尔爆炸造成少数人员伤亡。战争事实上改变了其性质。更确切地讲，战争进行的理由的重要性次序发生了变化。二十世纪初期几次大战中已经出现的战争动机，程度尚小，现在却成为主导动机，被人们有意识地认可并付诸行动。

为了解当前这场战争的性质——虽然每隔几年就会发生重组，但战争就是战争——我们必须首先认识到这场战争是不会有决定性质的。即使另外两个联合起来，也无法彻底把三个超级大国的其中一个征服。它们基本势均力敌，它们的自然防御环境不可逾越。欧亚国被广袤的陆地空间保护起来，大洋国受到大西洋和太平洋浩渺水域保护，东亚国则由其繁殖力强、不怕吃苦的国民做后盾。其次，从物质意义上看，战火连连的动因已不复存在。随着独立自足的经济的建立，生产和消费相互吻合，过去战争的主要原因是争夺市场，如今却结束了，而争夺原材料就不再是你死我活的事情了。无论如何，三个超级大国都地大物博，所需物质在自己国土上都能保障。就战争能够获得的直接经济目的看，只能是争夺劳动力的战争了。在超级大国的边界之间，因边界不是永久性占有，就存在了一个大体方形的地区，各角分别由丹吉尔、布拉柴维尔、达尔文港和香港构成，拥有大约地球人口的五分之一。正是为了占有这些人口稠密地区，以及北方的冰雪地带，三个强国会经常你争我夺。实际上，从没有一个强国控制过这个争端频发的地区的全部。这个地区的一些区域经常易手，无休止地结盟关系发生变化，则是因为有机会从突然贩卖的交易中掠夺这个区域或者那个区域。

所有这些争夺领土，蕴藏了宝贵的矿物，一些地区则出产重要的植物产品，诸如橡胶，在气候更冷的地区必须靠成本相对高昂的方法人工合成。但主要是这些地区拥有无法探底的廉价劳动力。不管哪个大国控制了赤道非洲，或者中东诸国，或者南印度，或者印度尼西亚群岛，也就支配着几十亿工资低廉、干活卖力的劳动力。这些地区的居民，不同程度地公开沦为奴隶地位，在征服者手中不断易手，并且被消耗着，好比为了更多的军备竞赛而消耗煤矿或者石油，掠夺更多的领土，控制更多的劳动力，生产更多的军备，占领更多的领土，如此反复循环，没完没了。应该注意到的是，这样的斗争从来没有真正超出这些争夺地区的边缘。欧亚国的边界在刚果与地中海北岸之间或进或退；印度洋和太平洋的诸岛被大洋国或者东亚国占领和再占领；在蒙古，欧亚国和东亚国之间的分界从来不确定；在北极地区，三个大国都宣称拥有大批领土，实际上基本无人居住，没有开发；不过，力量平衡大体上总是半斤八两的，而且形成每个超级大国中心地带的领土，总是保持不被侵犯。再说，赤道一带被剥削的人民对世界经济并非真的无足轻重。他们给世界的财富不能增值，因为他们不管生产什么都被用于战争的目的，而进行战争的目标又总是为了处于更好的位置，以便进行另一场战争。利用这些奴隶人口的劳动力，让持续不断的战事的速度得以提速。但是，如果他们不复存在，全球社会的机构以及维持这种结构的程序，就不会是根本上的不同了。

现代战争的基本目的（按照双重思想原则，核心党的指导智囊对这一目的的态度是既承认又不承认）是把机器的产品消耗掉而又不提高生活的一般标准。自从十九世纪末以来，怎样处理剩余消费品的问题，在工业社会里一直是隐形的。目前，很少有人连饭都吃不上，即使没有人为的破坏过程在发生，这个问题显然也不急迫了，而且也许再不会变得急迫了。与一九一四年之前存在的那个世界对比，当今的世界是一个裸露、饥饿、残破的地方；如果与那个时期的人们展望的那个幻想的未来对比，就更不能相提并论了。在二十世纪早期，未来社会的前景难以置信的富足、悠闲、有序和高效——一个由玻璃、钢铁和白色水泥构建的闪亮洁净的世界，是几乎每一个文化人的思想的一部分。科学和技术正在神速发展，似乎很自然地以为它们会继续发展下去。这种情况没有发生，一部分因为战火连连和革命不断造成的贫困，另一部分原因是因为科学和技术的进步要依靠来自经验的思维习惯，而这种习惯在一个严加统治的社会是不可能存活的。整体而言，世界今天比五十年前更加原始了。某些落后的地区进步了，各种设施总是在某种程度上与战争和警察的侦探活动连接在一起，但是实验和发明大体停止了，而十九世纪五十年代时原子战争的极大破坏没有完全修复。尽管如此，机器所特有的危险依然故我。从机器最初问世之时起，所有思考的人们都很清楚，人类不需要辛苦劳作了，而随之而来的是很大程度上人类平等也不多提了。如果机器为此目的有意地使用，饥饿、过度劳作、肮脏、文盲和疾病等等，只用几代人就统统消灭了。而事实上，虽没有为此目的使用机器，却被一种自动化程序取代，因此带来的财富有时不得不分配掉——机器到底还是提高了一般人的生活水平，这在十九世纪末和二十世纪初的约五十年期间是显而易见的。

然而，同样清楚的是，财富的全面增长威胁到了一个等级社会的毁灭——在某种意义上就是毁灭。在一个人人工作时间缩短的社会，吃喝不愁，住房有浴室和冰箱，拥有汽车或者甚至飞机，平等最明显也许是最重要的形式可能早已消失了。财富一旦普及，东西就不分彼此了。毫无疑问，可以想象一个社会，从个人占有和奢侈享受意义上讲，财富可以平均分配，而权力仍然掌握在一个享有特权的小圈子里。然而，实际上这样的社会是不会长期稳定的。因为，如果休闲和保障人人享有，因为人类贫困而很容易变得麻木的大多数人，会变得有文化，会学会为自己着想；而一旦他们这样做了，他们迟早都会认识到少数特权阶层没有什么功能，因此会把这个少数特权阶层扫除掉。从长远看来，一个等级社会只能建立在贫困和无知的基础上。回到过去的农业社会，如同二十世纪初一些思想家梦想的，不是一个切实可行的解决办法。回到农业社会，就会和机械化的趋势发生冲突，而机械化的趋势已在全世界畅通无阻，具有第二本能的性质了；再说，凡是工业化还滞后的国家，从军事意义上讲，都会挨打，注定会被更先进的敌手直接或间接地统治。

通过严格限制物质生产，让广大群众一直处于贫困状态，也不是一个令人满意的办法。在资本主义最后阶段，大约一九二〇年至一九四〇年之间，这种现象在很大程度已经发生了。许多国家的经济眼看着停滞了，土地无人耕种，资本设备不再增添，大量人口没有工作做，由国家救济着，死不了也活不好。这也会让军事削弱，而且由于它带来的贫困显然是不必要的，遭到反对就不可避免了。问题是如何让工业的轮子转起来又不会增加世界的真正财富。产品必须生产，但是它们不必分配掉。在实践中，达到这一目的的唯一途径是持续不断的战争。

战争的基本行为是毁灭，不一定是毁灭人的生命，却可以毁灭人类劳动的产品。物质本来可以用来让广大群众活得过分舒服，而且长此以往，也会让他们变得富有才智，而战争就是要把这些物质碾成碎片，或者化为乌有，或者沉入大海深渊。即使战争的武器没有实际消耗，而武器的制造却是使唤劳动力的便捷之径，而又不会生产任何能够消费的东西。举例来说，一座漂浮堡垒使用的劳动力可以建造几百艘货轮。最后，这种漂浮堡垒老化了，报废了，却从来没有给任何人带来任何物质好处，而且还要花费大量劳动力，建造另一艘漂浮堡垒。原则上，战争投入总是在满足了人口起码的需求之后，把可能存在的剩余物质有计划地消耗掉。实践中，人口的需求总是估计过低，其结果是生活必需品的一半长期处于短缺的状态；然而这却被看作一种优势。甚至让那些依靠的人群待在艰苦生活的边缘，也是深思熟虑的政策，因为一种物质普遍困乏的状态，小小特权也会显得极为重要，从而扩大一个群体与另一个群体的差别。按照二十世纪初的标准，就算是一个核心党的成员，生活条件也够简朴和艰苦的。但是，他享受到的几样奢侈品——宽敞的公寓设施齐备，衣服质地优良，食物、饮料和香烟都是高质量的，使用着两三个勤务员，配有私人小汽车或者直升机——让他生活在一个截然不同的世界，是外围党成员望尘莫及的，而外围党成员与所谓“无产者”的下层群众相比，又享受到了类似的优越条件。这种社会氛围就是一个围城的氛围，享有一块马肉就会造成贫与富的差别。同时，大家知道在打仗，而打仗就有危险，因此把权力交给一个小集团，似乎就是大家活下去自然而然不可避免的条件了。

战争，从以后的论说中还会看到，不仅完成了必要的毁灭，而且以一种心理上可以接受的方式完成了。原则上，浪费世上的剩余劳动力其实很简单，修庙宇、堆金字塔、深挖洞再填埋了，甚而生产大量商品而后付之一炬，都不难。但是，这只能为等级社会提供经济基础，不能提供感情基础。这里担心的不是群众的精神面貌，他们的态度无关紧要，只要他们不停地干活儿就行；这里担心的是党自身的精神面貌。即使微不足道的党员，也指望他能干、肯干，甚至具备小小不言的智商，但是他又应该是个轻信的、盲目的狂热分子，其主要情绪是惧怕、仇恨、奉承、好大喜功，这都是必需的。换句话说，他必须从精神状态上与战争状态保持一致。战争是否真的在发生，这并不重要，而且，既然决定性的胜利都无关痛痒，那么战争打得好与坏就更不在话下了。一切需要只是战争状态应该存在。党要求党员的智商是分裂的，这在战争的气氛里更容易做到，现在这种现象极为普遍，而且你越往高层钻营，这种现象越明显。核心党内的战争歇斯底里和同仇敌忾的情绪无比强烈，就很能说明问题。作为管理者的能力，一个核心党员必须经常知道这条或者那条战讯是不真实的，因此经常要明白整个战争都是假的，要么没有发生，要么进行战争的目的完全与公开宣布的目的风马牛不相及；但是这种知识轻易就会被双重思想的技巧化解了。同时，核心党员都要相信，战争是真的，一定会大获全胜，大洋国就是全世界毫无争议的主人，对此丝毫不能犹豫。

所有核心党员相信，这即将到来的征服是一种信条。这种征服所以可以取得，要么依靠逐步获得越来越多的领土，从而构建一种压倒性的力量优势，要么通过寻求某种新的无敌武器。寻求新型武器的工作继续进行，不可中断，这是为数不多的保留活动之一，嗜好发明或者类型特殊的头脑可以在这种活动中找到出路。当今之日的大洋国里，从旧观念上看，科学几乎不复存在了。在新语言里，“科学”这个词都没有了。经验主义的思想方法，是过去所有科学成就取得的基础，但是与英社的基本原则却是水火不相容的。即使是技术进步也只有在其产品在某种方式上能够限制人类自由的前提下才能取得。在所有的有用艺术方面，这个世界要么原地踏步，有么向后倒退。田地要用马拉犁耕种，而书籍要用机器写作。然而在关系重大的问题上——实际上就是指战争和警察的侦查活动——经验主义的态度依然受到鼓励，或者至少得到容忍。党的两个目标，一个是征服地球的整个表面，一个是一劳永逸地消灭独立思考的可能性。因此，党急于要解决的是两个大问题。一个是在违背其意志的前提下发现别人在想什么，另一个是如何在事前没有发出警告便在几秒钟内屠杀几亿人。如果说科学研究还在继续的话，这就是研究课题。今天的科学家是混合型的，一种是心理学家兼审问官，超级细微地研究面部表情、姿势、声音调子、实验药物的效力、震动治疗法、催眠以及肉体折磨；另一种是化学家、物理学家、生物学家集于一身，只专注于有关谋害生命的专门课题。在和平部的巨大实验室里，在藏匿于巴西森林的实验站里，在澳大利亚的沙漠里，在南极鲜为人知的岛屿上，专家小组在不屈不挠地工作。一些小组只管计划未来战争的后勤问题；有的小组发明越来越大的火箭弹，越来越具有强大的爆炸力，越来越坚不可摧的装甲板；另一些小组寻找新的致命的毒气，或者速溶毒药，能够造成数量超大的毁灭，使得整个大陆的植物寸草不生，或者培养传播疾病的细菌，对任何可能的抗体都能攻克；还有一些小组努力生产一种车辆，在地下畅通无阻，如同潜水艇在水下畅游，或者一种飞机像轮船一样脱离基地自由飞行；再有一些小组甚至探索一些更遥远的种种可能性，例如通过高悬太空数千公里之遥的透镜聚焦太阳光，或者轻轻触动地球中心的热能制造人为的地震和海啸。

但是，这些项目还没有一项曾经接近过完成，这三个超级大国也没有一个比另外两个取得决定性的领先地位。更值得注意的是，三个大国在原子弹方面已经拥有了一种武器，与目前他们进行的各种研究可能发现的武器不可同日而语。尽管党出于其一贯作风，宣称原子弹是它发明的，而原子弹早在二十世纪四十年代就第一次问世了，而且大约十年后首次大规模使用了。当时，几百颗原子弹被投放在一些工业中心，主要在欧洲俄国、西欧和北美。其效果让所有国家的领导层相信，寥寥几颗原子弹就意味着组织有序的文明社会的末日，因此也就是他们自己权力的末日。此后，尽管正式的和约从来没有达成或者暗示，原子弹投放就只是雷声大雨点小了。三个大国只是继续制造原子弹，储藏起来等待那个决定性的时机，三个大国都相信这一时机迟早会到来的。与此同时，战争艺术几乎在三十或四十年间都几乎没有变化。直升机比过去使用得更多，轰炸机大体上被自动推进器取代，而脆弱的可移动的战列舰已让位于几乎坚不可摧的漂浮堡垒；但是此外就没有什么发展了。坦克、潜艇、水雷、机关枪，甚至步枪和手榴弹都还在使用。尽管新闻界报道没完没了的屠杀，但是电屏上却说，过去战争那种你死我活的战斗再也不会重复了，在那种战斗中几千或者几百万的士兵在几周内就经常会被清剿一空。

三个超级大国没有一个曾尝试任何会导致严重失败的

战略。一旦采取大规模的行动，一般说来就是突然攻击一个盟国。这种战略深为三个大国效仿，或者装出自己是在效仿的样子。这种战争谋略是，把打仗、讨价还价、不失时机的背信弃义等手段结合起来，争取一个把敌国完全围起来的圈子，然后再与这个敌国签订友好条约，保持几年和平状态，让对方麻痹大意，消除怀疑。在这种时候，装载原子弹的火箭可以布置在所有的战略点上；最后，火箭原子弹会同时发射，无坚不摧，让敌国瘫痪，根本再无还手之力。到了那个时候，再与剩下的那个世界大国签订友好条约，准备另一次攻击。无须多说，这种谋略只是一种白日梦，是不可能实现的。再说，除了赤道和北极的争夺地区，打仗的事儿从未发生过；入侵敌国领土的行动也从来没采取过。这一事实正好说明，超级大国一些地方的边界为什么是任意划分的。欧亚国，比如说，轻而易举地就能把英伦三岛攻占了，因为从地理位置上讲，英伦三岛就是欧洲的一部分，或者从另一方面看，大洋国也可能把其边界推至莱茵河甚至维斯图拉河。不过，这会违反文化结合原则，这可是各方都遵循的原则，尽管从来没有明确制定过。如果大洋国要征服原来叫作法兰西和德意志的区域，那它则需要把这些地区的居民统统消灭了，这可是一件实实在在的困难事儿，要么就需要同化大约一亿人，而且这些人在技术发展层面上还得大体上与大洋国的水平相当。三个超级大国面临的问题是一样的。从它们的结构来看，绝对不应该与外国人接触，除非极其有限地与战俘和有色人种奴隶打交道。即使与目前的正式盟国来往，也总是被视为极其担心的行为。除了战俘，大洋国的平民百姓从来没有见到过欧亚国或者东亚国的公民，因为平民百姓是禁止掌握外语的。如果允许老百姓与外国人来往，他们会发现外国人也是人，和自己大同小异，官方灌输给老百姓的差不多都是谎言。他们生活的那个封闭世界就会因此分崩离析，他们精神世界为依托的那种恐惧、仇恨和自欺欺人就全都一风吹了。因此，各方都认识到，不管波斯、埃及、爪哇、锡兰[①]如何易手，主要的边界千万不可跨越，只是发射过去火箭弹就行了。

这一层面下，还有一个事实从来没有提及过，但是各方却心照不宣，行动照章：那就是，三个超级大国的生活条件基本上是一样的。大洋国流行的哲学叫作英社国策，欧亚国的哲学叫作新布尔什维克主义，而东亚国则用了一个中国名字，翻译过来是“死亡崇拜”，不过也许翻译成“灭绝自己”为好。大洋国的公民是不允许了解其他两个大国的哲学宗旨的，但是官方却教导公民斥责另外两方的哲学是对道德和常识的野蛮践踏。实际上，这三种哲学都很难区别，因此它们支持的社会制度也都没有本质区别。到处都有同样的金字塔结构，对半神化的领袖同样崇拜，为了持续不断的战争实行的经济政策也都如出一辙。由此可见，三个超级大国不仅无法征服另一个超级大国，而且一旦征服起来也得不到任何好处。相反，只要他们保持冲突状态，他们就相互支持，如同三束捆在一起的玉米秆。而且，一如通常，三个大国的统治集团对他们在做什么既明白又不明白。他们的生命都贡献给了世界的征服活动，但是他们也知道战争必须持续不断地打下去却不分胜负。同时，没有征服的危险这一事实，成就了对现实的否定，这可是英社的特色，也是英社敌对思想体系的特色。这里有必要重复一下早些时候说过的话，那就是只要持续不断地进行战争，就能从根本上改变战争的特点。

① 今斯里兰卡。

在过去的时代里，战争就是定义上的战争，应该是某种迟早会结束的东西，一般结果无非是胜利或者失败。在过去，战争又是一种人类社会与物质现实保持接触的主要手段。所有时代的所有统治者都试图对他们的臣民强加一种虚妄的观点，但是他们又不能鼓励任何幻觉，对军事效力造成损害。只要失败意味着丧失独立，或者别的什么一般认为讨厌的结果，防止失败的种种谨慎态度就必须是认真的。物质上的事实不可忽略。在哲学、宗教、伦理、政治等方面，二加二也许就等于五，然而当你在设计飞机大炮时，二加二就是四了。效率低能的民族迟早会被征服，而为高效能斗争就不能靠幻想。此外，争取高效率，就必须能够向过去讨教，这又意味着要对过去所发生的事情彻底而准确地了解。当然，报纸和历史书总是有色彩、有偏见的，但是当今之日实行的那种伪造行为就不能存在。战争是保持神志清醒的可靠保障，而就统治者阶级而言，这点也许是所有保障中至关重要的。战争是有胜负的，任何统治阶级都不能完全把战争当儿戏。

但是，当战争真的持续不断时，战争也就没有什么危险了。当战争持续不断时，世界上也就没有军事必要性这样的事情了。技术进步可以中断，显而易见的事实可以被否定或者被忽视。一如我们看见的，为了战争的目的，称之为科学研究活动仍然在进行，但是它们基本上是一种白日梦了，它们的失败表明结果并不重要。高效率，甚至军事高效率，都不再需要了。大洋国没有什么是高效率的，除了思想警察。既然三个超级大国都是不可征服的，那么每个超级大国实际上都是一个独立的天地，几乎任何颠倒思想的活动都可以肆意进行。现实只是通过日常生活的种种需要来施加其压力——要吃，要喝，要住，要穿，但要避免误喝毒药，千万别从顶层高楼的窗户失足掉下来，诸如此类。在生与死之间，在肉体压力和肉体疼痛之间，差别还是有的，不过仅此而已。隔断与另一个外部世界的接触，隔断与过去的接触，大洋国的公民如同一个人在星际空间生活，无法知道上下的方向。这样一个国家的统治者是绝对的，好比法老和恺撒的角色。他们不得不防止他们的臣民大批饿死，人数少了对自己的统治不利，因此他们不得不保持与敌对国同样低水平的军事技术；但是一旦达到这种低限度，他们就能把现实捏圆捏扁，为所欲为了。

如果我们按照过去战争的标准衡量，现在战争只是一种欺诈行为。这就像两个反刍动物打架，它们的犄角生长的角度很妙，怎么抵角都不会伤害到对方。然而，尽管战争不是真的，却并非没有意义。战争能把消费品的过剩产量吞食了，而且有助于保持等级社会需求的特殊精神氛围。以下你会看到，战争现在纯粹是内部事务。在过去，所有国家的统治集团，尽管可以认识到他们的共同利益而限制战争的毁灭程度，但是依然互相厮杀，胜利者总是掠夺战败国。在我们自己的时代里，他们完全不互相厮杀了。每个统治集团都对自己的臣民进行战争，战争的目标不是争取或者防止攻占领土，而是保持社会的结构完整无缺。“战争”这个词，因此，已经变得让人误解。战争也许只是说因为持续不断便不再存在，这话才是准确的。在新石器时期和二十世纪早期之间，人类承受的特殊压力已经消失了，而且被某种完全不同的东西取代了。如果三个超级大国不再互相打仗，同意永久地和平相处，各自在自己的国界里不受侵犯，效果也许大致是一样的。因为这样一来，每一个大国仍会是一个自给自足的天地，永远不会受到外来危险的严重影响。真正永久的和平，与永久的战争一样。这点——尽管广大党员对此只是浅层的了解——是党的口号的核心内容：战争即和平。

温斯顿一时间停下了阅读。远处什么地方一颗火箭弹隆隆轰响。独享一本禁书，待在一间没有电屏的屋子，那种幸福的感觉还没有过去。独处和安全是肉体上的感官享受，掺杂了一些身体的疲惫、沙发的柔软、从窗户吹在他脸颊上的一丝儿微风。这本书让他着迷，或者更确切地说，让他更安之若素了。从某种意义上讲，这本书没有告诉他什么新的东西，但是这正是吸引他的部分。它说出了他所想说的话，如果他能把他散碎的思想理出头绪的话。写出这本书的人的头脑与他的脑子相似，但是比他的脑子强大得多，不可同日而语，也更有系统，更无所畏惧。他发现，最好的书，是那些告诉你已经知道的东西的书。他刚刚把书翻回到第一章，这时他听见朱莉娅上楼梯的脚步，便从沙发上一跃而起，迎接她。她把那棕色的工具包往地上一扔，一下子扑进了他的怀里。一个多星期了，他们才又彼此相见。

"我弄到那本书了。"他们拥抱一阵儿松开后，他说。

"哦，你弄到了吗？好哈。"她说道，口气里没有多少兴趣，却迫不及待地跪在煤油炉旁煮咖啡。

他们在床上躺了半个小时，才回到了这个话题。这个夜晚很凉快，凉得需要把床罩往身上盖。楼下传来那个熟悉的唱歌声，还有靴子在石板上的踩踏声。温斯顿第一次来看见的那个胳膊红彤彤的女人，几乎成了院子里的固有之物。一天中她似乎无时无刻不在洗衣桶和晾衣绳之间走来走去，嘴里要么叼着衣服夹子，要么放喉唱歌。朱莉娅侧身躺舒服，似乎就要入睡了。他伸手拿起那本扔在地上的书，然后倚在床头上。

"我们一定要读一读它。"他说，"你也要读的。兄弟会的所有成员都要读的。"

"你读吧。"朱莉娅闭着眼睛说，"读出声来。这是读书的最好方式。然后你一边读一边解释给我听。”

钟表指向六点，就是十八点钟了。他们还有三四个小时。他把书放在膝盖上，开始阅读起来。

第一章 无知即力量

自从有文字记录的历史以来，大概从新石器结束以后，世上就有三种人：上等人、中等人、下等人。他们再按多种方式划分，拥有数不清的各不相同的名字，他们的相对人数以及他们相互间的态度，因时代而异；但是，社会的基本结构从来没有改变。即使经过巨大的动荡和似乎不可动摇的改变之后，同样的格局总是会复原，正好像回转仪总是恢复平衡一样，不管你按哪种方式把它推进。

“朱莉娅，你醒着吗？”温斯顿问道。

“是的，亲爱的，我在听。念下去啊。很带劲儿。”

他接着往下念。

这三种人的目的是完全不可调和的，上等人的目的是待在他原来的地位上；中等人的目的是与上等人交换地位；下等人的目的，如果他们有目的的话——因为下等人的一个永久特点是被苦役压得喘不过气来，只是间隔很久才能想到他们日常生活以外的事情——只是消除一切差别，创建一个人人平等的社会。因此，纵观历史，斗争一次又一次地发生，其大致轮廓是一样的。长久以来，上等人似乎稳坐江山，但是或迟或早总是会有一个时刻到来，他们要么对自己失去信仰，要么对他们牢固地统治江山的能力失去信仰，要么对两者都失去了信仰。这时候，他们被中等人推翻，因为中等人把下等人拉在自己一边，忽悠下等人，说他们是在为自由和正义而奋斗。一旦等中等人达到他们的目标，他们对下等人猛推一掌，让他们回到原来当牛做马的地位，而他们自己则成了上等人。不久，一个新的中等人集团从上等人集团和下等人集团中的一个集团里分化出来，或者从这两个集团里分化出来，斗争就又开始了。在这三个集团里，只有下等人从来没有成功地达到他们的目的，哪怕是临时性的。若说有史以来物质方面的进步没有发生，这话难免夸大其词。即使今天，一个日渐衰落的时期，一般人在物质方面要比几个世纪之前好得多。但是，财富的积累、行为举止的谦和、改革、革命等，都没有给人类的平等带来丝毫的增益。从下等人的观点看，历史的变迁充其量不过是他们主子的名字改变了。

时至十九世纪晚期，许多观察家都看到，这种格局反复出现，已经是显而易见的现象。随后，各个流派的思想家自立山头，把历史解释成周而复始的过程，声称可以证明不平等是人类生活的不可改变的法则。当然，这种说法一贯不乏其追随者，只是如今这种说法改头换面，有了一种重要的变化。在过去，社会需要分成等级形态，是上等人的特别主张。这种主张由国王、贵族、僧侣、律师以及他们的寄生群体来传播，而且许诺补偿，说人死后会进入一个幻想的世界，让这种说法听来似乎有道理。中等人，只要他们正在为江山权力而奋斗，就总是利用自由、正义和博爱争取人心。但是眼下，人类皆兄弟的大同观念开始受到那些还没有进入统领地位的人攻击，因为这种人一心希望尽快进入统领地位。在过去，中等人打着平等的旗号闹革命，但是一等他们推翻旧暴政，马上开始一个新暴政。新崛起的中等人集团索性事先就声称他们要建立他们的暴政。社会主义，这一理论出现在十九世纪初期，是一条可追溯到古代奴隶起义的思想链上的最后一环，仍然深受过去时代的乌托邦的影响。但是，从一九〇〇年左右，开始出现各色各样的社会主义，每一种社会主义都放弃了实现自由和平等的目的。本世纪中期出现的新运动，大洋国的英社啦、欧亚国的新布尔什维克主义啦、东亚国通俗地称为“死亡崇拜”啦、它们的明确目标就是永久地保留不自由与不平等。这些新运动，当然，是从旧运动中脱胎出来的，往往保持了旧运动的名字，为它们的意识形态耍嘴皮，唱高调。不过，它们的目的都是在必要的时候阻拦进步，冷冻历史。熟悉的钟摆反复如常，然后停止。一如通常，上等人将会被中等人赶走，然后自己成为上等人；但是这次，通过有意识的策略，上等人也许会永久地保有他们的地位了。

新的学说所以部分崛起，是因为积累了历史知识，形成了历史观，这在十九世纪之前是很难存在的。历史的反复循环运动现在明白易懂，或者看上去是这样的；如果明白易懂，那么就可以改变。但是主要的潜在原因是，早在二十世纪初期，人类平等在技术层面上就是可能的了。人的天赋不一样，各有所长，一些人的强项就是另一些人的弱项，这种现象依然是真实的；然而，阶级区别不再真的需要了，财富的巨大差别也不需要了。在较早的时代，阶级差别不仅不可避免，也是需要的。不平等是文明的代价。不过，随着机器生产的发展，这种情况改变了。哪怕人类仍然需要干不同种类的工作，但是他们却不需要生活在不同的社会或者经济水平之上了。因此，从即将夺取政权的新集团的观点来看，人类平等不再是为之奋斗的理想了，反而成了要避免的危险。在比较原始的时代，一个公正的和平的社会事实上是不可能存在的，人们对这种不公正不平等社会反倒很容易相信。人间天堂的观念在人类想象中萦绕了数千年，因为在这样的天堂里人人皆兄弟，和平相处，没有法律，无须做牛做马般的劳役。这种幻想对那些在历史每次变革中捞到实际好处的人群，也仍然有一定的吸引力。法国、英国和美国的革命的后代，对他们关于人权、言论自由、法律面前人人平等，以及诸如此类的言论，大体上是相信的，而且甚至在某种程度上让他们的行为受到这些言论的影响。但是，时至二十世纪四十年代，所有这些政治思想的主流都成了独裁主义了。人间天堂眼看就要成为现实时，却没有人相信了。每一个新的政治理论，不管它自称什么名字，都退回到等级制度和严格管制。一九三〇年左右，观念开始普遍固定时，一些长期抛弃的做法，而有些已经抛弃了数百年了——未加审讯就关进监狱啦、把战俘当作奴隶使用啦、公开行刑啦、严刑逼供啦、利用人质啦、大批人口迁徙啦——现在不仅又成了普遍现象，而且被那些自认为开明和进步的人们容忍，甚至进行辩护。

只是在民族战争、内战、革命和反革命在全世界各地进行了十年之后，英社及其对手才作为充分酝酿的政治理论冒了出来。但是，这些理论问世之前就出现过各种制度，一般称之为极权主义，曾在本世纪早期出现过，那个从长期普遍动荡中应运而生的世界的主要轮廓是显而易见的。什么样的人会控制这个世界，同样显而易见。新的贵族大部分由资产阶级、科学家、技术人员、公会组织者、宣传专家、社会学家、教师、记者、职业政治家演变而来。这些人出身中产阶级和上层工人阶级，是由垄断工业和中央政府这样沉闷的世界对他们进行塑造并捏合的。与过去时代的对应人员相比，他们不那么贪婪，不那么为奢侈所诱惑，却对权力格外渴望，而且，尤其更能意识他们在干什么，对压倒对手更费心机。这最后的区别至关重要。与今天现存的暴政相比，过去的暴政都半心半意，手腕不硬。统治集团总是会被自由思想一定程度地感染，巴不得到处留出一些松散的端口，只是盯紧公开行动，对臣民们在想些什么并不关心。以现代标准衡量，即便中世纪的天主教教会都够宽容的。这种状况的部分原因是过去的政府没有能力让公民置于持续不断的监控之下。但是，印刷术的发明让操纵舆论变得更容易了，电影和收音机又让这种手段更进一步。随着电视的发展，先进技术让电视即可接受又可发射，私生活就到头了。每个公民，或者至少每个重要的值得监视的公民，都会一天二十四小时不断地置于警察和官方宣传的声音之下，别的频道则统统关掉。不仅强迫全体臣民顺从国家的意志，而且强迫全体公民的舆论一致，这种手段现在第一次可能存在了。

五十年代和六十年代革命时期之后，社会重组了，一如往常，分为上等人、中等人和下等人。然而，新上等人集团与它的所有前辈不一样，不靠本能行动，但知道保住他们的地位需要什么东西。新上等人集团早已认识到，寡头政治唯一可靠的基础是集体主义。财富和特权一旦由他们联手掌控，捍卫这两样东西易如反掌。本世纪中期出现的所谓“废除所有制”，实际上意味着把财产集中到远比过去更少的一撮人手中；不过区别是，新主人是一个小集团，而不是一大批个人。就个人而言，党员没有任何财产，只有几样小小不言的个人随身物品。就集体而言，大洋国的党拥有一切，因为党控制了一切，可以随心所欲地支配产品。革命后的几年里，党能够登上一统天下的地位，几乎无人反对，这是因为整个过程是作为集体化行动而描绘出来的。早已有人假定，资本家阶级被剥夺所有权之日，就是社会主义实现之时；毫无疑问，资本家们被剥夺了所有权。工厂、矿山、土地、房屋、交通运输——所有一切都从资本家手里夺走了；因为这些东西不再是私有财产，那就只能是公有财产。英社是早期社会主义运动的产物，沿用了社会主义的特殊用语，事实上执行了社会主义纲领的主要项目，结果可以预见，也是事先就打算好的，那就是把经济上的不平等固定下来了。

但是，要把一个等级化的社会固定下来的种种问题，却比经济上的问题艰深得多。只有四种情况统治集团在其中会丧失权力。一种是为外部力量所征服；一种是统治太无能，群众被煽动起来造反；一种是允许一个强壮的不满的中等人集团出现；一种是丧失了统治的自信和意志。这些原因不是单独地发生作用，而是一般说来四种情况或多或少都发生了。一个统治阶级能够把四种情况都防止了，那它应该永久地大权在握。最终，决定因素是统治阶级自己的精神姿态。

本世纪中期之后，第一种危险实际上消失了。三个大国瓜分了世界，每个大国事实上就不可被征服了，唯一变得可征服的条件是人口的缓慢变化，而一个大权在握的政府对人口变化是很容易掌握的。第二种危险也只是一种理论上的危险。群众从来不会自己起来造反，而他们从来不能揭竿而起仅仅是因为他们备受压迫。的确，只要他们不允许有比较的标准，他们就永远不明白他们备受压迫。过去时代反复出现的经济危机完全不必要了，现在不允许发生，但是其他同样巨大的混乱可能发生，而且就发生过，还没有产生任何政治后果，因为愤懑情绪没有措施可以明确地表达出来。至于生产过剩问题，自从机器技术得到发展，这一直是我们社会的潜在危机，现在通过持续不断的战争这一策略（见第三章）把危机化解了，而战争对调动民众情绪到必要的高度也很管用。因此，从我们现在的统治者的观点看，唯一真正的危机是一个有能力而无用武之地因此格外渴望权力的人分裂成新集团，还有就是统治集团自己的队伍产生的自由主义和怀疑主义。也就是说，问题在于教育。这个问题关系到两个方面，其一是对指导集团的觉悟进行改造，其二是对指导集团直属的更大的执行集团进行改造。群众的觉悟，只需要按照消极的方式施加影响就行了。

说明了这一背景，如果你还不完全了解的话，你也能推断出大洋国的社会结构了。稳坐这个金字塔塔尖的是老人家。老人家一贯正确，大权在握。每一份成功，每一份成就，每一份胜利，一切幸福，一切美德，都是他老人家英明领导和神圣感召的结果。谁都没有见过老人家。他是招贴画上的一张脸，是电屏上的一个声音。我们完全有理由相信，他老人家永远不会死，就是他的出生岁月也早已难以确定了。老人家是一张牌，党拿来在世界面前展示自己。老人家的作用是把仁爱、恐惧和敬畏聚焦为一点儿，因为这些情感对个人比对组织更容易感受到。老人家下面是核心党，其党员限制在六百万，或者限制在大洋国人口不足百分之二。核心党之下是外围党，如果说核心党被说成国家的头脑，外围党则可以比作手。外围党下面是哑巴群众，我们习惯称之为“无产者”，大概占人口的百分之八十五。按照我们早些时候划分的措辞，无产者是下层人，因为赤道地带的奴隶人口经常在征服者那里易手，不能算成人口结构的固定或者必要部分。

原则上，这三种人的党员身份不是世袭的。核心党父母的孩子理论上不是生来就是核心党员。加入党的核心或者外围，都要通过检验，十六岁就可以接受检验了。没有种族歧视，也没有地域上的明显主导。犹太人、黑人、纯印第安血统的南美人在党的最高层都不难发现，任何地区的行政官员都是从该地区的居民中选上来的。大洋国任何地方的居民都不会感觉到遥远的首都在统治一块殖民地的人口。大洋国没有首都，它的名誉首脑是一个谁都不知道的人。除了英语是它的主要混杂语以及新话语是它的官方语言之外，大洋国没有任何中央化的东西。大洋国的统治形式不是靠血统捏合在一起，而是坚持共同的主义。没错，我们的社会是分阶层的，而且是非常严格的阶级分层，乍看起来像是世袭的家系。不同集团之间来回活动远不如资本主义或者前工业时代频繁。党的两大分支之间有一定数量的交换，但是很有限，要保证意志薄弱者不会吸收到核心党内，而外围党里抱负远大者让他们崛起又不会造成危害。无产阶级在实践中是不被允许升迁到党内的。他们中间最具天赋的人，也许可能成为心怀不满的核心人物，干脆由思想警察验明正身，消灭拉倒。但是，这一事物的状况不是必须长久的，也不是一个原则问题。党在旧语义里不是一个阶级。它不是非把权力移交给自己的子女不可；如果没有别的方法保持最能干的人待在最高层，那就万无一失地从无产阶级队伍里选拔全新的一代人进入高层。在那些关键的年份，党不是一个世袭组织的事实，对调和反对意见发挥了重要作用。老牌社会主义者，因为接受训练与所谓的“阶级特权”做斗争，认为只要不是世袭的东西就不能长久。他看不出来寡头政治的持续性不必按自然法则，他也没有想到世袭贵族总是短命的，而像天主教那样指定的组织有时却能持续几百年、几千年。寡头统治的实质不是父子相传，而是某个世界观和某种生活方式的延续，是死人强加给活人的。一个统治集团只要能指定其接班人，就是一个统治集团。党关心的不是永保其血统，而是永保自身。谁掌权不重要，重要的是等级结构保持不变。

形成我们时代特点的所有信仰、习惯、趣味、感情、精神态度，其实只是为了保持党的神秘，防止当今之日社会的本质不被揭穿。人们揭竿而起，或者发展成造反的雏形，都是不可能的。来自无产阶级的东西不必害怕。随他们去，他们会继续活了一代又一代，活了一个世纪又一个世纪，工作、生育、死亡，不仅不会有什么造反的冲动，也确乎没有能力看出来，这个世界和另一个世界有什么不同。如果工业技术进步要求他们接受更高级的教育，那倒是会成为危险的；但是，由于军事和商业竞争不再至关重要，人口教育的水平实际上下滑了。大众有什么看法，或者没有什么看法，被视为可有可无的东西。他们没有智力，给予他们用脑子的自由也无妨。另一方面，在党员身上，即使最无足轻重的异端邪说都是绝不允许的。

党员从生到死都在思想警察的眼皮下。哪怕他一个人独处，他也绝不敢保证他真的就是一个人。不管他在哪里，睡觉还是醒着，工作还是休息，在浴室还是在床上，他都会被监视，而且无须警告，不需要知道他一直在监视之下。他做什么事情都不能不当回事儿。他的友谊、他的休闲、他对妻子和孩子的态度，他孤身一人时脸上的表情，他睡梦中说的话，甚至他身体有个性的运动，都会统统受到防不胜防的监视。不只真实的不端行为，任何古怪行为，不论多么微小，习惯的任何改变，任何可能反应内心斗争的紧张的习性，都一律会受到侦查。他在任何范围里都没有自由。另一方面，他的行为不会受到法律的规范，也不会受到什么明文规定的行为法则的管束。大洋国里无法律。思想和行为一旦被侦查到，那就意味着死到临头，但思想和行为又没有正式被禁止，于是，无休止地清洗、逮捕、拷打、囚禁、蒸发等等，都不是因为实际上所犯罪过而遭受的惩罚，而仅仅是为了消灭那些有朝一日可能犯罪的人。党员既要求具备正确的观点，又要求具备正确的本能。党员被要求的许多信仰和态度，从来没有明确指出过，而且一旦明确指出，必会赤裸裸地暴露英社的各种矛盾。如果他是一个天生正统的人（用新话语说，是好思想的人），那他会在一切情况下都明白，无须多想，真正的信仰或者应有的感情是什么。然而，不管怎样，一种用心良苦的训练是从娃娃抓起的，紧紧围绕新话语所谓的“罪止、黑白以及双重思想”分阶段灌输，定会让他不愿意也不能够对任何问题深入思考，只会听之任之。

党员不可以怀有私人感情，不可以减退热情。他应该对外国敌人以及国内卖国贼始终恨之入骨，对胜利欢呼雀跃，在党的权力和英明前面顶礼膜拜。他赤裸地不满生活所引发的种种不满情绪，要刻意地诱导出来，在两分钟仇恨活动中发泄出来，而可能引起怀疑的各种思考或者造反态度，应由他童年受到的内心约束事先就扼杀掉。这种约束最初最简单的阶段，孩子很小的时候就可以实施，就是新话语所谓的“罪止”。“罪止”意味着及时停止的能力，仿佛出于本能，任何危险思想冒头就停止了。这种能力包括抓不住类推法要领，看不到逻辑错误，不理解最简单的论据，如果这些论据于英社不利的话，而且对任何能够导致异端邪说方向的思想训练都很厌烦，很排斥。“罪止”，长话短说，就是要把愚蠢保护住。但是，愚蠢还远不够。正相反，正统就是正统，要求控制一个人自己的脑力活动的过程，如同一个柔体杂技演员控制自己身体那样毫不含糊。大洋国社会坚决相信老人家有绝对权威，党一贯正确。但是，由于现实中老人家的权威不可能绝对，党不会一贯正确，那就需要对待各种事实保持一种始终不懈的、时时刻刻的灵活性。关键词就是“黑白”。如同许多新话语的词，“黑白”这个词有两种互相矛盾的意思。用在对方身上，它意味着不顾清楚的事实，把黑说成白是厚颜无耻的习惯。用在党员身上，只要是党的原则需要，它则意味着把黑说成白是一种忠诚的意愿。但是，它还意味着有能力相信黑就是白，甚至还知道黑就是白，并且忘记有人曾相信过白就是黑。这要求不断篡改过去，由那个思想体系来完成，因为这种思想方法真的囊括了其余的一切，那就是新话语中为人共知的“双重思想”。

篡改过去很必要，出于两个原因，一个是辅助性的原因，也可以说是预防性的原因。辅助性的原因是党员所以像无产阶级那样容忍当今之日的条件，部分原因是他没有比较的标准。他必须同过去一刀两断，正像他必须同外国完全隔绝，因为他有必要相信，他比他的祖先过得更好，物质享受的平均水平在不断提高。然而，篡改过去，还有一个更重要的原因，那就是需要捍卫党的一贯正确性。为了表明党的预言在任何情况下都是正确的，不仅要让各种讲话、统计、每一种记录必须始终和当前形势相符，还不能承认教义的改变或者政治结盟的变化。因为要改变一个人的头脑，或者甚至改变一个人的策略，那就是承认软弱。举例来说，如果欧亚国或者东亚国（不管哪一个）是当今的敌人，那么这个国家就永远是敌人。如果事实正好相反，那么事实就必须纠正过来。因此，历史是不断改写的。真理部执行的这种日常伪造活动，是保持政权稳定的需要，如同仁部执行的镇压和侦察工作一样。

篡改过去是英社的中心宗旨。这一宗旨认为，过去的事件并非客观存在，只是存活于书面记录和人们的记忆里。凡是各种记录和记忆相一致的东西，不管什么，就是过去。既然党完全控制了所有记录，而且同样完全控制了党员的头脑，顺理成章，党让过去成为什么样子，就成为什么样子。同样顺理成章的是，尽管过去可以改变，但在任何具体事例中它又从来不会被改变。因为，不管当时需要它改变成什么样子，新改变的版本就是过去了，没有不同的过去能够存在于世。哪怕一年中同一事件反复改变，面目全非，也同样适用，而且经常发生。党始终掌握绝对真理，而且绝对的东西显然永远不会与现在的样子不一样。下面我们会看到，控制过去首先要依靠记忆的训练。保证所有书面记录与当前的正统思想保持一致，只不过是一种机械的行为而已。但是，记住各种事件按照所要求的形态发生，也是很必要的。如果有必要重置一个人的记忆，或者篡改书面记录，那么就有必要忘记你曾经那样做过。这样干的伎俩，可以学会，如同任何其他脑力技术一样。大多数党员都学会了这手，当然所有高智商的人和正统的人也都学会了这手。用老话语直话直说，那就是“显示控制”。用新话语说，这叫“双重思想”，虽然“双重思想”还包括很多别的东西。

双重思想意味着一个人的脑子对两种矛盾的信仰同时兼收并蓄的能力，把两种矛盾的信仰都接受了。党的智商知道他的记忆在哪方面必须改变；他因此知道他在与现实玩把戏；但是，通过运用双重思想，他也让自己满意地看到现实没有被玩弄。这个过程不得不是有意识的，要不执行起来就没有足够的精确性；但是又不得不做到无意识的，要不会有弄虚作假的感觉，由此产生犯罪感。双重思想是英社的中心思想，因为党的基本行为是利用有意识的欺骗，同时还保持彻底诚实的目标的坚定性。故意说谎，同时真的相信谎言；忘记已经变成阻碍的事实，随后在需要时又从遗忘中搜索回来，只为需要多久保留多久；否定客观现实的存在，同时又把你否认的现实计算在内——所有这一切都是必要的，责无旁贷。甚至在使用“双重思想”这个词时，都需要运用双重思想。因为使用这个词，你就承认自己在篡改现实；一个双重思想鲜活地运用一下，你就抹去了这一认识；如果这样无休止地反复运用，谎言总是占先真理一步。最终，利用双重思想这一手段，党就能够——或者也许，我们现在都知道，继续能够利用数千年——阻止历史的进程。

所有过去的寡头政治大权旁落，或者因为他们僵化了，或者因为他们软化了。僵化也好，软化也罢，他们都变得愚蠢了，自大了，无法调整自己顺应环境，于是被推翻，或者他们变得放任自流，战战兢兢，在应该使用武力时却做出了让步，于是再次被推翻。也就是说，他们归于失败，要么通过有意识，要么通过无意识。党搞出一套思想系统，有意识和无意识的状态能同时并存，是党的成就。党的统治一劳永逸，不依靠任何别的智力基础。如果你要统治，而且继续统治下去，你就必须弄混现实的意义。因为统治的秘密就是把相信你自己的一贯正确与汲取过去的错误的能力结合起来。

无须多说，双重思想的最巧妙的运用者，就是那些发明双重思想并知道它是精神欺骗的庞大系统。在我们的社会里，对正在发生的情况了如指掌的人，也是最看不见世界真貌的人。总而言之，了解越多，幻觉越大；智力越高，神志越昏。关于这点，有一个清晰的例子，那就是你在社会阶层上提升，战争歇斯底里随之增加。那些对待战争最接近理性的人，是那些争端地区的臣服的人民。对这些人民来说，战争就是一场持续不断的灾难，像潮汐浪头一样在他们身上打过来又打过去。对他们而言，哪方取胜都无所谓。他们很清楚，主子更换只不过是他们还要为新主子像过去一样干苦力，新主子像旧主子一样欺压他们。那些多少得到好处的工人，即我们称之为“无产者”的人，只不过是偶尔能意识到战争而已。必要的时候，他们备受驱使，惧怕和仇恨的狂热兼而有之，但是如果对他们放任自流，他们就能够长期忘记战争还在发生。在党的各个阶层，尤其核心党党内，真正的战争热情才能发现。他们坚定不移地相信可以征服世界，其实他们知道那是天方夜谭。这种两极对立联系在一起的特殊现象——知与无知，犬儒主义与狂热自大——是大洋国社会一种主要的鲜明特点。官方的意识形态与种种矛盾并存，哪怕没有任何实际理由让这些矛盾存在。因此，党拒绝和诽谤每一种原则，即便社会主义运动本是依靠这种原则进行的，只是假借社会主义之名而已。党对工人阶级散布轻视言论，过去几百年来没有过这样的先例，可党又让党员身穿曾经是体力工人才穿的制服，而选择这种制服就是因为劳力者所穿。党系统地破坏家庭的休戚相关，党为其领袖所用的名字是对家庭忠诚具有直接的号召力。即使是控制我们的四大部的名字也展示了一种厚颜无耻的做法，与事实南辕北辙，格格不入。和平部只管战争，真理部只讲谎言，仁部专搞严刑拷打，富足部制造饥饿。这些矛盾现象不是偶然的，也不是常见的虚伪造成的：它们是双重思想故意运用的结果。因为只有通过双重思想调和矛盾，权力才能永久地掌握。这种古老的循环无法靠别的方法打破。如果人类平等要永远地避免——如果上等人，一如我们称呼的，要一劳永逸地保持他们的地位——那么这种主要的精神状态就必须控制在精神错乱的范围。

然而，有一个问题直到这个时刻我们还未重视。那就是为什么应该避免人类平等？假如对这一过程的构成交代得不错的话，那么这种巨大的、计划精确的努力要在一个特定时刻冻结历史，这种动机会是什么呢？

这下我们触到了中心秘密。如同我们看见的，党的秘密，尤其是核心党的秘密，靠的就是双重思想。但是，比这更加深刻的是原始的动机，从未受到质疑的本能，正是本能首先导致夺取政权，随后产生双重思想、思想警察、持续的战争，以及所有其他后来才有的必要的衍生品。这一动机实际上包括……

温斯顿意识到悄无人声了，如同一个人意识到一种新的声音。他似乎觉得朱莉娅完全安静下来有一会儿了。她侧身躺着，腰身以上都裸露在外，脸颊枕在她的手上，一缕黑发斜挡在她的眼睛上。她的胸脯缓慢而规律地一起一伏。

“朱莉娅。”

没有回答。

“朱莉娅，你醒着吗？”

没有回答。她睡着了。他合上书，小心地放在地上，然后躺下，把床罩拉上来盖住他们两个。

他心想，他还没有弄清楚那个最终秘密。他理解方法，但他不理解原因。与第三章一样，第一章实际上没有告诉他什么他还不知道的东西；它只是系统地讲述了他已经掌握的知识。不过，读过之后，他比过去更清楚他并没有疯掉。属于少数派，即便是一个人的少数派，也不能让你疯掉。世上有真理，有非真理，如果你坚持真理，甚至敢与整个世界作对，你也不会疯掉。落日从窗户照进来一缕黄黄的光，落在枕头上。他闭上眼睛。照在他脸上的阳光以及触碰到他身体的姑娘的光滑玉体，给他一种强壮的、昏睡的、自信的感觉。他是安全的，一切都很正常。他念叨着“神志清楚不是可以统计的”，就睡着了，觉得这话里包括了博大的智慧。

第十章

他醒来时，感觉睡了很长时间，但是看一眼那个老式钟表，才睡了二十五分钟。他躺着又打了一个盹儿；随后，下面院子传来那支听过多次的发自肺腑的歌儿：

那不过是无望的影泡，
像春天逝去一样飞跑，
可一个眼神一句话就把梦搅，
把我的心儿悄悄地偷掉！

这支喋喋不休的歌，似乎一直深受欢迎。你在什么地方都能听到有人在唱。它比那支《仇恨歌》长命多了。朱莉娅听见歌声醒来了，很奢侈地舒展一下身子，下了床。

“我饿了。”她说，“我们煮一些咖啡吧。妈妈的！炉子灭了，水冷了。”她提起炉子，摇晃了几下，“里面没有煤油了。”

“我看我们可以向老查林顿讨一些吧。”

“奇怪的是，我分明填满油的。我还是先把衣服穿上吧。”她找补说，“好像冷起来了。”

温斯顿也起了床，穿戴起来。那个不知疲倦的声音又唱起来：

他们说时间治愈一切，
他们说你迟早会忘记；
可是岁月的微笑和眼泪
把我的心弦狠狠地扭曲！

他一边系紧制服的皮带，一边溜达到了窗户边。太阳一定沉落到那些房子后面，不再照进这院子了。青石板湿漉漉的，仿佛它们刚刚被人清洗过，而且他感觉天空也刚刚被洗过，烟囱管帽间映衬的天空那么清新，那么湛蓝。那个女人不知疲倦地走来走去，自己忍住又忍不住，歌声一会儿响起，一会儿静默，晾出的尿布更多，越来越多。他嘀咕她是否靠洗衣服为生，抑或只是给二十或者三十个孙儿孙女做奴隶吧。朱莉娅来到了他身边，他们一起带着一种入迷的神情注视下面那个结实的身影。他看着那个女人很有特点的姿态，她的粗胳膊伸出去够那根铁丝，她那硕大屁股像牝马的臀部高高撅起，他第一次注意到她其实很美丽。他过去从来没有想到，一个年过五十的女人，因为养儿育女身体虚胖囊肿，赘肉多多，接着又因为干活儿身体变硬了，粗糙了，像一个长成的萝卜，看上去还会是美丽的。但是，他想，那身子就是美丽，为什么不可以呢？那个结实的轮廓模糊的身子，如同一块花岗岩，那粗糙的红红的皮肤与一个姑娘的身体，如同玫瑰果与玫瑰的关系一样。为什么果实要比花朵低一等呢？

“她很美丽。”他喃喃道。

“她的臀部足足一米宽。”朱莉娅说。

“这正是她美丽的范儿。”温斯顿说。

他用臂膊揽住朱莉娅柔软的腰。她的臀部到膝盖都依偎在他身上。他们的身体永远不会生养出孩子来。这是他们两个永远不会做的事情。他们只能嘴上说说，把这个秘密从这个脑子传到另一脑子。下面那个女人没有脑子，她只有强壮的胳膊，一颗热烈的心，育儿育女的肚子。

他心下嘀咕她生养了多少个孩子。也许轻轻巧巧生养了十五个吧。她曾经花朵般绽放过一时，也许是一年，一朵野玫瑰似的美丽，然后，她突然间就变得鼓鼓囊囊了，如同一个肥料催起来的果子，变硬了、晒红了、长糙了，然后她的生活就是洗涮衣服、擦洗地板、织补、做饭、睡觉，缝缝补补，擦地洗衣开始是为了孩子，接着为了孙子，一连干了三十年。熬过三十年，她还是在唱歌。他对她感觉到的那种神秘的敬意，与烟囱管帽后面浩渺无际的湛蓝而无云的天空多少混合在一起。想来不可思议，这天空对每个人来说都是一样的，欧亚国一样，东亚国一样，这里也一样。蓝天下的人民也都大同小异——哪里都一样，全世界都一样，几亿、几十亿的人民都想这样，人民忽略了彼此的存在，被仇恨和谎言的墙壁分隔开，但是仍旧几乎是一模一样的——人们从来没有学会思想，只是往他们心里、肚里、肌肉里储存了有朝一日砸烂世界的力量。如果有希望，希望在无产者中间！尽管没有读完那本书，他也知道戈尔茨坦最后的一句话一定是这句。未来属于无产者。他可以肯定，当无产者的时刻到来时，他们建设起来的世界难道会对他——温斯顿·史密斯，如同党的世界，是全然陌生的吗？是的，因为至少那会是一个神志健全的世界。凡是有平等的地方，就是神志清醒的。迟早这种事情会发生：力量会转变成无意识。无产者是不朽的；你只需看看院子里那个勇敢的身影，你就不会怀疑了。最终，他们会觉醒的。直到他们觉醒，尽管也许需要一千年，但是他们会迎着一切阻拦，如同鸟儿，把这种活力从一个人传到另一个人，而这是党分享不到的，又不能扼杀的。

"你可记得。"他说，"那第一天在树林的边上那只画眉对着我们歌唱吗？"

"那鸟儿没有对我们歌唱。"朱莉娅说，"它在对自己唱歌，取悦自己呢。也不是取悦自己。它就是在歌唱。"

鸟儿唱歌，无产者唱歌，党却不唱歌。全世界，在伦敦和纽约，在非洲和巴西，在前线那些神秘的被禁的土地上，在巴黎和柏林的大街上，在广袤无垠的俄罗斯平原的村庄，在中国和日本的市场上——到处都站立着那个结实的不可征服的身影，因为劳作和生儿育女，从生到死辛辛苦苦，却依然在唱歌。一个有意识的人群种族，总有一天会从那些强大的腰胯间产生出来的。你是死者，未来是他们的。但是，如果像他们一样让身体活着，你让自己的脑子活着，你可以分享未来，把二加二等于四的秘密定律传下去。

“我们是死者。”他说。

“我们是死者。”朱莉娅深有感触地附和道。

“你们是死者。”他们身后一个冷酷的声音说。

他们大惊，跳到一旁。温斯顿的五脏六腑似乎变成了冰块。他能看见朱莉娅的眼睛的瞳孔周围全白了。她的脸一下子变得灰黄了。两边脸颊上的胭脂格外扎眼，仿佛没有和脸颊的皮肤连在一起。

“你们是死者。”那个冷酷的声音重复道。

“声音在那张画后面。”朱莉娅轻声说道。

“声音在那张画后面。”那个声音说，“你们原地老老实实待着，没有命令不许动。”

这就开始了，终于开始了！他们什么也不敢做，只是站在那里，四目相对。逃命吧，逃出这房子，趁着还来得及——他们没有想到这样的念头。违背墙上那个冷酷的声音的命令，是不可想象的。咔嗒一声，仿佛锁扣旋转开，一块玻璃哗啦掉下来。那幅画掉在了地上，露出了后面的电屏。

“这下他们能看见我们了。”朱莉娅说。

“这下我们能看见你们了。”那个声音说，“站到屋子中间去。背对背。把手放在脑袋后面。别互相接触。”

他们没有接触，但是温斯顿似乎觉得他能感觉到朱莉娅浑身在哆嗦。也许，只是他自己在哆嗦。他只能管住牙齿不打战，但是他的膝盖却控制不住。楼下传来靴子的踩踏声，房子里有，房子外面也有。

院子里似乎到处是人。青石板上有什么东西在拖拽。那个女人的歌声突然停止了。一声很长很长的滚动声，仿佛洗衣盆被扔过了院子，随后是混乱的愤怒的嚷叫声，随着一声痛苦的尖叫戛然而止。

“这房子被包围了。”温斯顿说。

“这房子被包围了。”那个声音说。

他听见朱莉娅在咬紧牙齿。“看来我们可以说再见了。”她说。

“你们可以说再见了。”那个声音说。紧接着，另一个完全不同的声音，一个淡淡的有教养的声音传来，温斯顿觉得以前听见过，那声音说道：“随便说一声，然后我们再进入正题，这里有蜡烛照亮你的床，这里有斧头剁下你的头！”

有什么东西摔在了温斯顿背后的床上。梯子的顶部已经戳进了窗户，把窗框打烂了。有人爬进了窗户。梯子上传来靴子的踩踏。屋子里挤满身穿黑色制服的人，脚上穿了带铁掌的靴子，手里拿着警棍。

温斯顿不再哆嗦了。连眼睛也几乎不动了。只有一件事情很重要：保持安静，保持安静，别给他们暴打你的借口！他对面是一个像职业拳击手的下巴光溜溜的人，嘴巴眯得紧紧地，警棍在大拇指和食指间握得恰如其分。温斯顿看着他的眼睛。赤身露体的感觉，两只手放在脑袋后面，脸和身子毕露无遗，简直不堪忍受。那个人伸出白色舌头的尖儿，舔了舔应该是嘴唇的地方，然后走开了。又是一声破碎声响起。有人从桌子上拿起来那个玻璃镇纸，在壁炉上摔得粉碎。

珊瑚碎片，像蛋糕上一块糖做的玫瑰瓣儿，在地垫上滚过。温斯顿想，它多么微小，总是那么微小哦！他身后传来一声大气，一声踩踏，他的脚脖子上猛烈地挨了一下，差一点儿把他放倒在地。一个人一拳打在朱莉娅的太阳穴上，立马让她折尺一样折叠起来。她满地打滚，上气不接下气。温斯顿不敢把头扭过去丝毫，但是有时她那苍白的喘息的脸还是进入了他的视野。尽管他战战兢兢，可还是仿佛觉得那种疼痛就在他自己身上，那钻心彻骨的疼痛无论多么疼痛，也还是没有她喘不上气来那般难受。他知道那是什么滋味：可怕的难忍的疼痛在折磨你，可是你顾不上疼痛，因为最要命的是能够把气喘上来。两个汉子分别抓住她的膝部和肩膀，像提拉一个布袋，把她抬出了屋子。温斯顿瞥见了她的脸，倒悬着，蜡黄而走形，两只眼睛闭上，两边脸颊上还有胭脂；那是他看见她的最后一眼。

他纹丝不动地站着。还没有人暴打他。各种思想不请自来，但是似乎一点儿用意也没有，纷纷穿越他的脑子。他不知道他们是否抓住了查林顿先生。他不知道他们怎么处置院子里那个女人了。他只知道他就是想尿尿，觉得有点吃惊，因为在两三个小时前才尿过。他注意到壁炉上的那个钟表是九点钟，也就是二十一点儿了。但是，阳光似乎过分强烈。八月黄昏的二十一点儿，难道光线不应该暗下去吗？他不知道到底是不是他和朱莉娅把时间弄错了——睡得钟表转了一圈儿，还以为只是二十点三十分钟，而实际上是第二天早上八点三十了。然而，他没有顺着这个思路多想。这没有什么意义了。

过道又响起比较轻的脚步。查林顿先生走进了屋子。身穿黑制服的人员的态度突然收敛多了。查林顿先生的样子也改变了。他的眼神落在那个玻璃镇纸的碎片上。

“把这些碎片捡起来。”他严厉地说。

一个人弯腰从命。伦敦本地口音没有了，温斯顿突然认识到，几分钟前他从电屏上听到的声音是谁的了。查林顿先生仍然穿着他那件旧平绒上衣，但是他曾经几乎花白的头发，变成了黑色。他也没有戴眼镜。他严厉地看了温斯顿一眼，仿佛在验明他的身份，随后就不再注意他了。他依然认得出来，但是他不再是那同一个人了。他的身体挺直了，似乎也长高了一些。他的脸变化很小，却也完全变了一副嘴脸。那对眉毛不那么毛蓬蓬的，皱纹不见了，脸的整个线条似乎都改变了，连鼻子似乎也短了些。温斯顿突然想到，他有生以来第一次在有所了解的情况下，看见了一个思想警察。

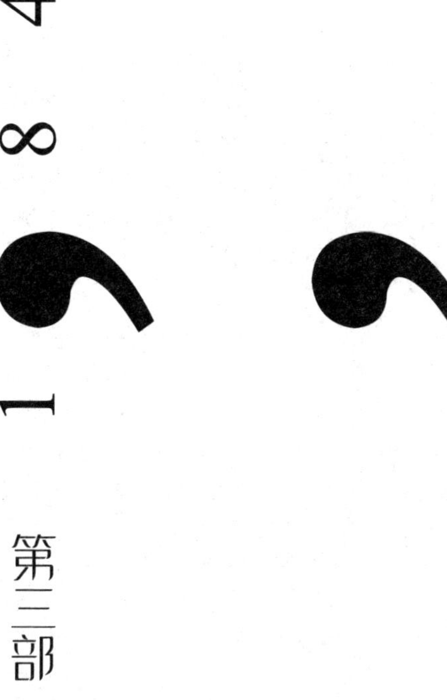

第二部

第一章

他不知道他身在何处。推测起来，他是在仁部，但是没有办法弄确切。

他待在一间顶棚很高没有窗户的牢房里，墙壁闪闪有光，白色瓷砖贴面。镶嵌隐蔽的灯照进冰冷的光，房间里有一种低沉的不间歇的嗡嗡声，他猜测与空调有关系。一条板凳，或者是一个架子，宽度只够他坐在上面，沿墙一溜摆开，一直摆到门边，而在对门的顶头，有一个没有木头座圈的便盆。屋子里有四个电屏，每面墙上一个。

他的肚子在隐隐作痛。自从他们把他扔进密封的警车，把他拉走，肚子就一直在隐隐作痛。不过，他也饿得够呛，一种啃咬的饥饿感，很不好受。他也许二十四个小时没有吃东西了，三十个小时也未可知。他不知道，也许永远不会知道他们逮捕他时是早上还是晚上。自从把他逮捕后，他一直没有吃过什么。

他坐在窄窄的板凳上，尽量保持安静，两只手放在膝盖上。他早已学会安静地坐着。倘若你做出什么非分动作，他们就会通过电屏对你嚷嚷。可是，他对食物的渴望越来越厉害了。他尤其想吃一片面包。他想到制服口袋里有些面包碎片。甚至可能——他想到这个，是因为时不时有东西碰到了他的腿——还是一片不太小的面包片呢。终于，食物的引诱战胜了他的恐惧；他把一只手伸进了兜里。

“史密斯！”电屏传出来一个声音的吼叫声，“6079号史密斯！在牢房里手不准掏兜！”

他又静静地坐着，两只手放在膝盖上。他被带到这里之前，他还被带到了另一个地方，那里一定是一个普通牢房，或者是巡逻队的临时关押处。他不清楚在那里待了多久；反正好几个小时吧；没有钟表，没有日光，很难弄清时间。那是一个吵闹的难闻的地方。他们把他投进一个牢室，和他现在待的牢房差不多，但是很肮脏，始终很拥挤，有十到十五个人。他们大多数都是普通罪犯，不过其中有几个政治犯。他一声不响地面壁而坐，肮脏的身体不断剐蹭他，尽管他怕得要命，肚子疼痛难忍，没有多少兴趣打量周围，但是还是注意到党员囚犯和其他犯人形容举止的巨大区别。党员囚犯总是一声不吭，胆战心惊，而普通犯人似乎对人对事都不关心。他们敢冲狱警七腥八素地乱骂，他们的私人财物被没收时凶巴巴地往回争夺，在地上涂写淫秽的词，从衣服里找到吃的就大嚼一气，就是电屏试图让他安静时他们也会反击几句。另一方面，他们中有些人似乎和狱警相处不错，叫他们的绰号，还敢从门上的监视孔哄骗香烟吸。狱警对待普通犯人也确实宽容一些，哪怕他们不得不粗暴地对待他们时也会手下留情。犯人们谈论劳改营最起劲儿，多数犯人都期望发配到那里去。他猜测，只要你为人处事还好，知道深浅，在劳改营是“不错的”。那里有贿赂，讨好卖乖，敲诈勒索，诸如此类；还有同性恋爱，搞破鞋，甚至从土豆里酿造非法酒精瞎喝。得到信任的差事都只交给普通囚犯去做，尤其是那些恶棍和凶手，他们在狱中形成了一个贵族圈儿。所有脏活累活都交给政治犯去干。

形形色色的犯人来的来，去的去，从不间断：毒贩子、小偷、歹徒、黑市贩子、酒鬼、妓女。有些酒鬼暴烈异常，别的囚犯不得不联手把他们制服。一个块头超大的女人，大约六十来岁，大奶子垂得布袋似的，浓密蓬乱的白头发因为挣扎而乱七八糟，乱踢乱喊，四个狱警有的抓手有的抓脚，四下扯着抬了进来。因为她乱踢乱蹬，狱警只好把她的靴子脱掉，一起向温斯顿的身上扔来，差点把温斯顿的大腿骨砸断了。这女人一跃坐直身子，向走出屋子的狱警恶狠狠地骂道："操——狗娘养的！"然后，发觉坐在身下的东西不平整，她才从温斯顿的膝盖上滑下，坐到了板凳上。

"对不起，亲爱的。"她说，"就是因为这些混蛋把我弄到这里，我才会坐在你身上的。他们不懂得怎么对待一个女士，是吧？"她停住，拍了拍胸脯，打了个响嗝。

"对不起。"她说，"我不得劲儿，很不得劲儿。"

她向前一探，哇的一声吐了一地，稀里哗啦的。

"这下好多了。"她说，仰起身子，闭上眼睛，"千万别强忍，要吐就吐，我就这样说。刚刚下到你肚子里，吐出来利落。"

她缓过神儿了，回头又看了看温斯顿，好像立刻对他产生了兴趣。她用一条圆滚滚的胳膊搂住温斯顿的肩膀，把他往跟前搂，啤酒和呕吐的气味喷在了他的脸上。

"你叫什么名字，亲爱的？"她问道。

"史密斯。"温斯顿答道。

"史密斯吗？"女人重复道，"多好玩儿，我也叫史密斯。"她动情地补充说，"唉，我要是你的母亲多好！"

温斯顿想，她也许就是他的母亲。她的年龄相当，身架也相当，很可能人们在劳改营劳改二十多年后，就都成了这个样子了。

一直没有人和温斯顿说过话。令人相当吃惊的是，普通囚犯都不搭理党员囚犯。"政犯。"他们这样称呼他们，口气很不屑，毫无兴趣。党员囚犯好像害怕和任何人讲话，尤其害怕党员囚犯互相之间讲话。只有一次，两个党员囚犯，都是女人，在板凳上坐得人挤人，他听见她们匆匆忙忙地窃窃私语几句；她们特别提到什么"房间 101"，他没有听懂这是什么意思。

他们把他带到这里大概在两三个小时之前。他肚子的隐痛一刻没有停止，有时轻一点儿，有时厉害一点儿，他的思想因此放松一会儿，紧缩一会儿。肚子痛得厉害了，他就只想到疼痛本身，渴望吃到食物。肚子疼痛减缓了，恐惧就会乘虚而入。有些时候，他预见到那些将会降临他头上的事情，真像身临其境，他的心就突突地加速跳动，喘不上气来。他觉得橡皮棍抽在他的胳膊肘上，带铁钉的靴子跺在他的小腿骨上；他看见自己满地爬行，从被打碎的牙齿间号叫乞怜。他很难想到朱莉娅。他无法把心思集中在她身上。他爱她，不会背叛她；但是这只是一个事实，如同他知道算术规则一样。他感觉不到爱她，他甚至想不到朱莉娅会发生什么事情。他更多地想到了奥布莱恩，怀有一闪而过的希望。奥布莱恩一定知道他已经被捕了。他说过，兄弟会从来不会拯救它的会员。但是剃刀片是有的；他们只要有机会，就会把剃刀片送进来。也许只要五秒钟狱警就会冲进囚室。那刀片会深深地进入他的肉体，火辣辣，冷飕飕，连拿刀片的手指都会伤到骨头上。一切感觉都回到了他的病体上，最微小的疼痛都让他连连紧缩，颤抖不已。他很不确定，如果他得到了机会，他会用刀片自裁。苟且一时是一时，这更合乎自然习性，哪怕很清楚最终躲不过一场折磨，那他也会接受多活十分钟的生命。

有时候，他努力计算囚室四面墙上的瓷砖的数目。这本来是易如反掌的事儿，但是他数着数着，就数不清楚了。更多的时候他在嘀咕他身在何处，是什么时间了。有一次，他觉得很清楚，外面是大白天，可是紧接着又很清楚，外面漆黑一团。在这个地方，他本能地知道，光线是永远不会燃烧尽的。这地方是没有黑暗的：他这下明白为什么奥布莱恩似乎领略到这话中的所指。在仁部，房间没有窗户。他的囚室也许在大楼的正中间，或者位于大楼的外墙边；囚室也许在地下十层，或者地上三十层。他在脑海里从一个地方移向另一个地方，试图靠身体的感觉，弄清楚是他栖息在高空还是深埋在地下。

外面有靴子走来的声音。铁门咣当一下打开了。一个年轻军官，一身利落的黑色制服，浑身上下似乎都是打了蜡光的皮子，棱角挺直的苍白的脸像一张蜡制面具，从门边大步跨进来。他招呼外面的狱警把犯人带进来。诗人安普尔福思步履蹒跚地走了进来。门又当啷一声关上了。

安普尔福思向一侧走了一两步，向另一侧走了一两步，拿不定主意，仿佛在想还有一扇门可以走出去，随后开始在囚室走来走去。他还没有注意到温斯顿也在囚室里。他迷蒙的眼睛盯着温斯顿头上一米左右的墙壁。他没有穿鞋，脏兮兮的大脚趾从袜子的窟窿里戳出来。他也好多天没有刮胡子了。短胡须乱糟糟地占去了半张脸，一直覆盖到了颧骨，他因此看去一副暴徒模样，可他瘦弱的大骨架，举止无所适从，怪怪的很不协调。

温斯顿摆脱了一些慵懒，打起一点儿精神。他必须和安普尔福思讲话，哪怕电屏冲他嚷叫也无所谓了。他甚至想象到，安普尔福思就是那个送来刀片的人。

“安普尔福思。”他招呼道。

电屏没有发出吼叫。安普尔福思停下来，微微地吃了一惊。他的两眼缓缓地聚焦在温斯顿身上。

“哦，史密斯！”他说，“你也在这里啊！”

“你来这里干什么？”

“跟你说实话——”他别别扭扭地坐在板凳上，和温斯顿面对面，“只犯了一个过失，难道不是吗？”他问道。

“那你犯什么错了？”

“显然是我犯下了——”

他把一只手放在额头，在鬓角上按了按，仿佛在努力记起什么。

“那些常犯的事情吧。”他含糊其辞地说，“我能想起来一件事儿——可能是一件事儿。毫无疑问，那只是一时不小心犯下的。我们正在出版吉卜林[①]的一个权威诗集。我让一句诗末尾‘上帝’这个词保留下来了。我不能不那样做嘛！”他几乎义愤填膺地补充说，抬起头来看着温斯顿，“没办法换掉那行诗句嘛。尾韵是‘棍子’的‘子’。你可知道，全部语言里与‘子’押韵的词只有十二个吗？我绞尽脑汁想了好几天。除了‘帝’字，再没有别的字了。”

他脸上的表情缓了过来。懊恼的表情没有了，一时间他看上去简直很高兴。一种智力上的热情，发现没有用的事实的迂夫子的那种欣喜，从邋遢的胡子拉碴的毛发中散发出来。

“你从来没有想到，”他说，“英国诗歌的全部历史都由一个事实决定了，那就是英语缺乏韵脚吗？”

没有，温斯顿从来没有想到这个特别的见解。在这样的环境里，他也没有想到这点有多么重要，多么令人感兴趣。

“你知道现在什么时候了吗？”他问道。

安普尔福思看上去又吃了一惊。“我简直没有想到这个。他们逮捕了我——也许两天以前吧——大概三天吧。”他两眼在墙壁上看来看去，仿佛还期望能看到一个窗户，“在这个地方，白天和黑夜没有什么区别。我不知道他们怎么计算时间的。”

他杂乱地说了几分钟，然后，没有什么明确的理由，电屏吼叫一声，要他们安静下来。温斯顿安静地坐着，两手交叠在膝盖上。安普尔福思块头很大，坐在窄窄的板凳上不舒服，屁股挪来挪去，瘦长的两手先放在一个膝盖上，然后又放在另一个膝盖上。电

① 吉卜林（1865—1936），英国小说家，诗人，作品表现英帝国的扩张精神，有“帝国主义诗人”之称，著名作品有《丛林故事》，长篇小说《吉姆老爷》；诗歌有《军营歌谣》等，获得1907年诺贝尔文学奖。

屏冲他们嚷叫不休，要他们保持安静。时间在走。二十分钟，一个小时——很难确定。外面又响起一阵动静。温斯顿五脏六腑在抽搐。不一会儿，很快，也许五分钟，也许当下，皮靴的踩踏声意味着轮到他过堂了。

门开了。那个脸色冰冷的年轻军官走进囚室。他的手猛地一挥，指向安普尔福思。

“房间 101。”他说。

安普尔福思在两个狱警之间笨拙地行走，他的脸色露出隐约的不安，但是看不出什么不安。

好像过了很长时间。温斯顿的肚子又疼痛难忍了。他的脑子在同一轨道上转来转去，像是一个球一次又一次掉进同一组凹槽里。他只有六个念头：肚子的疼痛；一片面包；血液和尖叫；奥布莱恩；朱莉娅；剃刀片。他的五脏六腑又一阵绞痛，沉重的靴子踩踏声走近了。囚室门打开，开门煽起的空气流动，带来一阵强烈的寒冷的汗臭味儿。帕森斯走进了囚室。他穿着卡其短裤和运动衫。

这次，温斯顿猛吃一惊，忘记自己是谁了。

“你在这里呀！”他叫道。

帕森斯瞅了一眼温斯顿，没有兴趣，也没有惊讶，只是一副可怜样儿。他开始一瘸一拐地来回走动，显然不能安静下来。每次他伸出他那肉乎乎的膝盖，明显地在颤抖。他两眼圆睁，眼光无神，仿佛他不能阻止自己注视不远的地方什么东西。

“你为什么进到这里？”温斯顿问道。

“思想罪！”帕森斯说，简直是嘟哝出来的。他的声音的调子表明，他既完全承认自己有罪，又流露了一种不可置信的恐惧，不相信这样的话竟然会使用在自己身上。他在温斯顿对面站定，开始急切地征求他的看法：“你认为他们会枪毙我吗，会吗，老伙计？如果你实际上什么事儿也没有干过，他们是不会枪毙你的——只有思想，可你管不住它们吧？我知道他们会给你一个申诉的机会。哦，我相信他们会给个机会的！他们会了解我的记录，难道不是吗？你知道我是什么样的人。反正不是一个坏人吧。没有头脑，当然，不过很有热情啊，你不认为吗？或者判十年刑？像我这样的人，在劳改营里会让自己大有用处的。他们不会因为我只出了一次轨就枪毙我吧？”

“你犯罪了吗？”温斯顿问道。

“当然我有罪！”帕森斯嚷叫道，可怜巴巴地看了一眼电屏。“你认为党不会逮捕一个无辜的人，对吧？”他那张青蛙一样的脸变得多少平静了些，甚至流露出几许神圣的表情，“思想罪是一件可怕的事情，老伙计。”他故作庄重地说，“思想罪很阴险啊。那玩意儿能掌控你，可你根本就不知道怎么回事儿。你知道那玩意儿是怎么掌控我的吗？在我睡觉时！没错，这是实情。我这种人，就知道工作，努力恪尽职守——从来不知道我脑子里还有什么坏东西。后来，我在睡梦里开始说梦话了。你知道他们听见我说什么了吗？”

他放低了声音，如同有人为了医学上的原因说了一句污秽的话一样。

“‘打倒老人家！’没错，我就说这话了！好像还是说了一遍又一遍。这话就你我之间说说，老兄，我很高兴在我进一步犯错之前他们就抓住了我。你知道我站到法庭前要对他们说什么吗？‘谢谢你们，’我会这样说，‘谢谢你们救了我，及时救了我。’”

“谁揭发你的？”温斯顿问道。

“是我的小女儿。”帕森斯说，带出来一种难过而又自豪的样子，“她通过钥匙孔听到的。听到了我所说的话，第二天就去报告了巡逻队。一个七岁大的小女孩够机灵的，嗯？我为这事儿一点儿没有记恨她。这表明我在正确精神指导下把她养大了。”

他又来回走了几趟，趔趄得厉害了，朝那个便盆眼巴巴地看了好几次。然后，他突然脱下了短裤。

“对不住了，老伙计。”他说，“我憋不住了。等待好久了。”

他将硕大的臀部坐在了便盆上。温斯顿用双手捂住了脸。

“史密斯！”电屏的声音嚷叫起来，“6079 号史密斯！露出你的脸来。囚室里不准把脸捂上。”

温斯顿把脸露了出来。帕森斯往便盆拉得很带劲儿，动静很大，拉得很多。等到冲便时开关不灵了，囚室里几个小时里臭烘烘的。

帕森斯被带走了。更多的囚犯来了又走，走了又来，神神秘秘的。有个女囚犯听到要带往“房间 101”，温斯顿注意到，好像一听到这几个字眼她就束手无策，脸色立时变得煞白。曾经有一段时间，如果他被带进来时是上午，那就是下午了；如果是下午，那就是午夜了。囚室里有六个囚犯，男人和女人都有。大家都安静地坐着。温斯顿对面坐着一个男人，没有下巴，牙齿暴突，那张脸酷似一只硕大的温顺的兔子。他那肥肥的斑驳的脸颊，底部下垂得像袋子，很难不相信他在那里储存了食物。他那两只浅灰色眼睛怯生生地看看这张脸，又看看那张脸，一旦碰上人家的眼光，便立即把视线转移开。

门开了，有一个犯人被带进来，那面相一时间让温斯顿感到透心凉。他是一个平庸的尖嘴猴腮的男子，也许一个工程师或者某种技术人员。但是令人吃惊的是他脸上干瘦干瘦的样子。那张脸像一具骷髅。因为格外干瘦，那张嘴和那两只眼睛大得不成比例，两只眼睛似乎充满了不共戴天的不可抑制的仇恨，对人对事都恶狠狠的。

那个男人坐在了板凳上，距离温斯顿很近。温斯顿没有再敢看他，但是那张折磨人的骷髅一般的脸在他的脑子里栩栩如生，仿佛就在他眼前。突然，他明白是怎么一回事儿了。那个人就要饿死了。同样的念头似乎同时在囚室的每个人头脑里出现了。板凳围坐的所有人都非常轻微地躁动了。那个没有下巴的男人不停地向那个骷髅脸男人一次又一次看去，随后又立即愧疚地躲开，而后又被一种不可抗拒的吸引力拽回来。很快，他开始在座位上烦躁起来。终于，他站起来，步履蹒跚地走过囚室，一只手伸进他制服的口袋里，有点难为情的样子，掏出来一片黑乎乎的面包，递给那个骷髅脸男人。

电屏传来一声气汹汹的震耳欲聋的吼叫。那个没有下巴的男人吓了一大跳。那个骷髅脸男人迅速地把两只手惶惶地躲到了背后，仿佛向全世界表明他拒绝了那份礼物。

“巴姆斯特德！”那个声音吼道，“2713号巴姆斯特德！把那片面包扔到地上！”

那个没有下巴的男人把那片面包扔在了地上。

“原地站着别动。”那个声音说，“面朝门。不许乱动。”

那个没有下巴的人俯首听命。他那下坠的大脸颊在瑟瑟哆嗦，管也管不住。门咣当一声开了。那个青年军官走进来，站到一边，他身后立刻钻出来一个五大三粗的狱警，臂膊粗夯，虎背熊腰。他站到那个没有下巴的男人对面，然后，得到那个军官的示意，他拼尽全身的重量，抡起千钧之力，打向那个没有下巴男人的嘴巴。那股力量好像几乎把他打离了地面。他的身体从囚室横着摔了出去，一下子摔到了便盆的底座上。一时间，他躺在那里傻眼了，深暗的红血从他的嘴巴和鼻子里喷涌出来。一声微弱的呻吟或者哀叫，无意识地从他嘴里发出来。然后，他翻过身去，手和膝盖并用，晃晃悠悠地站起来。鲜血和口水滴滴沥沥地往下流，两半拉假牙托从嘴里跌落出来。

囚犯们都一动不动地坐着，他们两只手交叠在膝盖上。那个没有下巴的男人爬回到他的座位。他脸的一边，腮肉越来越黑青。他的嘴肿得没有形状，成了一堆樱桃色，正中间有一个黑窟窿。一次又一次，一滴小血珠滴在他制服的胸部。他那灰色的眼睛依然从一张脸瞅向另一张脸，愧疚的样子愈甚，仿佛他在竭力弄清楚别人到底有多么看不起他。

门开了。那个军官向那个骷髅脸男人微微地招呼一下。

“房间 101 号。”他说。

温斯顿身边响起一声倒吸凉气的声音，然后是一阵慌乱。骷髅脸男人立时跪在地上，两只手紧紧地扣在一起。

“同志！军官！”他哀叫道，“你别把我带到那里去！难道我没有把一切都告诉你们吗？你们到底还想知道什么？我真的没有什么可供认了，什么都没有了！只管告诉我招供什么，我立刻招供的。写下来，我签字——任凭什么都签！可是别去房间 101 啊！”

“房间 101。”军官说。

那个男人早已面色惨白，这下变得温斯顿都无法相信是什么颜色了。一种青绿色，一点儿没错，毫无疑问。

“随便处置我好了！”他哀叫道，“你们让我饿了好几个星期了。一了百了，让我死吧。枪毙我吧。吊死我吧。判我二十年徒刑吧。你们还有什么人要我出卖吗？只管说他是谁，我会告诉你们想知道的。我才不管他是谁，你们要怎样处置他们都行。我有妻子，有三个孩子。最大的孩子还不满六岁。你们可以把他们统统抓来，当着我的面把他们的喉咙割断，我就站在一旁，看着。但是，别让我去房间 101！”

“房间 101。”军官说道。

那个骷髅脸男人发疯地环视别的囚犯，仿佛灵机一动，要拉上一个屈死鬼和他一起受难。他的眼睛落在了那个没有下巴的男人那张稀烂的脸上。他甩出了一条骨瘦如柴的胳膊。

“他才是你们应该带走的人，不是我！”他喊叫道，“你们没有听到他们打烂了他的脸后他说了些什么。给我一次机会，我会把每句话都告诉你们的。他就是那个反党的人，不是我。”狱警们向前一步。那个男人的声音一下子尖叫起来。“你们没有听见他说什么！”他重复道，“电屏出了错。他才是你们想要的人。带走他，不是我！”

两个结实粗壮的狱警已经弯下腰把他的胳膊抓住了。可说时迟那时快，他冲过囚室，抓住了支撑板凳的一条铁腿。他发出了一连串吱吱哇哇的乱叫，活脱一只动物。两个狱警紧紧抓住他，拽松他的手，但是他死死抓住，力气大得惊人。大约过了二十秒钟，他们都在使劲儿拉他。囚犯们安静地坐着，他们的两手交叠在膝盖上，直瞪瞪地看着眼前的一切。号叫停止了；那个男人快要没气了，却依然死死抓着。随后，一种截然不同的叫声响起来。一个狱警的靴子踢去一脚，把那个人一根手指踢断了。他们把他拉了起来。

“房间 101。”军官说。

骷髅脸男人被拉了出去，走得一瘸一拐，低垂着头，呵护着那只惨遭蹂躏的手，一点儿反抗的劲儿都没有了。

一段长长的时间过去了。如果那个骷髅脸男人被拖走时是午夜，这时已经是早上了；如果那时是早上，这时就是中午了。温斯顿孤身一人了，一个人待了好几个小时了。坐在狭窄的板凳上引发的疼痛实在难忍，温斯顿忍不住站起来，走动走动，电屏倒也没有喝住。那个没有下巴的男人扔下的那块面包还在原地。一开始，需要用很大的劲儿才忍住不看它，但是饥饿的劲儿不久过去了，接下来是干渴。他的嘴黏糊糊的，满嘴臭气。嗡嗡响声和一成不变的白光引起一种眩晕，脑子里有一种空空的感觉。他因为骨头疼痛得不堪忍受而站了起来，然后因为眩晕站立不稳又坐了下来。一旦肉体上的感受稍稍好一些，恐惧就回来了。有时候心头升起几许希望，想到了奥布莱恩和剃刀片。他想到剃刀片也许会藏在他的食物里，如果他可以得到食物的话。模模糊糊地更多想到了朱莉娅。她在哪里，在受什么难，也许比他吃的苦头更多。她此时此刻也许疼痛得尖叫不已。他想道：“如果他遭受双倍的痛苦能拯救朱莉娅，我会领受吗？是的，我会。”但是这只是心智上的决定，甘愿领受，是因为他知道他应该领受。他并没有这种感觉。在这个地方，你感觉不到任何东西，只能感觉到痛苦，预感到痛苦。此外，当你就在受苦受难时，还可能出于什么原因让自己遭受更多的痛苦吗？但是，这个问题还回答不了。

靴子的踩踏声又走近了。门开了。奥布莱恩进来了。

温斯顿一下子站了起来。猛不丁见面让他惊讶不已，一切谨慎都弃之不顾了。这么多年来，他第一次忘记了电屏的存在。

“他们也把你抓到了！”他惊叫道。

“他们抓到我很久了。”奥布莱恩说，露出了温和的几乎遗憾的讥诮。他往旁边站了站。从他身后，一个胸部厚实的狱警闪出来，手里拿着一根长长的黑色警棍。

“你知道这点的，温斯顿。”奥布莱恩说，“别欺骗自己了。你知道这点的——你始终知道这点的。”

是的，他现在明白，他始终知道这点的。但是没有时间多想这点。他的日光这时一直紧紧盯着狱警手里的警棍。那警棍也许会落在什么地方：落在头顶上，落在耳朵上，落在胳膊上，落在肘子上——

落在了肘子上！他一下子跪倒在地上，几乎瘫痪了，用另一只手抓住了挨打的胳膊肘。一切一下子全都暴露在黄晕晕的光下。想象不到，想象不到，这样一棍子会引起如此的疼痛！光线变清澈了，他看见另外两个人在俯视他。狱警看见他痛苦万状哈哈大笑。一个问题反正是要回答的。不管因为什么原因，你再也不希望遭受痛苦了。遭受痛苦时，你只希望一件事情：那就是痛苦赶快停止。这世上再没有比肉体痛苦更糟糕的了。面对痛苦，世上没有英雄，没有英雄，他满地乱滚时一次又一次地想到，毫无益处地紧紧抓着他那条残废的左胳膊。

第二章

他躺在什么东西上，感觉像是一张军用床，只是距离地面很高，他被捆绑着，动弹不得。光线好像比平常更强烈地照在他的脸上。奥布莱恩站在他身边，专注地俯视着他。在他的另一边，站着一个身穿白大褂的人，手里拿着一个皮下注射器。

即便他睁开了眼睛，他也只是慢慢地看清了周围的环境。他得到的印象是在屋子里游动，来自某个非常不一样的世界，水下很遥远的一个世界。自从他们把他逮捕了，他没有见过黑暗，也没有见过光亮。此外，他的各种记忆很难继续下去。曾经有几段时间，他的意识，即使是他睡梦中的那种意识，在短暂的间断之后，已经停止了，却又开始活动了。但是，是几天或者几周甚至几秒钟的间断，他都无法知道了。

胳膊肘挨了第一下重击，噩梦就开始了。后来，他明白过来，当时发生的一切，只不过是一次小试牛刀，一次例行公事的审讯，几乎所有的囚犯都要过的堂。一大串犯罪经历——间谍活动、破坏活动，诸如此类——每个囚犯理所当然地都要一一供认的。招供是形式，但折磨却是实打实的。他挨了多少次打，挨打继续了多长时间，他记不清了。通常，五六个身穿黑色制服的汉子同时对他毒打。有时是挨拳头，有时是挨警棍，有时是挨铁棍，有时是挨靴子踢。他往往会满地打滚，像畜生一样毫无廉耻，身体东一扭西一扭，无休止地无希望地努力躲避靴子乱踢，可只是换来了更多更猛的乱踢，肋骨上、肚子上、胳膊肘上、小腿骨上、腰胯间、睾丸上、脊梁骨上，哪里都躲不过。很多时候，毒打没完没了，直到他似乎觉得这种残忍的、邪恶的、不可原谅的行径，不是那些狱警在持续不断地暴打他，而是他不能强迫自己失去意识。有时候，他神经紧张得实在受不了，他还没有被暴打就开始大喊大叫，祈求怜悯；有时候，一看见一只拳头缩回去往外打来，就吓得他滔滔不绝地招供，真的假的犯罪一股脑儿往外说。另有些时候，他下定决心什么也不招，每个词都是在疼痛不已时蹦出来；还有些时候，他有气无力地试图折中一下，对自己说："我会招供，但是现在不想。我一定要挺住，等到痛苦不堪忍受时再说。再挨三脚，再挨两脚，然后我才跟他们说他们想知道的。"有时，他被暴打得简直站不起来，然后像一袋土豆，一头栽倒在囚室的石头地上，几个小时才能恢复过来，然后又被拖出去，再次挨打。也有更长的恢复时段。他记得模糊不清了，因为那些时段都是在睡梦里或者昏迷中度过的。他记得一个囚室里有一张木板床，一个架子从墙壁矗出来，一个脸盆，一些热汤和面包，有时还有咖啡。他记得一个粗暴的理发师来给他刮胡子剪头发，还有几个公事公办毫无同情心的人，身穿白大褂，来给他把脉，敲敲打打试探他的反应，翻翻他的眼皮，翻动他的指头看看有没有断骨，然后给他的胳膊打针，让他睡觉。

暴打一次比一次少了，主要变成了一种威胁，一种恐吓，只要他的回答不令人满意，他就会被拉回去暴打。拷问他的人，现在不是身穿黑色制服的暴徒，而是党的知识分子，个个都是矮胖子，动作敏捷，眼镜闪亮，轮班来审问他，一般会持续——他想他记得不大准确——十个或者十二个小时之久。另一些拷问他的人令他在拷问中不断地吃些苦头，但是他们依靠的不主要是施虐。他们拍拍他的脸，拧拧他的耳朵，揪揪他的头发，让他站起来，不让他去撒尿，用强烈的光照他的脸，把他的眼睛晃得直流泪；然而，这些手段的目的只是羞辱他，破坏他争辩和说理的能力。他们真正的武器是毫不留情地拷问，一个小时接一个小时，用话套他，给他设陷阱，歪曲他说的每句话，宣判他的谎话和自相矛盾的每一步罪过，直到他开始哭泣，因为羞愧也因为筋疲力尽。有时，他在一轮审讯中就会哭泣五六次。更多的时候，他们冲他大喊大叫，恶言恶语，稍有迟疑就威胁他，要把他送回狱警那里；但是，有时他们会突然改变他们口气，喊他同志，以英社和老人家的名义要求他，悲戚戚地问他到了这个时候他是否对党足够忠诚，是否愿意改正他犯下的罪过。经过几个小时的拷问，他的神经支离破碎了，这样的提问甚至会让他一把鼻涕一把泪。最终，这种喋喋不休的声音会让他更加彻底地垮下来，比狱警的靴子和拳头还厉害。他简直就只剩一张嘴在说话，一只手在对他被强求所交代的画押。他唯一关心的是他们想要他招供什么，然后就脱口招供，赶在威胁开始之前。他招供刺杀著名的党员，散发煽动性的小册子，侵吞公款，出卖军事秘密，进行各种破坏。他供认他是东亚国政府收买的间谍，早在一九六八年就开始了。他供认他是一个宗教信仰者，一个信仰资本主义的人，一个嗜好女色的人。他供认他谋杀了自己的老婆，尽管他知道，而且那些拷问他的人也知道，他老婆还活得好好的。他供认多年来他和戈尔茨坦有私人接触，而且一直是一个地下组织的成员，该组织包括了他所认识的每一个人。供认一切，把每一人都拉下水，这都很容易。此外，在某种意义上来说也是实情。他确实一直是党的敌人，在党的眼睛里，思想和行动之间没有什么区别。

还有另一种记忆。它们毫无关联地站在他脑子的外面，如同一张张画，周围一片漆黑。

他身居一个囚室，也许是黑暗的，也许是光明的，因为他什么也看不见，只能看见一双眼睛。近在身边，有一种工具在慢慢地有规则地嘀嗒作响。那双眼睛变得越来越大，越来越明亮。突然，他从座位上漂浮起来，一个猛子扎进了那双眼睛，转眼被吞没了。

他被绑在一把椅子上，被各种仪器包围起来，晃眼的强光照射着。一个身穿白大褂的男人在看那些仪器。外面有沉重的靴子踩踏的声音。门咣当一声开了。那个脸如蜡像的军官走了进来，后面跟着两个狱警。

“房间 101。”那个军官说。

那个穿大白褂的男人没有转身。他也没有看温斯顿，他只是在看那些仪表。

他在椅子上被推下一条宽大的过道，足有一公里宽，到处都是灿烂的金色的光芒，他在扯起嗓子供认，笑声和嚷叫声掺杂其间。他供认了一切，连他在严刑拷打时成功地守住的东西也讲了出来。他把自己生活的全部历史都交代出来，而面对的听众早已知道他的一切了。和他在一起的有狱警、其他拷问的人、穿大白褂的人、奥布莱恩、朱莉娅、查林顿先生，都从过道一起经过，喊叫着，大笑着。某种已经深藏在未来的可怕事情不知怎么就跳过去了，并没有发生。一切都正常起来，也不再有疼痛了，他生活的最后细节明明白白摆在那里，可以理解，也得到了原谅。

他从木板床上开始坐起来，半信半疑地感觉他听见了奥布莱恩的声音。在整个审讯期间，尽管他没有见到奥布莱恩，但他感觉奥布莱恩就在他身边，只是不在他的视野范围内。是奥布莱恩在指挥一切。是他，派狱警拷打他温斯顿，却要他们别打死他。是他，决定什么时候让温斯顿痛得尖叫，什么时候让温斯顿缓口气，什么时候让温斯顿有口吃的，什么时候温斯顿可以睡觉，什么时候把药物注射到他的胳膊里。是他，提出问题并且暗示答案。他是拷打凶手，他又是保护人，他是审问者，他又是朋友。有一次——温斯顿记不清那是在药物作用下睡觉了，还是在通常的睡梦里，或者甚至是在暂时的清醒时刻——一个声音在他耳朵边悄声说："别焦虑，温斯顿，你在我的照顾之下。七年来我都在观察你。现在，转折点到来了。我要拯救你，我要让你完美无缺。"他拿不准那是不是奥布莱恩的声音，但是那是七年前在另一个梦里曾同他说过话的同一个声音："我们会在没有黑暗的地方相见。"

他记不得审讯他的任何结束方式了。出现过一个黑暗时期，然后就是囚室，或者说屋子，他此时在里面逐渐看清楚了周围的环境。他基本上仰躺着，不能动弹。他身体的每个关键点都紧紧地捆绑着。连他的脑后勺都被某种方式紧紧抓着。奥布莱恩严肃地格外难过地俯视着他。他的脸，从下仰视，看上去粗糙，焦虑，眼睛下面有眼袋，疲惫的纹路从鼻子一直通到下巴。他比温斯顿过去所想的要老很多，大概四十七八近五十岁了。他的手腕下有一个仪表，上面有一个杠杆，表面有一圈数字。

"我跟你说过。"奥布莱恩说，"如果我们相见，就是在这里。"

"是的。"温斯顿说。

没有任何警告，只是奥布莱恩的手稍微动了动，一阵疼痛便传遍了温斯顿的全身。那是一种可怕的疼痛，因为他看不见到底发生了什么，而他感觉到某些要命的伤害伤及了他。他不知道伤害的事情真的发生了，还是电击的效果；但是他的身体正在被大卸八块，关节被慢慢地撕裂开。尽管疼痛已经折腾得他满头大汗，但是最坏的是他担心他的脊梁骨被扭断了。他咬紧牙关，通过鼻子呼吸，竭力保持沉默，能拖多久是多久。

"你很害怕。"奥布莱恩说，紧盯着他的脸，"再过一会儿身上什么东西会断裂。你特别害怕你的脊梁骨会断掉。你脑子里有一幅生动的图，表明脊梁骨正在断裂，脊髓滴滴拉拉流了出来。这就是你正在想的，是不是，温斯顿？"

温斯顿没有回答。奥布莱恩把仪表上的杠杆往后拉了拉。疼痛波一下子消退了，如同来时一样迅速。

“这是四十。”奥布莱恩说，“你能看见这仪表上的数字可以到达一百。请你记住，在我们交谈的过程中，我有能力随时给你疼痛，我想给你多大级别就能给你多大。如果你跟我说谎，或者试图以任何方式搪塞，或者表现得低于你通常的智商水平，那你就会立刻痛得叫唤。你听明白了吗？”

“是的。”温斯顿说。

奥布莱恩的态度变得不那么严厉了。他若有所思地整了整眼镜，来回走了几步。他说话时声音温和，耐心。他那样子像医生，像教师，甚至像牧师，一心想说明白，劝解人，而不是惩罚人。

“我为你很操心，温斯顿。”他说，“因为你值得我操心。你很清楚你犯了什么事儿。你知道这点很多年了，尽管你一直在抗拒这种了解。你精神上出了问题，你深受一种残缺记忆之苦。你无法记住真实的事件，你非让自己相信你记住了其他从来没有发生的事件。幸亏这毛病是可以治愈的。你从来不治疗这种病，因为不愿意。这只是意志的一点儿点努力，可你就是不准备去做。即使现在，我也很清楚，你还在抱住这个病不放，以为那是一种美德。现在我们来举个例子吧。此时此刻，大洋国在和哪个大国打仗？”

“我被捕的时候，大洋国在同东亚国打仗。”

“与东亚国？那么，大洋国一直在和东亚国打仗，是不是？”

温斯顿吸了一口气。他张开嘴讲话，但没有说出话来。他无法让自己的眼睛离开那个仪表。

“请说真话，温斯顿。你自己的真话。告诉我你所记得的真实情况。”

“我记得，我逮捕前的一个星期，我们还没有和东亚国打仗。我们和他们是同盟关系。那时在和欧亚国打仗。战事持续了四年。此前——”

奥布莱恩打了个手势，阻止了他。

“再来一个例子。”他说，“几年前你确实患了一次严重的幻觉。你相信三个人，三个曾经的党员，分别叫琼斯、阿伦森、拉什福德——这三个人因为卖国罪和颠覆罪，经过极其充分的招供后被处死——你却相信他们被控诉的那些罪名不成立。你相信，你看见了无可置疑的文件，证明他们的招供都是假的。是有一幅照片，但那是你的幻觉。你相信你确实拿到手里了。这就是那样一张照片。”

一张长方形报纸条夹在奥布莱恩的手指间。那张剪报在温斯顿视野里出现了大概五秒钟。那是一张照片，照片就是照片，没有问题。它就是那张照片。它是那张照片的另一个版本，上面是琼斯、阿伦森和拉什福德在纽约的党的会议上，十一年前他意外地碰见过，立即销毁了。它在他眼前也只是闪现了一下，随后它就从视线里消失了。但是，他看见过，毫无疑问他看见过！他不顾剧痛拼命想把上身挣脱出来，随便哪个方向。可他连一毫米都动弹不得。这时刻，他甚至忘记了那个仪表。他只想把那张照片再次拿在手里，起码看上一眼。

“它存在啊！”他叫道。

“不。”奥布莱恩说。

他走过屋子。对面墙上有一个记忆洞。奥布莱恩把网罩拿起来。转眼就不见了，那张薄薄的报纸条在热气流里被卷走了，它在火焰一闪间就会化为灰烬。奥布莱恩从对面墙转过身来。

“灰烬。”他说，“甚至不是可以辨认的灰烬。灰尘。它不存在了。它从来没有存在过。”

“可是它存在过！它在记忆里存在过。我记得它。你记得它。”

“我不记得它。”奥布莱恩说。

温斯顿的心直往下沉。这就是双重思想。他感到死一般的无助。如果他能保证奥布莱恩在说谎，那事情似乎就好办了。然而，极有可能的是，奥布莱恩真的忘记了那张照片。果真那样，那么，他就已经忘记了他曾否定他记得它，忘记了遗忘的行为本身。你怎么能确定这只是一种伎俩呢？也许脑子里的疯狂的紊乱真的会发生：挫败他的就是这种思想。

奥布莱恩俯视着他，在思考什么。他比任何时候都具备一个老师的样子，尽心竭力地管教一个误入歧途却前程看好的孩子。

“党对控制过去有一个口号。”他说，“你要是乐意，就重复一下吧。”

“‘谁控制了过去，谁就控制将来；谁控制了现在，谁就控制过去。’”

“‘谁控制现在，谁就控制过去。’”奥布莱恩说着，缓缓地点了点头，表示赞同，“按你的观点，温斯顿，过去真的存在吗？”

无助的感觉再次来到温斯顿的身上。他的两眼扫视那个仪表。他不仅不知道回答“是”或“不”能不能让他免受痛苦，他甚至不知道哪个答案是真实的。

奥布莱恩莞尔一笑。“你不懂形而上学，温斯顿。”他说，“直到这个时刻，你从来没有弄清楚‘存在’是什么意思。我会把它解释得更准确的。‘过去’具体地存在于空间里吗？是有这个或那个地方，一个实实在在的客观物体的世界里，‘过去’仍然在那里发生着吗？”

“没有。”

“那么，如果根本没有，那‘过去’存在于什么地方呢？”

“在记录里。那是被文字记录下来的。”

“在记录里。还有——”

“在脑子里。在人的记忆里。”

“在记忆里。那么，很好。我们，党，控制着所有的记录，我们控制着所有的记忆。那么，我们就控制了过去，不是吗？”

“但是，你们怎么能阻止人们记住事情呢？”温斯顿叫道，再次暂时忘记了那个仪表，“记忆是自发的，记忆在个人控制之外。你们怎么能控制记忆呢？你们没有控制了我的记忆！”

奥布莱恩的态度再次变得严厉起来。他把手放在仪表上。

“恰恰相反。”他说，“你没有控制住记忆。就是你没有控制住记忆，你才被带到这里了。你在这里，因为你不通人情世故，不知自律。你没有做出妥协的行动，这是神志清醒的代价。你宁愿做一个疯子，做一个少数派。只有严格训练的头脑才能正视现实，温斯顿。你相信现实是某种客观的东西，外部的东西存在于它自己的形态。你还相信，现实的本质是不言而喻的。你自欺欺人，以为你看见了某种东西，你便推测所有别的人像你一样看见了同样的东西。可是，我告诉你，温斯顿，现实不是外在的。现实存在于人的头脑里，不在别的什么地方。现实不在个人的头脑里，人脑总是犯错误，而且反正很快就会毁灭；现实只存在于党的头脑里，而党的头脑是集体的、不朽的。凡是党认定是真理，那就是真理。你不可能看见现实，只有通过党的眼睛才能看见现实。这个事实，你不得不再学习，温斯顿。这需要一种自我摧毁的行动，一种意志的努力。你只有自轻自贱，你才能变得神志清醒。”

他停了一会儿，仿佛让他所说的话沉淀下来。

他继续说：“在你的日记里写了‘所谓自由，就是可以说二加二等于四的自由’吗？”

“是的。”温斯顿说。

奥布莱恩举起他的左手，手背朝着温斯顿，把大拇指藏住，四根手指竖了起来。

“我竖起来的是多少根指头，温斯顿？”

“四根。”

“可如果党说这不是四，而是五——那么究竟是多少呢？”

“四。”

这个字刚说过就来了一阵剧痛。仪表的指针指向了五十五。汗水一下子从温斯顿的全身冒出来。空气猛然蹿进肺部，又在大声的呻吟中呼出来，哪怕咬紧牙关都无法停止呻吟。奥布莱恩观察着他，那四根指头还在高高地竖着。他把仪表的杠杆拉回来。这时，剧痛稍稍减轻了一些。

“多少根指头，温斯顿？”

“四根。”

仪表的指针指向了六十。

“多少根指头，温斯顿？”

“四根！四根！我还能说别的什么吗？四根！”

那跟指针一定又升了，但是他没有看它。那张阴沉的严厉的脸和四根指头把他的视线挡得很严实。那四根指头矗立在他眼前，如同柱子，粗大，模糊，似乎在颤动，但是确定无疑是四根。

“多少根指头，温斯顿？”

“四根！停止它，停止它！你怎么能一直提升它呢？四根！四根！”

“多少根指头，温斯顿？”

“五根！五根！五根！”

“不，温斯顿，那是没有用的。你在撒谎。你依然认为是四根指头。多少根指头，快说？”

“四根！五根！四根！你说几根就是几根。只是停下它吧，停下那种惨痛吧！”

他猛不丁地坐了起来，奥布莱恩的胳膊搭在他的肩膀上。他也许失去知觉几秒钟。捆绑着他身体的带子松开了。他感觉寒冷刺骨，浑身哆嗦，怎么都控制不住，他的牙齿咯咯打战，泪水从他的脸颊往下流淌。一时间，他像一个婴儿一样依偎着奥布莱恩，那条搂住他的肩头的粗重的胳膊让他感到罕见的舒服。他感觉到奥布莱恩是他的保护人，那种剧痛是外来的某种东西，拯救他免于痛苦的正是奥布莱恩。

“你是一个迟钝的学习者，温斯顿。”奥布莱恩温和地说。

“我有什么办法呢？”他呜呜噜噜地说，“我怎么能对眼前的东西视而不见呢？二加二等于四嘛。”

“有时候是四，温斯顿。有时候二加二就是五。有时候二加二还是三呢。有时候二加二就是三四五。你一定要更加努力呀。保持头脑清醒可不是一件容易的事儿。”

他把温斯顿放倒在床上。他的四肢捆绑得又紧了，但是那种剧痛消失了，颤抖也停止了，让他只是感到虚弱无力，浑身发冷。奥布莱恩点头示意那个穿白大褂的人，在整个过程中白大褂站着一动不动。白大褂俯下身子，凑近观察温斯顿的眼睛，把他的脉搏，凑上耳朵聆听他的胸部，敲敲这里，敲敲那里；随后，他向奥布莱恩点了点头。

“再来。”奥布莱恩说。

温斯顿的身体感受到了一阵疼痛波。那个指针一定指向了七十或七十五。这次，他闭上了眼睛。他知道那些指头还在那里，还是四根。关键问题是无论如何活下去，把阵痛熬过去。他不再注意他是在喊叫还是没有。疼痛又减轻了。他睁开了眼睛。奥布莱恩已经把那杠杆往后拉了。

“多少根指头，温斯顿？”

“四根。我看是四根。我要是看见是五根，我会说五根的。我在努力看成五根。”

“你希望哪样：说服我你看见了五根，还是真的看见五根了？”

“真的看见五根了。”

“再来。”奥布莱恩说。

也许那个指针指向了八十——九十。温斯顿只能断断续续地记得为什么这样的剧痛在发生。在他紧闭的眼皮后面，森林一般的指头好像在跳一种舞蹈，前前后后地交错在一起，一根不见了另一根出现了，随后又都出现了。他在尽力数清是多少根，可他记不得为什么。他只知道他无法数清楚，都是因为弄清楚是五还是四这事儿很神秘。疼痛波又过去了。他睁开眼睛时，发现他还在看那同一样东西。数不清的指头，如同移动的树，仍然朝两个方向流动，交叉再交叉。他再次闭上了眼睛。

“我竖着几根指头，温斯顿？”

“我不知道。我不知道。如果你再干这种事儿，你会把我整死的。四,五,六——实话实说我是真的不知道。”

“好多了。”奥布莱恩说。

一根针扎进了温斯顿的胳膊。几乎与此同时，一种极乐的治愈的温暖传遍了他的身体。疼痛已经快忘诸脑后了。他睁开眼睛，感激地仰视着奥布莱恩。一看见这张粗夯的棱角分明的脸，那么丑陋那么智慧，他的心像是翻了个儿。如果他能活动的话，他会伸出一只手，放在奥布莱恩的胳膊上。他从来没有像现在这样对他爱得深刻，不仅因为他停止了那种疼痛。那种旧感情回来了，奥布莱恩到底是朋友还是敌人无关紧要了。奥布莱恩是一个可以交谈的人。也许，一个人想被人爱，但更愿意被人理解，那种感觉更好。奥布莱恩把他折磨到了崩溃的边缘，有那么一会儿就无疑要把他送到死神手里了。这没有什么区别。从比友谊更深一层的意义上看，他们是知己；尽管真实的名字没有说出来，终归有一个地方，他们可以见面、交谈。奥布莱恩俯视着他，那种眼神表明，他脑子里也出现了同样的念头。他开口说话了，是一种平易的交谈的口气。

“你知道你身在何处吗，温斯顿？”他问道。

“我不知道。我可以猜一猜。在仁部吧。”

“你知道你在这里待了多久吗？”

“我不知道。几天，几周，几个月——我想有几个月了吧。”

“你为什么会想到我们把人带到这个地方呢？”

“让他们供认。”

“不，坦白不是原因。再说说看。”

“惩罚他们。”

“不！”奥布莱恩大声嚷道。他的声音变得截然不同，他的脸突然变得严厉而和蔼，“不！不只是为了要你们坦白，也不是为了惩罚你们。我来告诉你为什么我们要把你们带到这里好吗？为了治愈你们！为了让你们健全起来！你可知道，温斯顿，我们带到这里来的人，在离开我们的妙手时没有治不好的，我们对你们犯下的那些愚蠢的罪过毫无兴趣。党对公开的行为没有兴趣——思想才是我们真正关心的。我们不只是消灭我们的敌人，我们还要改造他们。你知道我说的这番话什么意思吗？”

他向温斯顿探着身子。他的脸看去硕大无比，因为离得很近，丑陋得吓人，因为这是从下往上看。再说，那张脸布满了得意之情，一种疯狂的专注。温斯顿的心又往回收缩了。如果可能，他巴不得遁入这张床的深处。他敢肯定，奥布莱恩一时兴起就会拨动那个仪表。但是，此时此刻，奥布莱恩转过身去了。他来回踱了几步。然后，他不再那么激动，接着讲了下去：“你要明白的首要事情，是这个地方没有烈士殉难一说。你读过一些过去宗教上的迫害事件。中世纪确实有过宗教法庭[①]。那是一种失败。它的出发点是根除异端邪说，结果却巩固了异端邪说。它用火刑柱烧死了每一个异端分子，但成千上万的因此而生。为什么会这样呢？因为宗教法庭公开杀害其敌人，在他们还没

① 专指中世纪天主教审判异端的法庭，对被认为是危险分子的人进行疯狂迫害。在英国历史上，信仰天主教的玛丽女王当政时，就对基督徒进行过疯狂的迫害，有“血腥的玛丽”之称。基督教背景的伊丽莎白一世当政后，对天主教教徒有过秋后算账，但是宽容得多，打击目标也小得多，例如著名的“议会纵火案”。相对宽容的社会环境对英国的工业革命相当重要，因此议会特别立法规定天主教背景的皇室后裔不得加冕登基。

有悔改时杀害了他们，事实上是因为他们不肯悔改而杀害了他们。因为他们不愿意放弃他们的真实信仰而面对死亡。自然而然，一切光荣都属于牺牲者了，一切耻辱都送给了烧死他们的审判者了。后来，在二十世纪，如同人们所送的称号，极权主义者出现了。首先是德国纳粹，然后是俄国共产主义者。俄国人迫害异教徒，远远胜于宗教法庭的所作所为。他们设想他们从过去汲取了种种错误；他们知道，无论如何一定不能造就什么烈士殉难。在他们把他们的牺牲品暴露在公开审讯之前，他们煞费苦心，摧毁他们的尊严。他们折磨他们、孤立他们，一直把他们折腾得威风扫地，成为可怜的爬爬虫，拷问什么他们就张口供认什么，谩骂自己，攻击别人，利用别人掩护自己，一把鼻涕一把泪地祈求怜悯。可是，几年过后，同样的事情便会再次发生。死者成了烈士，他们摇尾乞怜的行径为人忘记。再次问一句，为什么会这样？首先，因为他们说出来的供认显然都是逼供，不是真实的。我们不会犯这种错误。所有的供认在这里都是真实的。我们让他们讲出真话。而且，尤其是，我们不让死人和我们作对。你千万别幻想，后人会给你平反昭雪，温斯顿。后人永远不会听说你了。你会被揪出来，扔出历史的长河。我们会把你变成一股青烟，抛入渺茫的空间。你什么都留不下来：没有注册的名字，没有活人能记得你。你不仅会在过去被抹掉了，在未来里也没有了痕迹。你永远不再存在了。”

那么为什么还要折磨我呢？温斯顿心想，一阵苦涩袭来。奥布莱恩停下步子，仿佛温斯顿把那个念头大声说出来了。他那张丑陋的大脸凑过来，眼睛眯起来一点儿。

“你在想。”他说，“既然我们打算彻底毁灭你，你说什么干什么就毫无区别了——在这种情况下，我们为什么还费尽周折，先对你拷问一通呢？你正在想这些，对不？”

“是的。”温斯顿说。

奥布莱恩莞尔一笑。“你是完美格局里的瑕疵，温斯顿。你是必须清除掉的污点。我不是跟你讲过，我们现在做的和过去的迫害者不一样吗？我们不满足消极的顺从，连卑躬屈膝的妥协都不要。等你最终向我们投降了，那一定要出自你自己的自由意志。我们不会因为异端分子反抗我们就毁灭他；只要他反抗我们，我们就永远不会毁灭他。我们要让他皈依，俘虏他的心灵，我们让他脱胎换骨。我们把他身上的所有邪恶和幻觉统统烧掉；我们把他争取到我们这边，不是表面上的，而是真正从心灵上争取他。我们想让他成为我们自己人才杀害他。在我们看来，世界上任何地方存在错误思想，不管多么隐秘，多么不成气候，都是不可以容忍的。即使在死亡的瞬间，我们都不能允许任何偏离正统的东西存在。在过去，异端分子走向火刑柱时依然是个异端分子，宣称自己的异端邪说，为异端邪说而得意。就连俄国大清洗的牺牲品走向刑场挨枪子儿之前，脑壳儿里都可以深锁反叛的思想。但是我们在把头脑打开花之前要让它完美无缺。过去的专制主义的命令是‘你不可以’。极权主义的命令是‘你可以’。我们的命令是‘你就是’。我们带到这里的人，谁都无法和我们顽抗到底。谁都会被洗脑。就是那三个倒霉的卖国贼——琼斯、阿伦森和拉什福德——你曾经相信他们是无辜的，最后我们还是把他们搞垮了。我亲自参加了他们的拷问。我目睹他们一步步垮掉，苦苦哀求，卑躬屈节，泣不成声——到了最后，他们没有痛苦，没有惧怕，只有悔过。我们把他们修理完毕后，他们只是空空躯壳的人。他们什么都没有剩下，只有对他们的所作所为感到难过，只有对老人家的热爱。看见他们对老人家的热爱，很令人感动。他们但求一死，越快越好，趁着他们头脑清洗干净时一死了之。”

他的声音变得几乎像梦呓。那种扬扬自得，那种疯狂的热情，袒露在他的脸上。他不装腔作势，温斯顿想；他充当伪君子；他相信他所说的每个词。最让温斯顿感到压抑的是，他意识到了他自己智商的低下。他观察到那个沉重而文雅的身躯走来走去，在他的视野里出出进进。奥布莱恩是一个在方方面面都比他大一号的家伙。他想到过的观点、拥有过的观点，没有哪一样奥布莱恩长久以来没有了解过、审查过、批驳过。他的脑子把温斯顿的脑子囊括了。在这样的情况下，奥布莱恩发疯了，这种看法怎么会是真的呢？一定是他，温斯顿，疯了。奥布莱恩停下来，俯视着他。他的声音再次变得严厉起来。

“别以为你能拯救自己，温斯顿，不管你如何完全彻底地向我们投降。不管是谁，只要误入歧途，就不可救药。哪怕我们愿意让你度过你生命的自然过程，你也依旧难以逃出我们的手掌。你在这里遭遇过的一切，是永生相随的。你要早早理解这点。我们要把你压榨得点滴不剩，无法返回。以后你面对的事情，你永远无法恢复，哪怕你活够一千岁。你再也不能拥有正常人的感情。你内心的一切都会死掉。你永远不能爱，不能交友，不能享受生活的喜悦，不能开心大笑，不能感到好奇，不能拥有勇气，不能表现正直。你是一具空壳。我们会把你压榨得空空的，然后我们会把我们自己的东西填充进去。”

他停顿下来，向那个白大褂招手示意。温斯顿感觉到某种沉重的仪器放到了他脑袋的下面。奥布莱恩坐在了床边，这下他的脸和温斯顿的脸几乎一样高低了。

“三千。”他对温斯顿头上方那个穿大白褂的人说。

两块柔软的垫子，感觉有点潮湿，夹在了温斯顿的鬓角。他畏缩了一下。一阵疼痛袭来，一种全新的疼痛。奥布莱恩往他头上放了一只手，要他放心，几近和善。

“这次不会有伤害的。”他说，“让你的两眼看着我。”

这时，一声摧毁的爆炸声响起，或者好像一声爆炸，尽管不能肯定究竟有没有任何声音。可以肯定的是，一道光闪过，晃人眼睛。温斯顿没有受到伤害，只是浑身瘫软。尽管爆炸声发生时他已经仰躺在床上，但是他有一种奇怪的感觉，他是被放倒成这个姿势了。一个可怕的无疼痛的一击，把他打得扁扁地躺在这里了。还有什么事情在他的脑子里也发生了。当他的眼睛再次聚焦时，他记起来他是谁，身在何处，认出了那张正在注视他的脸；但是，说不清什么地方出现了一个巨大的空虚，仿佛他脑子里被人取走了一块。

“时间不会很长。”奥布莱恩说，“看着我的眼睛。大洋国在和哪个国家打仗？”

温斯顿想了想。他知道大洋国是什么意思，他本人就是大洋国的一个公民。他还记得欧亚国和东亚国，但是哪个国家在打仗，他就不知道了。事实上，他就不知道有什么战争。

“我记不得了。”

“大洋国在和东亚国打仗。你现在记住了吗？”

“是的。”

“大洋国总是在与东亚国打仗。自从你出生以来，自从党诞生以来，自从历史开始以来，这场战争就一直在打，没有中断过，一直在进行同一场战争。你记住了吗？”

“是的。”

“十一年前，你杜撰了一个传奇，说三个人被谴责犯有卖国罪而被处死。你硬说你看见了一张报纸，证明他们是无辜的。没有这样的报纸存在过。你杜撰了，后来你就相信了。你现在记得你最初杜撰它的那个时刻。你记得吗？”

“是的。”

“我现在把手指竖在你眼前。你看见五根指头。你记住了吗？”

“是的。”

奥布莱恩的左手竖起了指头，大拇指藏了起来。

“这是五根指头。你看见五根指头了吗？”

“是的。”

而且，他真的看见了，一闪之间，他脑子里的景象还没有改变之前就看清楚了。他看见了五根指头，手没有畸形问题。随后，一切都归复正常，那种旧的惧怕、仇恨、迷惑，都一个个回来了。但是，这只是瞬间的事儿——他不清楚有多长时间，也许三十秒——明白无误，奥布莱恩每个新的提示已经填补了那片空虚，变成了绝对真理，如果需要的话，二加二可以是三，如同可以是五一样容易。奥布莱恩把手放下的瞬间，一切都消失了；但是尽管他无法再现那种情景，可他记住了，如同你记住一段难忘的经历，发生在你生命的某个遥远的时期，那时你实际上是一个截然不同的人。

“你现在看见，”奥布莱恩说，“这无论如何是可能的。”

“是的。”温斯顿说。

奥布莱恩站起来，神色满意。在他的左边，温斯顿看见那个穿白大褂的人，打破一个安瓿[①]，把注射器的活塞往回抽。奥布莱恩面带微笑向温斯顿转过身来。他把鼻子上的眼镜扶了扶，几乎还是原来那个姿势。

“你记得你在你的日记里写过。”他说，“我是朋友还是敌人，都无关紧要，因为我起码是理解你、可以与你交谈的人。你是对的，我很喜欢跟你交谈。你的脑子对我有吸引力。它像我自己的脑子，只是你碰巧神智不正常了。在我们把这次交谈结束之前，你可问我几个问题，随便问。”

“我想问的任何问题吗？”

“任何问题。”他看见温斯顿的眼睛注视着那个仪表，“仪表关掉了。你的第一个问题是什么？”

“你们把朱莉娅怎么样了？”温斯顿问道。

奥布莱恩又微笑了。“她出卖了你，温斯顿。很快就出卖了——毫无保留。我很少见到有谁这么迫不及待地向我们投靠的。你要是看见她，很难认出她来了。所有她的反叛、欺骗、愚蠢、肮脏的脑

---

① 装注射剂用的密闭的小玻璃瓶。

子——所有一切都从她身上烧干净了。那是一次完美的改造，一个教科书式的案例。”

“你们折磨她了吧。”

奥布莱恩没有回答这个问题。“下一个问题。”他说。

“老人家存在吗？”

“他老人家当然存在。党存在，老人家是党的化身。”

“他像我一样存在吗？”

“你不存在了。”奥布莱恩说。

那种无助的感觉再次袭击了他。他知道，或者他想象得到，证明他自己不存在的论据是些什么；但是那些话都是胡说八道，只是在玩文字游戏。“你不存在”这样的说法难道不就包含逻辑上的荒谬吗？但是，这样说了又有什么用处呢？他想到那些无法回答、发疯的论据，奥布莱恩会用来反驳他，他的脑子就阵阵发紧。

“我想我是存在的。”他疲惫地说，“我意识到了我自己的身份。我出生了，还会死去。我有胳膊有腿。我在空间占据一个位置，没有别的客观物体能够同时占据那个位置。在这个意义上，老人家是存在的吗？”

“这没有什么重要意义。他存在的。”

“老人家会死吗？”

“当然不会。他老人家怎么会死呢？下个问题。”

“兄弟会存在吗？”

“这个嘛，温斯顿，你永远不会知道。等我们把你修理完了，如果我们愿意让你自由，而且你能活到九十岁，你还是永远搞不清这个问题的答案是‘是的’还是‘不是的’。只要你活着，这就是你脑子里的一个解不开的谜团。”

温斯顿一声不响地躺在那里。他的胸膛起伏得有点快。他没有问那个一开始就浮现在脑子里的问题。他不得已问一下，可是仿佛他的舌头说不出来。奥布莱恩的脸上有一丝快意。就连他的眼镜也似乎带出了讥讽的闪光。温斯顿突然想到，他知道我要提出什么问题！想到这里，那些话就脱口而出了："房间 101 里有什么？"

奥布莱恩脸上的表情没有变化。他干巴巴地回答道："你知道房间 101 里有什么，温斯顿。大家都知道房间 101 里有什么。"

他向那个穿白大褂的人伸出一根指头。显然，这次交谈结束了。一根针扎进了温斯顿的胳膊。他一下子就沉睡过去了。

第三章

“你重新做人分为三个阶段。”奥布莱恩说，“学习阶段、理解过程和全盘接受。你该进入第二个阶段了。”

一如既往，温斯顿仰躺在床上。但是他的捆绑松动了。他们还把他绑缚在床上，但是能活动一点儿膝盖，头能左右扭一扭，胳膊也能从肘子往起抬了。那个仪表也没有那么可怕了。如果他脑子反应灵敏，他能避免一些痛苦；只是在他表现愚蠢时，奥布莱恩才拉那个杠杆。有时，他们通过了整个交谈都没有使用仪表。他记不起他们进行了多少次交谈。整个过程好像拉得很长，无限期的时间——可能要几个星期——谈话的间隔有时是几天，有时只有一两个小时。

“你躺在那里。”奥布莱恩说，“你经常心下嘀咕，你甚至问过我——仁部为什么花费这么多时间折腾你。等你自由时，你会为基本同样的问题深感不解。你能对你生活其中的社会的机制有所了解，但是对社会潜在的动机却知之甚少。你记得在你的日记里写过‘我理解方法，但不理解原因’吗？那是你想到‘原因’时怀疑你自己的神志健全了。你读过那本书，戈尔茨坦的书，或者起码读过其中的一部分。那本书告诉你的内容，哪些是你还不知道的吗？”

“你读过那本书吗？”温斯顿问道。

“我写的。也就是说，我与人合写的。如同你知道的，没有哪本书是个人写出来的。”

“书中所写，是说的真话吗？”

“作为描述性写作，是的。那本书提出的纲领是一派胡言。知识的秘密积累——启蒙逐步扩大——最后无产阶级起义——推翻党。你可预见它只能写这些东西。全是一派胡言。无产阶级永远不会造反，一千年不会，一百万年也不会。他们做不到。我无须告诉你原因，你早已了然于心了。如果你曾经沉湎什么暴力造反的梦，那你赶快放弃它们吧。把党推翻是没门儿的。党的统治一劳永逸。把这点当作你思想的出发点好了。”

他走到了床边。“一劳永逸！”他重复道，“现在，让我们回到‘方法’和‘原因’这一问题上。你十分了解党执掌大权的‘方法’。现在告诉我，我们紧紧抓住权力的‘原因’吧。我们的动机是什么？为什么我们紧握政权？接着讲。”因温斯顿一旁静静地听，他补充说。

然而，温斯顿又沉默了一会儿还没有开口说话。疲惫的感觉让他不堪承受。不易发现的疯狂的热情回到了奥布莱恩的脸上。他早已知道奥布莱恩要说些什么：党寻求权力不是为了自身的目的，而是为了多数人的利益。党寻求权力，是因为广大群众是脆弱的，都是胆小的可怜虫，他们无法承受自由，不能面对真理，必须由比他们自己更强大的人来统治，并且系统地对他们进行欺骗。人类的这种选择介于自由和幸福之间，而且对人类的多数人来说，幸福是更可取的。党是弱势群体永远的保护人，一个为了善最终到来而作恶的奉献派别，为了别人的幸福而牺牲自己的幸福的奉献派别。温斯顿想，可怕的事情是，当奥布莱恩说这一套话时，他会信以为真。你能从他脸上看出来。奥布莱恩无所不知。要比温斯顿强一千倍，他知道这个世界到底是什么样子，广大人类生活在什么样的堕落境地，而党通过什么样的谎言和野蛮手段让他们生活在那样的境地。他理解一切，权衡一切，而这又没有什么区别：为了终极目的，一切手段都是正当的。温斯顿想，针对这样一个疯子，他比你自己更有智商，能对你的论据细心聆听，然后只是坚持他的疯狂行径，你还能做些什么呢？

“你们统治我们，是为了我们自己的利益。”他有气无力地说，“你们相信人类不适合统治自己，因此——”

他一惊，差点惊叫出来。一阵疼痛传遍全身。奥布莱恩把仪表杠杆推到了三十五。

“全是蠢话，温斯顿，蠢话！”他说，“你应该知道得更清楚，不应该说这样的话。”

他把杠杆拉回来，继续说：“现在我要告诉你问题的答案。答案是这样的。党寻求权力，完全是为了自己。我们对别人的利益没有兴趣，我们只对权力感兴趣。我们对财富、奢侈、长寿、幸福，都没有兴趣；只对权力有兴趣，纯粹的权力。纯粹的权力是什么意思，你马上就会明白了。我们与过去的所有寡头统治都不一样，因为我们知道我们在干什么。所有别的寡头政治，就是那些像我们的寡头政治，都是懦夫、伪君子。德国的纳粹和俄国的共产主义在他们的方法上与我们非常相近，但是他们从来没有勇气承认他们自己的动机。他们假装，也许他们甚至相信，他们违背自愿攫取了权力，只是在有限的时间里掌权，只用拐个小角落就是天堂，人类在其中享有自由和平等。我们不是这样的。我们知道没有谁抓住权力是打算废弃它的。权力不是手段，权力是目的。你建立一种专政，不是为了捍卫革命，你闹革命是为了建立专政。迫害的目的是迫害，严刑拷打的目的是为了严刑拷打。现在你开始明白我的意思了吧？”

温斯顿对奥布莱恩脸上的疲惫神色深感吃惊，如同以前一样感到惊讶。这张脸强大、肉厚、残暴，充满智力，有一种控制的激情，他在这张脸前感觉自己无能为力，但是这张脸疲惫了。他的眼睛下眼袋很重，颧骨上的皮肉松弛了。奥布莱恩向他探来身子，故意把那张脸凑近了一些。

“你在想。”他说，“我的脸又老又疲惫吧。你在想我大论权力，可我甚至无法阻止我自己的身体腐朽。温斯顿，难道你不理解个人只是一个细胞吗？细胞新陈代谢才能让肌体保持活力。你剪掉你的指甲，你会因此而死吗？”

他从床边走开，又开始走来走去，一只手插在口袋里。

“我们是权力的牧师。”他说，“上帝是权力。但是在目前，权力在你看来只是一个字眼。你应该明白权力究竟是什么了吧。你必须认识到的首要事情是，权力是集体的。个人只是在他停止作为个人时才能拥有权力。你知道党的口号‘自由即奴役’，你从来没有想到这话是可以颠倒过来的吗？奴役即自由。单独——自由——人类总是会被打败的。一定是这样的，因为每个人注定会死掉的，这才是所有失败中最大的失败。但是，如果他能逃脱自己的身份，如果他能在党内找到身份，他就是党，党就是他，那么他就是无所不能的，永远不朽的。第二件你应该认识到的事情是，权力是对人类的权力、对肉休的权力——尤其是对脑子的权力。对物质的权力、对外部现实的权力，如同你称谓的——并不重要。我们对物质的控制已经为所欲为了。”

一时间，温斯顿忽略了仪表。他猛地一使劲儿，想坐起来，却只是把身体搞得疼痛难忍。

“但是，你们怎么控制物质呢？”他脱口说道，“你们连气候或者重力法则都控制不了。世上还有疾病、痛苦、死亡——”

奥布莱恩摇了摇手，要他不要说话。“我们因为控制了脑子，就控制了物质。现实就在脑壳里。你会一步步弄懂的，温斯顿。我们没有干不了的事情。隐形，升空——无所不能。如果我希望，我就能飘离这地面。我不希望这样做，因为党不希望这样做。你必须摆脱十九世纪关于自然法则的那些观念。我们制定自然法则。”

“但是你们没有啊！你连这个星球的主人都不是。欧亚国和东亚国摆在什么位置呢？你们还没有征服它们。”

“无关紧要。我们在适当的时候会征服它们的。如果我们征服不了它们，那又有什么关系呢？我们把它们摒弃在存在之外好了。大洋国就是这个世界。”

“但是，这个世界本身只不过是一粒尘埃。人是微不足道的——无助的！人类存在了多久了？几百万年来的世界里，地球上是没有人居住的。”

“一派胡言。地球和我们一样古老，却不比我们更老。地球怎么能更老呢？除非通过人的意识，什么东西都不存在。”

“但是，岩石里到处都是灭绝的动物骨头——猛犸、柱牙象以及巨型爬行动物，早在人类出现以前就存在了。”

“你见过这些骨头吗，温斯顿？当然没有。都是十九世纪的生物学家杜撰出来的。在人类之前什么都没有存在过。人类之外，什么东西都不存在。”

“可是，整个宇宙都在我们之外啊。看看那些星星吧！一些星星在百万光年之外呢。它们在我们永远无法到达的地方。”

“星星是什么？”奥布莱恩不以为然地问道，“它们是几公里远的点点火星而已。如果我们想去，我们就能到达那里。或者我们干脆抹掉它们好了。地球是宇宙的中心，太阳和月亮围绕地球转动。”

温斯顿又猛然动弹了一下。这次他什么都没有说。奥布莱恩继续说下去，仿佛在回答一个口头反对意见：“为了一些特定的目的，这话当然是不成立的。我们在大海上航行时，或者我们预测月食时，我们经常发现假定是很方便的，比如说地球围绕太阳转，又比如说星星在亿万公里之外。但是这又能说明什么吗？你以为我们没能力制造一种双重的天文学体系吗？星星可以近也可以远，全看我们需要它们怎样。你以为我们的数学家做不到这点吗？你忘记了双重思想了吗？”

温斯顿缩回了床上。不管他说什么，奥布莱恩的迅速回答都会把他挫败，如同当头棒喝。可是他知道，他很清楚，他站在正确的一边。你脑子之外不存在任何东西这种信仰，一定有某种方法可以证明它是假的。很久以前，不是已经揭露过这是一种谬论吗？具体的名字都有过，只是他一时记不起来了。奥布莱恩俯视他的时候，他的嘴角泛起一丝隐蔽的微笑。

“我告诉你，温斯顿。”他说，“形而上学不是你强有力的论点。你在努力想‘唯我论’这个词。但是你错了，这不是唯我论。集体唯我论，你可以这样说。但是这可大不一样；事实上，是完全相反的事情。所有这套说法都是离题话。”他用不同的口气说，“真正的权力，我们日夜为之奋斗的权力，不是统治物质的权力，而是统治人的权力。”他停下来，缓口气儿，又做出一个正在考问一个前途看好的小学生的老师样子：“一个人如何对另一个人行使权力呢，温斯顿？”

温斯顿想了想。“让他吃苦。”他说。

“一点儿没错。让他吃苦、顺从还不够。除了让他吃苦，你怎么能保证他在服从你的意志而不是他的意志呢？权力就是给人带来痛苦，让人受辱。权力就是把人的脑子撕碎，按你自己的选择再把它们组装成型。你开始明白，那么，我们在创作什么样的世界呢？一个与老派改革家们想象的那种愚蠢的享乐主义乌托邦截然相反的世界，一个恐惧、背叛和折磨的世界，一个践踏和被践踏的世界，一个在自我完善时将会变得不是更少而是更加无情的世界。在我们的世界里，进步将会向更多痛苦迈进。老旧的文明宣称，它们建立在爱和公平之上。我们的文明则建立在仇恨之上。在我们的世界里，除了惧怕、愤怒、喜悦和自贬，没有任何别的感情。别的一切都将被摧毁。我们已经打垮了革命前存活下来的思想习惯。我们割断了孩子和家长的联系，割断了男人与男人的联系，割断了男人与女人的联系。没有人再敢相信一个妻子或者一个孩子或者一个朋友。然而，将来连妻子和朋友都不存在了。婴儿一出生就会被从他们母亲身边抱走，如同你从母鸡身下取走鸡蛋。性本能将会被根除。生殖将会是一年一度履行的手续，像更换一张配给卡一样。我们要废除情欲高潮。我们的精神学家现在着手干这件事儿了。没有忠诚，只有对党的忠诚。没有爱，只有对老人家的爱。没有放声大笑，只有打败敌人后的胜利大笑。没有艺术，没有文学，没有科学。当我们无所不能时，我们就不再需要科学了。美与丑将不会有什么区别。生命的过程将没有好奇，没有欣喜。所有竞争的快活都将会被摧毁。然而，永远——别忘了，温斯顿——永远对权力的陶醉，而且陶醉将会持续不断地增加，持续不断地变得微妙。每时每刻，永远有胜利的刺激，践踏无助的敌人的那种狂喜。如果憧憬未来的图景，那就想象一只靴子踏在一张人脸上的情景——永远。”

他停下来，仿佛期望温斯顿搭话。温斯顿早已缩到床面上了。他无话可说，他的心好像冻结了。

奥布莱恩继续说道：“记住这一切是永远的。那张脸将永远被踩在脚下。异端邪说，社会的敌人，会永远踩在铁靴下，这样他就会一再被打败，一次次受辱。既然你落到了我们手里，你就经受了一切——一切都会继续下去，越来越糟。间谍活动、出卖、背叛、逮捕坐牢、严刑逼供、行刑处决、失踪消失，这些将会没完没了。那将是一个恐怖的世界，同时也是一个胜利的世界。党越强大，容忍的东西越少；反对派越软弱，专制暴政就越厉害。戈尔茨坦及其异端邪说将会长久存在。每天，每时每刻，他们都会受到打击，遭到诋毁，被人取笑，为人唾弃——但是他们又会永远存在下去。七年来我和你上演的这出戏，还将会一次又一次演下去，祖祖辈辈演下去，永远微妙翻新。我们将永远把异端分子搞到这里来恣意摆布，让他们疼痛惨叫，彻底垮掉，遭到轻贱——最终彻底悔过，拯救自己，自动地爬到我们的脚边乞怜。这就是我们正在准备的世界，温斯顿。一个胜利接胜利的世界，一个凯旋接凯旋的世界：没完没了的压迫，压迫，压迫着权力的神经。我看到了，你开始认识到那个世界会是什么样了。不过，最终你不仅理解它，还会参与其中呢。

你会接受它、欢迎它，成为它的一部分。”

温斯顿恢复了一些精神，能开口说话了。“你们不能够！”他有气无力地说。

“你说这话什么意思，温斯顿？”

“你们不能够创造一个你方才描述的世界。那是一个梦。它是不可能的。”

“为什么？”

“你们不可能把文明建立在恐惧、仇恨和残忍之上。它是永远不会长久的。”

“为什么不能？”

“它不会有活力。它会一朝解体。它会自取灭亡。”

“一派胡言。你还以为仇恨会比爱更有消耗力。为什么会那样呢？就算是吧，那有什么区别？假如我们宁愿更快地消磨我们自己。假如加快了人生的速度，让人活到三十岁就衰老了。即便这样，那又会有什么区别呢？难道你理解，个人的死亡不是死亡吗？党是不朽的。”

如同往常，这种声音把温斯顿震得一筹莫展。再说了，他害怕要是他坚持己见，奥布莱恩会再次拨回仪表。但是，他又不能哑口无言。虚弱无力，无法据理力争，除了奥布莱恩一番话带给他的难以言说的恐怖，没有什么力量支撑他，可他还是采取了攻势。

“我不知道——我不关心。反正你们会失败的。有什么东西会打败你们。生命会打败你们。”

“我们控制生命，温斯顿，控制着生命的杠杆。你以为什么叫作人性的东西会因为我们的所作所为而愤怒，会反过来和我们作对。但是，我们创造人性呢。人的可塑性很强。也许你会回到你的老观点，认为无产阶级或者奴隶会揭竿而起，把我们推翻。快把这一套从你脑子里扔掉吧。他们是无助的，像动物一样。党就是人性。其他一切都是外在的——毫不相干。”

"我不在乎。最终他们会打败你们的。迟早他们会看清你们的面目，然后他们会把你撕成碎片。"

"你有什么证据，说明这种情况会发生吗？有什么理由吗？"

"没有。我相信。我知道你们会失败。宇宙里有某种东西——我不知道，某种精神，某种原则——是你们永远无法征服的。"

"你相信上帝吗，温斯顿？"

"不相信。"

"那么，打败我们的原则能会是什么呢？"

"我不知道。人的精神。"

"你认为你自己是人吗？"

"是的。"

"如果你是人，温斯顿，那么你是最后一个人。你这种人灭绝了，我们是继承者。你明白你是孤零零一个吗？你在历史之外，你是不存在的。"他的态度改变了，说话更强硬，"你以为自己在道德上比我们优越，因为我们撒谎，因为我们残忍吗？"

"是的，我以为自己优越。"

奥布莱恩没有作答。两个别的声音在说话。过了一会儿，温斯顿听出来其中一个声音是他自己的。那声音听起来是他和奥布莱恩交谈的录音带，是他在兄弟会注册登记的那个晚上录下的。他听见自己答应撒谎、偷窃、作假、谋杀、鼓励吸毒和卖淫、散播性病、向孩子脸上泼硫酸。奥布莱恩做了一个轻微的不耐烦动作，仿佛说这样重放录音纯粹多此一举。然后，他把开关关上，那些声音停止了。

"从床上起来吧。"他说。

绑带纷纷松开了。温斯顿从床上下了地，摇摇晃晃地站立起来。

"你是最后一个人了。"奥布莱恩说，"你是人类的精神保护者。你会看见你自己是什么样子。脱下你的衣服吧。"

温斯顿解开了拴住他的制服的那条绳子。自从他被拘捕后，那个拉链就被取掉了。他记不起来自从他逮捕后，他是否脱掉过身上的所有衣服。制服下他的身体上是些肮脏的发黄的破布片，勉强认得出那是内衣的残留。他把破布烂片脱在了地上，看见屋子那头有一块三面镜。他走近镜子，随后停下。他不由自主地惊叫出来。

“再往前走走。”奥布莱恩说，“站在镜子的中间。你会看见侧面什么样。”

他停下来，因为他害怕了。一个佝偻的灰色的骷髅一样的东西向他扑来。它的真实样子着实吓人，不仅仅因为他知道那是他自己。他向那面镜子靠了靠。镜子里的那东西的脸似乎向前凸出来，因为佝偻的身子向前探着。一张惨不忍睹的囚徒的脸，额头突兀，倾向光秃的天灵盖，一只弯钩鼻子，鬓角凹陷，上方两只眼睛凶巴巴地发光，嘴巴塌陷得厉害。毫无疑问，那是他自己的脸，但是他好像觉得脸变得比内心更厉害。脸上流露的感情与他感觉的感情是不一样的。他已经大半秃头了。他首先想到的是他的头发灰白了，但是只有那块秃顶是灰白的。除了他的两手和脸圆圆的一圈，他的浑身上下都发灰，老旧的脏污遍及全身。脏污下面，这里那里都是红红的伤疤，脚腕上那块静脉曲张大片发炎，皮片一块块往下掉。但是，真正让人胆寒的是他身体瘦弱不堪的样子。肋骨一根根清晰可辨，窄条条，和骷髅上的肋骨一样；腿上见骨不见肉，膝盖头比大腿还粗大。他这下明白奥布莱恩为什么要让他看看侧面了。脊梁骨弯曲得十分吓人。瘦瘦的肩膀向前缩着，胸部成了空洞一般，干巴巴的脖子似乎在头骨的重压下重叠起来。他估测一下，他会说这是一具六十多岁的人的身子骨，不堪慢性疾病折磨的结果。

“你有时以为，”奥布莱恩说，“我这张脸——一张核心党员的脸——看去很老，很疲乏。你现在如何看待你自己的脸呢？”

他抓住了温斯顿的肩膀，把他扭过来，面对着温斯顿。

“看看你的状况吧！”他说，“看看你浑身上下这污秽不堪的脏污吧。看看你脚趾间的脏污。看看你腿上那令人恶心的烂疮。你知道你肮脏得像一只山羊吗？也许你不再注意它了。看看你瘦成了什么样子。你看见了吗？我的大拇指和食指能把你的二头肌包裹起来。我能像掰断一根胡萝卜一样把你的脖子拧断。你知道自从你落入我们的手掌，你瘦掉了二十五公斤吗？连你的头发都在一把一把地掉。看看吧！”他抓了一把温斯顿的头，拽下来一片头发。“张开你的嘴。九、十、十一，还有十一颗牙。当你刚落到我们手里时，你有多少颗牙齿？你还剩的几颗牙齿，也会掉出你的嘴巴的。看看这里吧！”

他用有力的拇指和食指捏住了温斯顿剩下的一颗前牙。一阵疼痛袭击了温斯顿的下巴。奥布莱恩把那颗松动的牙齿连根拔了下来。他把牙齿扔到了囚室另一边。

“你在烂掉。”他说，“你会成为一堆碎片的。你是什么？你是一袋脏东西。现在转过身去，再看看镜子里的你吧。你看见你面对的那个玩意儿了吗？那就是最后一个人。如果你是人，那就是人性。这下可以把你的衣服穿上了。”

温斯顿开始缓慢地穿衣服，动作很僵硬。知道这个时候，他似乎还没有注意到他是多么瘦弱。他心里只有一个想法：他在这地方待的时间要比他想象的长。他把那些可怜的破布片儿往身上穿时，突然间他为彻底毁掉的身体感到很难过。当他知道他在干什么之前，他瘫坐在那张床边的小凳子上，眼泪夺眶而出。他意识到他丑陋无比，他毫无风度可言，肮脏的衣服下面是一堆干骨头，坐在刺眼的白光下哭泣，但是他无法让自己停下来。奥布莱恩把一只手放在他的肩头，几近和善。

“不会一直是这个样子的。”他说，“只要你愿意，你可以随时摆脱这副样子。一切都取决于你自己。”

“你们造成的！”温斯顿抽噎道，“你们把我弄成了这副模样。”

“不，温斯顿，你自己弄成这副样子。你决心反对党时，你就接受了这一切。走出了第一步，一切就都包括了。没有什么事情是你事先没有预见到的。”

他停了停，然后继续说：“我们打败了你，温斯顿。我们把你搞垮了。你看见你自己的身体是什么样子了吧。你的脑子也是这种状态。你被靴子踢过，被抽打过，被羞辱过，你疼痛得吱哇乱叫，你在地上自己的血污和呕吐物里滚来滚去。你苦苦乞求怜悯，你把每一个人都出卖了，把一切都招供出来，你能想到哪样堕落行为你不曾干过吗？”

温斯顿停止了哭泣，尽管眼泪还在哗哗地流。他看着奥布莱恩。

“我没有出卖朱莉娅。”他说。

奥布莱恩心思重重地俯视这着他。“没有，”他说，“没有，这一点儿没有错。你没有背叛朱莉娅。”

对奥布莱恩的特殊尊敬，似乎什么东西都无法摧毁，再次在温斯顿的心头泛起。他心想，多么智慧啊，他是多么通达人情世故啊！奥布莱恩从来没有不理解对他所说的话。世上所有的人都会立即回答说，他已经背叛了朱莉娅。在酷刑拷问下，他们从他嘴里什么情况逼不出来？他了解朱莉娅的一切，他都悉数招供了，说出了最琐碎的细节，她的习惯、她的性格、她过去的生活；他们幽会时发生的一切，他对她说过什么，她对他说过什么，他们在黑市偷买吃的，他们的通奸，他们反党的密谋——所有一切。然而，从他内心斟酌的字面意思来说，他又没有背叛她。他没有停止和她生活，他对她的感情始终如一。奥布莱恩知道他话中的意思，无须解释。

“告诉我，”他说，“你们多久会枪毙我？”

“也许要很长时间。”奥布莱恩说，“你是一个难办的案子。不过别放弃希望。一切迟早都会治愈的。最后，我们才枪毙你。”

第四章

他好多了，长胖了、长壮了，每天都在变化，如果用天计算合适的话。

白光和那嗡嗡声还像以往一样，但是囚室比他过去住过的囚室舒服了一点儿。木板床上备了枕头和垫子，还有一把可以坐的凳子。他们给他洗了一个澡，让他隔不多久就在浴盆里洗一洗。他们甚至还给他热水洗浴。他们给他发了新内衣，一套干净的制服。他们用镇痛药膏给他抹静脉曲张。他们把他剩下的牙齿都拔掉，镶了一套假牙。

一定熬走好几个星期或者好几个月了。现在有可能不断地计算时间段了，如果他觉得有兴趣计算的话，因为给他供应食物看起来有时间点了。他判断一下，他在二十四小时里吃三顿饭；有时，他弄不清他用饭是在白天还是黑夜。食物好得令人惊讶，每三顿就有一顿肉吃。有一次，还送来一盒香烟。他没有火柴，但是那个给他端饭的从来不说话的狱警给他点了火。他第一次尝试吸烟，这让他天旋地转地难受，但他坚持吸，一盒烟吸了很长时间，每顿饭后只吸半支香烟。

他们给了他一个白色板子，角上拴了一根铅笔。一开始，他没有用它。即便他很清醒，他也完全迟钝。他经常躺在床上，吃了上顿等下顿，几乎很少动弹，有时睡过去了，有时醒来仍旧昏昏沉沉，睁开眼皮都很费劲儿。他早已习惯强光照在脸上睡觉了。有光没光一样睡觉，没有什么区别，只是做梦更加连贯了。这段时间他做梦很多，还都是一些很幸福的梦。他梦见进入金色乡村，或者他会坐在阳光灿烂的巨大废墟间，身边有母亲、朱莉娅和奥布莱恩——什么事情也不做，只是坐在太阳下，交谈些天下太平的事情。他醒着时心里想的都是他的梦。疼痛的刺激不再有了，他似乎丧失了智力活动的能力。他不感到厌烦，他不想交谈，也不想分神。只想一个人待着，不被人拷打，不被人拷问，吃得饱，身上清洁，他就心满意足了。

渐渐地，他睡眠的时间少了，但是还是没有精神头下床。他一心渴求的是静静地躺着，感觉力量在身体里聚集。他会这里摸摸那里摸摸，试图弄清楚他的肌肉在长结实，皮肤在渐渐绷紧，这不是幻觉。最后，确切无疑地弄清楚，他在长胖；他的大腿现在绝对比膝盖头粗了。这点确定之后，尽管开始时不情愿，他还是开始定期做操了。没过多久，依靠在囚室踱步计算，他居然能走三公里，他佝偻的肩部也渐渐挺直了。他试图做更加有难度的体操，发现有些动作做不了，这难免吃惊和难过。他不能做散步以外的动作，他不能展平胳膊拿稳凳子，他不能单腿站着不摔跤。他蹲下后发现大腿和小腿酸痛难忍，只好起来保持站姿。他俯身躺下，试着做俯卧撑。但是毫无希望，他不能把自身撑起一厘米。但是练过一些日子后——几次用饭时间过去——俯卧撑能做了。再练些日子，他能连续做六个俯卧撑了。他开始真的为身体感到骄傲，还时不时相信他的脸也变成了正常的模样。只是在他用手摸到秃脑袋时，他才记起来那张从镜子里向他注视的皱巴巴的惨不忍睹的脸。

他的脑子变得比较活跃了。他坐在木板床上，背靠在墙上，写字板放在膝盖上，开始有意地对自己再教育。

他已经投降了，这已达成一致意见。在现实中，如同他回头看看，他在做出这决定之前就已经投降了。从他进入仁部那个时刻——是的，甚至更早，他和朱莉娅无助地站在那里听电屏上那个冷冰冰的声音命令他们听话的那些时刻——他就深刻领悟到，他试图与党的力量对抗是多么不自量力，浅薄无知。他现在知道七年来思想警察一直在监视他，好比用放大镜观察一只甲壳虫。没有什么行为，没有什么话语，能逃过他们的注意，也没有什么思想能躲过他们的推论。就是连他日记本封面上的一个发白的灰尘斑，他们也会好好地保持原样。他们放给他录音听，让他看照片。有些照片是朱莉娅和他在一起的照片。是的，就是……他再不能和党对抗。另外，党站在正确一边。一定是这样的，那个不朽的集体的头脑怎么可能出错呢？凭借什么外部的标准，你能检查党的判断呢？神志清醒是统计学上的概念。那只是按他们的思想去学习思考的问题。只是——

铅笔在他的指头间感觉很粗，很笨。他开始把脑子里的东西写出来。他首先写下了几个粗大笨拙的大写字——自由即奴役。

随后，几乎没有停顿，他接着写道——二加二等于五。

但是接下来他卡壳儿了，他的脑子，仿佛不能集中注意力了。他知道下面该写什么，但是一时间就是想不起来。等他真的想起来了，也只是通过有意识的推理才做到的；它不是油然而生地写出来的。他写道——上帝即权力。

他接受了一切。过去是可以改写的。过去从来没有被改写过。大洋国在与东亚国打仗。大洋国一向就在与东亚国打仗。琼斯、阿伦森和拉什福德犯了他们被指控的所有罪行。他从来没有看见过证明他们无罪的那张照片。它从来没有存在过，他凭空杜撰的。他记起来他回想那些相反的事情，但那些都是假记忆，是自欺欺人的产物。所有这些是多么容易啊！只管投降，其他一切都摆顺了。这好比逆流游泳，你怎么努力都往回冲你，然后突然决定转过身来，不再逆流划水，就顺流而下了。什么都没有变，只是你的态度变了；预先注定的事情反正会发生。他简直不明白他当初为什么要叛逆。一切都容易了，只是——

什么事情都可能是对的。所谓的自然法则是胡说八道。重力法则也是胡说八道，“如果我希望。”奥布莱恩说过，“我就能飘离地面，像一个肥皂泡。”温斯顿因此推论道：“如果他认为他飘离了地面，而且如果我同时认为我看见他飘离了地面，那么飘离地面的事情就发生了。”突然间，好像一条沉船露出了水面，这种思想浮现在他脑际：“那没有真的发生，是我们想象出来的。那是幻觉。”他立即把这种想法压制下去。谬论是显而易见的。那是在假定，某个地方，他自己之外，有一个“真实的”世界，那里“真实的”事情在发生。然而，怎么会有那样一个世界呢？除非通过我们自己的头脑，我们怎么可以了解任何事物呢？所有的事情都在脑子里。凡是脑子里发生的事情，就真的发生过。

他摆脱这种谬论一点儿也不难，不会有屈服于谬论的危险。但是，他认识到他本来就不应该触碰那种谬论。只要危险的思想冒出来了，脑子就应该拓展出来一个盲点。这种过程应该是自动的，本能的。新话语里叫作“罪止”。

他开始在“罪止”上进行练习。他给自己准备了各种说法——“党说地球是平的”“党说冰比水重”——然后训练自己看不见、不理解与这些说法矛盾的论据。这并不容易，需要巨大的推理和临时应变的能力。比如说，算术上的问题出现“二加二等于五”这样的答案，就不是他的智商水平能立即应对的。这还需要一种脑力体操，一种及时反应的能力，前一刻把逻辑利用到极致，后一刻就意识不到不容置疑的逻辑错误了。愚蠢像智商一样必要，获得是很困难的。

与此同时，他脑子的一部分，无时无刻不在嘀咕他们还要多久就会枪毙他。“一切都取决于你自己。”奥布莱恩说，但是他知道没有什么意识行为能让这个时刻来得更快些。也许还有十分钟，也许就是十年。他们也许会让他单独关起来很多年；他们也许会把他送往劳改营；他们也许会立即把他释放了，如同他们有时会做的。完全有可能的是，在他被枪决之前，他被捕和拷问的整部戏剧会重打锣鼓再开张。唯一确定无疑的事情是死亡从来不会在某个预料的时刻到来。传统——那种不明说的传统——你知道在哪里，但是你从来没有听人说过。他们从身后枪决你，历来是从背后枪毙你，不会事先警告你，就在你从囚室走向囚室的过道里从背后开枪射杀。

一天——不过“一天”不是正确的表达，也许就在半夜里。一次——他陷入了一种奇怪的幸福的遐想。他走下一条走廊，等待子弹打来。他知道一会儿就打过来了。一切事情都解决了，抚平了，调和了。再没有怀疑了，再没有争辩了，再没有疼痛了，再没有惧怕了。他的身体很健康，很强壮。他走路自如，有活动的喜悦，有在太阳下散步的感觉。他不再待在仁部这些狭窄的过道了，他来到宽阔的阳光灿烂的通道上，一公里宽，他走在这条通途上，似乎沉潜在迷幻药引起的迷幻状态。他在金色乡村，走过兔子出没的草场的小径上。他能感觉到脚下短短的毛刷刷的草丛，阳光照在他的脸上。在田野的边缘，生长着轻轻地摇曳的榆树，榆树丛过去是一条小溪，垂柳下绿莹莹的水塘有鲤鱼在游动。

突然间，他一惊，一种恐惧袭来。汗水顺着脊梁往下流，他听见自己在大声喊叫：“朱莉娅！朱莉娅！朱莉娅，我亲爱的！朱莉娅！”

一时间，他眼前出现了朱莉娅的压倒一切的幻觉。朱莉娅似乎不是和她待在一块儿，而是待在他身体里。仿佛她进入了他皮肤的组织里。这个时刻他爱她爱得一往情深，超过他们待在一起自由自在的时候。他也清楚，她还在某个地方活着，需要他的帮助。

他仰躺在床上，试图让自己安静下来。他干什么了？一时的脆弱，又会增加多少年的奴颜婢膝呢？

过一会儿，他就能听见外面靴子走动的声音。他们不能容许这样的喊叫不受惩罚。如果他们过去不知道，他们现在知道了，他破坏了他与他们达成的一致约定。他听从党，却仍在憎恨党。在以前的日子里，他在服从的外表下隐藏了一颗异端邪说的心灵。现在他又倒退了一步：他在脑子里投降了，但是却希望内心保持不受侵犯。他知道他犯了错误，他宁愿犯错。那一声愚蠢的惊叫，招供出了一切。

他不得不从头再过一遍堂。也许要费时几年。他用手抚摸一番自己的脸，试图熟悉一下这新的形状。脸颊上有很深的纹路，颧骨凸起，鼻子扁平。还有，自从最后在镜子里看见自己，他已经安上了全新的假牙。他不清楚自己的相貌是什么样子，要保持外表深不可测是不容易的。不管怎样，只是控制五官表情是远远不够的。他第一次明白，如果你想保守秘密，就一定要先对自己保守秘密。你一定要知道秘密始终就在那里，不到必要的时候你务必不能让它出现在你的意识里，什么样的名字都不能给它。从现在起，他不仅必须思想正确；他还必须感觉正确，做梦正确。在所有时间，他都必须把仇恨深锁起来，如同一个球体，是他自己的一部分，又与他其余部分没有联系，一个囊肿。

总有一天，他们会决定枪毙他。你无法说明什么时候就死到临头了，不过在几秒钟前是可能猜测到的。走在一条过道里，子弹总是从身后射来的。十秒钟就足够了。在十秒钟内，他的内心世界能够颠倒过来。然后，突然间，一句话也不用说，脚步无须停一下，脸上的纹路不用动一下——突然间，伪装剥下，砰一声！他的仇恨就发射出去了。仇恨会像熊熊烈火装满胸腔。几乎与此同时，砰一声！子弹就射来了，太迟，或太早了。他们会在没有彻底把他改造过来之前就把他的脑袋打开花。异端思想没有受到惩罚，没有幡然悔悟，他们永远鞭长莫及。他们会在自己的完美设计中打出一个窟窿。仇恨他们而死，这就是自由。

他闭上了眼睛。这比接受智力上的纪律还困难。这是一个自甘堕落的问题，自我作践的问题。他不得不一头栽进污秽的最高级别中。什么是最可怕、最恶心的事情呢？他想起了老人家。那张硕大无比的脸（因为经常在招贴画里看见它，他总是认为它有一米方圆），加上他那抹漆黑的胡须，那双跟踪你的眼睛，似乎自动地浮现在他的脑海。他对老人家的真实感情是什么呢？

过道里响起沉重的靴子的踩踏声。铁门咣当一声打开了。奥布莱恩走进了囚室。他身后是那个蜡像脸的军官，还有身穿黑制服的狱警。

“站起来。”奥布莱恩说，“过来。”

温斯顿站在他面前。奥布莱恩用一双强有力的手把温斯顿的肩膀抓住，凑近看着他。

“你还欺骗我的思想。”他说，“这很愚蠢。站直身子，看着我的脸。”

他停顿一下，口气和缓一些，接着说：“你在提高。智力方面，你几乎没有错误。你就是感情方面没有取得进步啊。告诉我，温斯顿——记住，别撒谎；你知道我总是能看破谎言的——告诉我，你对老人家的真实感情是什么吗？”

“我恨他。”

“你恨他，很好。那么，你走出最后一步的时刻到来了。你必须热爱老人家。光是听他的话还不够，你必须爱他。”

他放开温斯顿，向那些狱警轻轻推了一下。

“房间 101。”他说。

第五章

他被监禁的每个阶段，他知道，或者似乎知道，他在这座没有窗户的大楼的大约位置。可能因为气压有一点儿不同。狱警拷打他的那些囚室在地下。奥布莱恩拷问他的那间屋子接近顶层了。这个地方在地下很多米深的地方，深到了不能再深的程度了。

这比他待过的多数囚室都大一些。但是很难搞清楚他周围的情况。他搞清楚的是他前面有两个小桌子，上面都罩了绿色桌布呢。一张桌子离他只有一两米远；另一张更远些，在门边一带。他被捆绑在椅子上，很紧，他一点儿也动弹不得，就连头也动不了。一个垫子从脑后把他紧紧卡住，逼着他直视着前方。

一时间，他孤身一人；随后，门开了，奥布莱恩走了进来。

“你曾经问过我，”奥布莱恩说，“房间 101 是什么样子。我告诉你，你已经知道答案了。大家都知道答案。房间 101 里的事情，是世界上最坏的事情。”

门又打开了。一个狱警走进来，拿来一件用铁丝做成的东西，一个盒子或者篮子之类。他把那东西放在远处那张桌子上。因为奥布莱恩站的位置，温斯顿看不见那东西到底是什么。

“世界上最坏的东西。”奥布莱恩说，“个人和个人看法不一样。那也许是活埋，也许是烧死，也许是淹死，也许是刺死，也许是五十种别的死法。在一些情况里，最坏的东西是某些相当微小的事情，甚至不会致命。”

他往一边站了站，这样，温斯顿就把桌子上那件东西看得更清楚了。那是一个长方形铁笼子，顶上有个把手可以提携。前面安装了一个看上去像击剑面罩的东西，凹面朝外，他能看见那个笼子纵向分成了两部分，每部分里都有些活物。那些活物是老鼠。

“就你而言。”奥布莱恩说，“这世界上最坏的事情碰巧是耗子。”

一种预感的战栗，一种他一时弄不清的惧怕，在他第一眼看见那个笼子时就传遍了他全身。但是，这时，他突然明白了那铁笼子正面附着的那个面罩一样的东西的真实用途了。他的五脏六腑似乎化成一股水了。

“你不能这样干！”他扯破嗓子叫道，“你不能啊，你真的不能！这是万万不能的。”

“你还记得。”奥布莱恩说，“你梦中惯常出现的恐怖时刻吗？你面前有一堵黑墙，你耳边总有咆哮声。墙的另一边有某种可怕的东西。你知道你心下清楚那是什么东西。耗子就在墙的另一边。”

“奥布莱恩！”温斯顿说，努力把他的声音控制住，“你知道这是大可不必的。你究竟想要我干什么？”

奥布莱恩没有直接回答。他说话时，他有时会拿出学校老师的样子。他若有所思地看着远处，仿佛他在和温斯顿身后什么地方的听众讲话。

“疼痛本身，”他说，“不是总管用。有些时候，人能扛得住疼痛，甚至疼痛得要死了都能扛下来。但是，对每个人来说，有些东西却是承受不了的——某种看都不能看的东西，与勇气和懦弱都不相干。如果你从高空往下掉，抓住了一根绳子不能算怯懦吧。如果你从深水里冒出头来，拼命往肺里吸气也不能算怯懦吧。那只是本能反应，不能不服从。耗子也是同样的道理。对你来说，它们是不堪忍受的。它们就是一种你扛不住的压力形式，就是你希望扛住也没用。你只能按照要求去做。”

“但是，要求什么，要求什么呢？我不知道要求什么，我该怎么去做呢？”

奥布莱恩提起那个笼子，把它带到那张更近的桌子边，小心地把笼子放在台面呢上。温斯顿听见了热血在耳朵里嗍嗍响。他感到自己坐在极度的孤独之中。他身置空空如也的大平原中间，一片烈日炎炎的沙漠，所有的声音都从遥远的地方向他传来。但是，那个老鼠笼子离他不到两米远。它们是硕鼠。它们有些年龄了，鼠胡长得硬邦邦的，皮毛从灰色转向土褐色。

“耗子嘛，”奥布莱恩说，依然在向看不见的听众讲演，“尽管是啮齿动物，却是食肉动物。这你是知道的。你听说过在这城市那些贫民区发生的事情。在一些街道，一个妇女不敢把自己的孩子单独留在家里，连五分钟都不行。耗子一准会撕咬孩子的。它们还撕咬病人和垂死的人。它们表现出令人吃惊的智力，知道一个人什么时候就束手待毙了。”

笼子里传出来一阵吱吱的叫声。那声音好像是从很远的地方传到温斯顿耳边的。老鼠在打架，它们竭力想穿过隔开的格子，攻击对方。他还听见绝望的深沉的呻吟。这呻吟声，也好像是从他身外传过来的。

奥布莱恩把笼子提起来，而且，他一边提一边把里面的什么东西按下了。咔嗒声很响亮。温斯顿疯狂地挣扎一番，想挣脱那把椅子。他身体的每个部分都挣扎不动，连他的头都一动不动。奥布莱恩把笼子挪得更近一些。笼子离温斯顿的脸不到一米远了。

“我按下了第一个控制杆。”奥布莱恩说，“你对笼子的结构是了解的。那个面罩正好可以罩住你的头，把笼子口挡住。当我按下另一个控制杆时，笼子的门就开启了。这些受惊的小畜生会像子弹一样射出来。你见过耗子跃向空中的样子吗？它们会跳到你的脸上，一口咬上去。有时，它们首先攻击你的眼睛。有时，它们咬穿你的脸颊，把你的舌头吞食了。”

笼子更近了，笼子一直在靠近。温斯顿听见一连串尖叫声，听起来就在他头顶上的空中。但是，他拼命地与恐慌斗争。想一想，想一想，哪怕只有半秒钟——想一想是唯一的希望。突然间，小畜生散发出的发霉的臭味呛了他的鼻子。他体内发出了一阵强烈的极端的恶心，差一点儿就失去知觉了。一切都变得漆黑一团。他立时七窍生烟，像野兽一样尖叫起来。但是，他从黑暗中挣扎出来，紧紧抱定一个念头。自救还有一个法子，只有一个法子了。他必须在自己和老鼠之间另找一个人来做替身，另一个人的肉体来做替身。

那面罩的圆圈足够大，这下把其他东西的视野挡住了。那个铁丝门离他的脸还有一两巴掌远。老鼠知道现在要发生什么事情了。其中一只在上蹿下跳；另一只，那只老帮菜褐鼠毛发稀疏，站立起来，粉色的小爪子扒在铁丝上，气汹汹地吸鼻子。温斯顿能看见胡子和黄牙。一阵黑色的恐怖又袭击了他。他瞎了，束手待毙，脑子瘫痪了。

“这是古老的华夏帝国常见的惩罚。”奥布莱恩一如既往地教导说。

那个面罩套在了他的脸上。铁丝剐蹭了他的脸颊。随后——不，那不是救援，只是希望，一点儿希望的碎片。太晚了，也许太晚了。但是，他突然明白过来整个世界只有一个人，他可以把他的惩罚转嫁过去——一个肉体，他可以插在他自己和老鼠之间。他发疯地嚷叫，一遍又一遍。

“去对付朱莉娅！去对付朱莉娅！不是我！是朱莉娅！我不在乎你们怎么处置她。撕掉她的脸，把她撕成一堆骨头。不是我！是朱莉娅！不是我啊！”

他仰倒在地上，掉进了无底深渊，躲开了老鼠。他仍然被捆绑在椅子上，但是他穿透了地板，穿透了大楼的墙壁，穿透了大地，穿透了海洋，穿透了大气，进入了外部空间，掉进了星际间的沟壑——远远地，远远地，远远地躲开了老鼠。他在若干光年远的地方，可是奥布莱恩还站在他身边。铁丝还冷冰冰地贴在他的脸颊上。但是，穿过包裹他的黑暗，他听见另一声咔嗒，知道铁笼的门咔嗒一声关上了，而不是打开了。

第六章

栗子树咖啡馆几乎不见人影。一缕阳光从窗子斜斜地照进来，在灰尘满满的桌面上洒下黄黄的光。时钟指在十五点，人去店静。电屏传来细弱的音乐。

温斯顿坐在他通常坐的角落，对着空杯子发呆。时不时，他瞧一眼对面墙上一直关注他的那张大脸。老人家在关注你，说明文字如是说。无须吩咐，服务员走过来，往他的杯子里添上胜利牌杜松子酒，又从另一个瓶子软木塞上的羽毛管倒出来几粒东西。那是糖精混合丁香味儿，这家咖啡馆的特色。

温斯顿聆听着电屏。目前，电屏只放音乐，不过说不准什么时候和平部就会发布号外新闻。非洲前线的新闻极其令人忧心忡忡。他整天都为那里深感不安。欧亚国军队（大洋国在和欧亚国打仗——大洋国一直在和欧亚国打仗）向南挺进，速度惊人。午间新闻没有提及确切的地区，但是很可能刚果河口已经是战场了。布拉柴维尔和利奥波德维尔危在旦夕。你不必看地图也知道这意味着什么。这不仅仅是失去中部非洲的问题；在整个战役中，这是第一次，大洋国本身受到了威胁。

一种强烈的感情，确切地讲不是惧怕，而是一种无可无不可的激动，让他一时心有所动，而后就消失了。他停止思考那场战争。在这些日子里，他永远不能让脑子固定在任何问题上，一次都集中不了几分钟。他拿起杯子，一口喝干。一如往常，这让他浑身一哆嗦，甚至有几分恶心。这玩意儿太难喝。丁香和糖精，这两样东西本身就令人倒胃口，引发恶心，何谈压住杜松子酒的油腻味儿；更要命的是，杜松子酒的味道，夜以继日地残留在他身上，在脑子里难分难解地纠缠在一块儿的还有那些——

他从来不用名字叫那些东西，哪怕在他的思想里，只要可能就尽量不去想象那些东西的样子。它们是他若隐若现意识到的东西，在他脸前晃悠，一种缠住他的鼻子的东西。杜松子酒在他胃里翻腾，他张开青紫的嘴唇打个嗝儿。自打他们释放了他，他发胖了，过去的肤色也恢复了——确实要比过去还有光彩呢。他的五官粗厚了，鼻子和颧骨糙红糙红的，连那片秃顶都变得粉嘟嘟的。服务员又没有等他吩咐，就送上了棋盘和当天的《泰晤士报》，“棋局解疑”专栏那页报纸已经翻开了。然后，看见温斯顿的杯子喝干了，服务员拿过来杜松子酒瓶子，把杯子添满。无须吩咐。他们知道他的习惯。棋盘总在给他备着，他那张放在角落的桌子也总是保留着；即便咖啡馆坐满了人，他也占有这张桌子，因为谁都不愿意让人看见坐得离他太近。他从来不算计喝了多少杯酒了。过一些时间，他们就呈送他一张脏兮兮的纸条，他们说那就是账单，但是他觉得他们总是少算他的咖啡钱。如果反过来多算了，那也无所谓了。他如今一直不缺钱花。他竟然找到了工作，一个挂名闲职，比他原来工作的薪水高多了。

电屏传出的音乐停止了，一个声音取而代之。温斯顿抬起头来倾听。不过是富足部发布的一则简短的公告。听公告说，在上一季度，第十个三年计划鞋带产量超额完成百分之九十八。

他揣摩了一番棋局解疑，把棋子一一摆开。这是一个很蒙人的结局，涉及两匹马。“白子先走，两步将死。”温斯顿仰望那张老人家的画像。白方总是将死对方，他心想，感到一种云遮雾罩的神秘。还总是这样摆好棋局，无一例外。自从世界开蒙以来，棋局解疑中，就没有黑方取胜的时候。难道这象征了善对恶永远不变的胜利吗？那张硕大无比的脸关注着他，神情镇定，充满力量。白方总是将死对方。

电屏传出的声音停顿一下，接着说下去，口气异样，更加严肃："各位听众，十五点三十分，有重要公告播出，请注意收听。十五点三十分！有极其重要的消息发布。请务必不要错过。十五点三十分！"丁零丁零的音乐又响起来了。

温斯顿的心乱起来。这是前线的战事消息；本能告诉他，即将公布的是坏消息。整天，小小不言的兴奋一阵接一阵，非洲前线打了大败仗的念头一直在他脑际沉浮。他似乎真切地看到，欧亚国军队蜂拥而至，突破了从来攻不破的前线，像黑压压的蚂蚁群。怎么就没有办法从侧翼横插进来呢？西非海岸的轮廓在他脑海清晰地浮现出来。他拿起那个白色马，在棋盘上走了一着。这一着走到了点上。即使他看见黑色大军向南挺进的时候，还是看到另一支军队，神秘地集结起来，突然插进后方，切断了他们陆地和海上的交通。他觉得他是主观上让另一支军队无中生有了。但是，行动迅速是很必要的。如果他们能控制了整个非洲，如果他们在好望角有机场和潜艇基地，那会把大洋国从中一分为二。这意味着一切：战败、垮掉、重新划分世界、摧毁党！他深吸了一口气。一种超常的感情大杂烩——可这其实不是大杂烩；更确切地讲，那是一层又一层感情，你很难说哪层是最底层——在他内心斗争。

纠结过去了。他把白马放回原来的地方，但是此刻他无法静下心来，专研那棋局解疑。他的思想又开始漫游了。他几乎无意识地用手指在桌子上的尘灰里用心写道——2+2=5。

"他们不能钻进你内心。"她说过。但是他们能够钻入你的内心。"你在这里所发生的一切是伴随终生的。"奥布莱恩也说过。这是大实话。有些事情，你自己的行为，你就是无法重新找到。你心中的某种东西杀死了被烧掉了、腐蚀了。

他看见过她，还和她讲了话。见面和交谈已经没有危险了。他本能地知道，他们现在几乎对他的所作所为没有兴趣了。如果他们两个有一方想见面，他们还可以安排第二次相会。实际上，他们是不期而遇的。在公园碰上了，那是三月里的一个恶劣的日子，大地好像冷铁一块，所有的草似乎都死了，遍地难见新芽，只有几株藏红花拱出地皮，却遭到寒风的无情摧残。他在匆匆赶路，手冷得要命，眼泪汪汪，这时他看见她在离他不到十米的地方。他立即惊奇地看到，她变化得有些说不清道不明。他们差一点儿擦肩而过；随后，他转过身来，跟上她，没有急于赶上去。他知道没有危险，没有人会对他们发生兴趣了。她没有说话。她从草地斜插过去，仿佛试图摆脱他，然后好像忍让了，让他来到了身边。不一会儿，他们走进了一片乱糟糟的没有叶子的灌木丛，既藏不住身影，也不能避开寒风。他们停下来。天气冷得彻骨。寒风在树枝间呜呜叫，偶尔会把脏兮兮的藏红花刮跑。他把胳膊揽在她的腰间。

四周没有电屏，但是一定有隐蔽的传声筒；再说，谁都看得见他们。没关系了，什么事儿都没有了。他们可以躺在地上，只要他们愿意，他们躺下来干那事儿都成。他一想到干那事儿，身上的肉都吓得硬了。她对他挽住她的腰没有任何反应，甚至连摆脱的动作都不屑一做。她的脸越发灰黄，还有一个长长的疤，一部分被头发盖住，从前额连到鬓角；不过，这不是她的变化。腰变粗了，而且僵直得邪乎。他记得有一次，火箭弹爆炸后，他帮助人家从废墟里拽一具尸体，不仅为那具死尸不可思议的重量大为惊讶，而且发现人尸硬邦邦的，很难对付，好像不是骨肉而是石头。她的身体就像那种感觉。他想到，她皮肤的组织也许完全和过去的组织不一样了。

他没有打算亲吻她，他们也没有说话。他们走回那片草地时，她才第一次直接审视他。那也只是匆匆一瞥，充满鄙夷与反感。他不清楚是不是她纯粹对过去反感呢，还是他这张虚胖的脸和眼睛迎风流下的泪水引起的反感。他们坐在两把铁椅子上，肩并肩，但是没有靠在一起。他看出来她要说话。她把她笨重的鞋伸出去几分米，故意把一根树枝弄断了。他注意到她的脚似乎变宽了。

“我背叛了你。”她毫不掩饰地说。

“我出卖了你。”他说。

她又反感地匆匆瞥了他一眼。

“有时候，”她说，“他们虐待你，使用一些——一些你根本扛不住的东西，甚至想一想都受不了。那时你会说：‘别对我做这事，对别的人做吧，对某某做吧。’事后，也许你可以假称说，那只不过是一种伎俩，你所以这样说只是让他住手，并不是真实的意思。但是，这种托词是不真实的。当时，眼看动真格的了，你的话就是那个意思。你觉得没有别的办法可以拯救自己，你恨不得用那种办法救下自己。你就是想让别人代你受过。你一点儿不在乎别人受什么苦。你只担心自己。”

“你只担心自己。”他回应道。

“这之后，你对那个人的感情就不再一样了。”

“不再一样了。”他说，“你感觉不一样了。”

更多的话似乎没有可说的了。寒风把他们单薄的制服吹得紧紧贴在他们身上。他们几乎同时感到坐在地上一言不发很尴尬；再说了，天气很冷，一动不动地待着受不了。她说要去赶地铁，便站了起来要走。

“我们一定会再见的。”他说。

“是的。”她说，“我们一定会再见的。”

他跟着她走了一小段路，落在她身后一步，快不得慢不得。他们没有再说话。她真的也没有打算甩掉他，只是大步流星地走，好像只是不让他和她并肩行走。他本来拿定主意陪她走到地铁站，但是突然间感觉在这冷风中跟着走的过程没有意思，受不了。他感觉到一种强烈的欲望，不如离开朱莉娅，回到栗子树咖啡馆。此时此刻，那个咖啡馆似乎太有吸引力了。他十分怀念他那张摆在角落的桌子，上面有报纸，有棋盘，还有不断添满的杜松子酒。尤其是那地儿很暖和。接下来，正好一小队人走来，他听任他们走过去，与她分开来一些。他有心无意地试图赶上去，随后却放慢了步子，转过身来，向相反的方向走去。他走出去五十米时，他回望了一眼。街上不算拥挤，但是已经看不清她的身影了。十几个匆匆赶路的身影，其中一个或许就是她。也许她那粗笨的、僵直的身体，他从后面再不能辨认出来了。

“眼看动真格的了。”她说了，“你的话就是那个意思。”他当初说的就是话中的意思。他不仅说了，他心里也是那样想的。他当时就是想，把她推到老鼠面前，而不要把他推到老鼠面前——

电屏送出的音乐发生了某种变化。一种粗哑的嘲弄的调子，在音乐里响起。然后——也许那没有发生，也许那只是一种模仿声音的记忆——一个声音唱道：

在遮天蔽日的栗子树下，
我出卖了你，你出卖了我。

泪水涌出他的两眼。路过的服务员看见他的杯子空了，走回来用杜松子酒瓶把杯子添满。

他拿起杯子，闻了闻。他每喝一口杜松子酒，都更心有余悸。然而，杜松子酒成了他借酒浇愁的元素了。杜松子酒是他的生命，他的死亡，他的再生。每天夜里让他进入麻木状态的正是杜松子酒，而杜松子酒又让他在早上醒来，他很少能赶在十一点钟之前醒来，醒来便睡眼惺忪，口干似火，脊背像是要断了，简直很难从平躺的状态中起身，多亏了前一天夜里把杜松子酒瓶和茶杯放在了床边。

在中午的几个小时里，他痴呆呆面无表情地坐在那里，酒瓶就在手边，聆听着电屏。从十五点到闭馆，他一直是栗子树咖啡馆的固定顾客。没有人会在乎他干什么，没有警笛惊醒他，没有电屏监视他。偶尔，也许每周两次，他到真理部一间满是灰尘、被人遗忘的办公室去，做一点儿点事，或者所谓的工作。他被分配在一个分支委员会的分支委员会里，上属委员会也是从无以数计的分支委员会里分出来的，都是在处理十一版新话语词典编撰过程中出现的琐碎问题。他们在处理所谓“临时性报告”引发的问题，但是他们呈报给他的问题，他从来没有搞清楚过。大体上和逗号应该放在括号内还是括号外之类问题有关。这个委员会另有四个人，他们的情况与他相似。有几天他们碰碰头，然后就立即散开，彼此坦率地承认没有什么真正的事情可做。不过另有一些日子，他们都急不可待地着手处理手头的事情，煞有介事地汇集会议记录，起草永远完不成的备忘录——这时的各种争辩是关于他们所争论的东西是什么，变得超级难缠，超级深奥；各种定义莫衷一是，枝枝节节没完没了，争吵、威胁，甚至要提交到更高的权威部门去定夺。然后，突然间，他们的生活脱离了他们，他们坐在桌子旁，两眼茫然地你看看我，我看看你，如同公鸡打鸣前飘然而去的幽灵。

电屏一时间安静下来。温斯顿再次抬起头来。公报！但是不是，他们只是变换了音乐。他眼前出现了非洲地图。军队的运动是一幅图表：一个黑色箭头垂直向南，一个白色箭头横向直插东边，与第一个箭头的尾巴交叉了。仿佛为了消除疑虑，他抬头看了看画像上那张冷静的脸。可以想象那第二个箭头竟会不存在吗？

他的兴趣又不大了。他又喝了一口杜松子酒，拿起那枚白马，走出尝试性的一步。将军。可是，这显然不是正确的一步，因为——

没有费劲儿，他脑海里浮现出一种记忆。他看见一间有烛光的房间，摆着一张白色床罩大床，他自己——一个八九岁的孩子，坐在地上，在摇晃骰子盒，笑得开心极了。他母亲坐在他的对面，也大笑不已。

那必定是她消失前的大约一个月。那是一个短暂的和谐期，他肚中那种咬啮般的饥饿忘在脑后，他早些时候对母亲的爱时刻在恢复。他记得很清楚，那是一个大雨滂沱的日子，雨水从窗户格子往下流，室内的灯光特别昏暗，无法阅读。两个孩子待在黑黢黢的拥挤的卧室，烦闷得不堪忍受。温斯顿抱怨，哭哭啼啼，徒劳地要吃的，在房间里乱翻，东西扯得乱七八糟，乱踢围墙板，吵得邻居砰砰地敲墙，而那更小的孩子不停地号哭。最后，他母亲说："乖乖等着啊，我去给你们买个玩具。一个可爱的玩具——你们会喜欢的。"然后，她出门走进雨中，到附近一家还开着门的小百货店去了，回来时抱了一个装了一套"蛇与梯子"[①]的硬纸盒。他仍能记得淋湿的硬纸盒的味道。整套玩具都做得马马虎虎。硬纸板高高低低的，那枚小木头骰子切割得很不规则，哪面都立不稳。温斯顿闷闷不乐地瞅了几眼，没有兴趣。但是，后来母亲点上了一支蜡烛，他们坐在地上玩了起来。不一会儿，他玩得兴奋不已，又喊又笑，看见小筹码很有希望地往梯子上爬，随后却又滑落在那些蛇上，几乎退回到起点了。他们玩了八局，每个人赢了四局。他的小妹妹太小了，看不懂游戏究竟怎么回事儿，依靠在床腿上，因为别人都在大笑，她也咯咯地笑。整整一个下午，他们待在一起都很幸福，好像他早期的童年的生活。

他把那幅美景从脑海里推了出去。那是一种虚假的记忆。他有时总会为虚假的记忆所烦扰。只要你知道那些记忆都是假的，就没有关系了。一些事情发生了，另一些事情没有发生。他回到了棋盘上，又拿起那枚白马。他刚刚拿起来就又咔嗒一声掉落到了棋盘上。他吓了一跳，仿佛被一枚别针扎了一下。

---

① 利用扔骰子玩进退游戏的玩具。

一阵尖厉的喇叭声在空中回荡。公报真的来了！胜利了！只要是喇叭传送来消息，那一准是胜利了。咖啡馆里欢声雷动，像受了电流的刺激。就连服务员都吓坏了，纷纷捂上了耳朵。

喇叭鸣叫引发了一大阵喧闹。电屏已经有一个激动的声音喋喋不休，但是话音几乎都被外面传来的欢呼声淹没了。消息像魔术一样传遍了大街小巷。他凑合能听清电屏在广播什么，认识到所发生的事情和他所预见的一样：一支庞大的海上舰队秘密地集结起来，突然在敌人的后方予以打击，那个白色箭头切断了那个黑色箭头的尾巴。欢呼胜利的只言片语在喧嚣声中格外响亮："宏大的战略部署——完美的配合——彻底溃散——五十万战俘——完全丧失斗志——控制了整个非洲——战争结束为期不远了——胜利——人类历史上最伟大的胜利——胜利，胜利，胜利！"

桌子下，温斯顿的脚不停地抽动。他没有从座位上往起站，但是他在脑海里奔跑，跑得飞快，同室外的人群一起欢呼，把自己的耳朵都震聋了。他又仰望画像里的老人家。这个把世界踩在脚下的巨人！这块巨石，把亚洲的乌合之众撞得粉身碎骨！他想起十分钟前——是的，仅仅十分钟前——他嘀咕前线究竟会传来胜利的消息还是失败的消息时，内心还疑虑重重呢。啊，这不止一支欧亚国军队全军覆灭了！自打进了仁部的第一天，他身上就发生了很多变化，但是最终的、不可或缺的、治愈的变化只是到了这一时刻才真正发生了。

电屏传来的声音仍然在滔滔不绝地报告战俘、战利品和屠杀的情况，但是室外呼喊声已经变小了一些。服务员回去干活儿了。一个服务员拿着杜松子酒瓶走了过来。温斯顿坐在那里沉醉在幸福的梦境里，对他的杯子添满了酒没有注意。他不再奔跑，不再欢叫。他回到了仁部，一切都得到原谅，他的灵魂现在洁白如雪。他站在公开的被告席上，招供了一切，揭发了所有的人。他走下那条贴了白瓷砖的过道，感觉走在阳光下，身后跟着一个武装狱警。长久以来希望射进他脑袋的那粒子弹进入了他的头脑。

他注视着那张硕大无比的脸。他花了四十年，终于弄明白那撇黑胡子下隐藏的微笑是哪一种。哦，残忍，毫无必要的误会！哦，顽固的任性的背离慈爱胸膛的行径！两滴杜松子酒气味儿的泪水从他的鼻翼流下来。然而，这都很好，一切都很好，斗争结束了。他战胜了自己。他热爱老人家。

附 录

新话语原则

新话语是大洋国的官方语言，是为了适合英社或者英格兰社会主义的意识形态需要而设计出来的。时至一九八四年，还没有一个人可以使用新话语作为其唯一的交流手段，不论讲话还是写作。《泰晤士报》的社论文章是用新话语写的，但是这是一种绝技，只有专家可以驾驭。预期在大约二〇五〇年，新话语才能最终取代旧话语（即我们所称的标准英语）。在此之前，新话语会稳步地获得地盘，所有党员在他们的日常讲话中往往会越来越多地使用新话语的词汇和语法结构。一九八四年使用的版本，编入了第九版和第十版的新话语词典里，是暂定本，包括了许多多余的词和过时的构成法，以后适时会废除的。我们这里涉及的是那个最终的完善的版本，见诸第十一版词典。

新话语的目的不只是为英社信徒提供一种表达世界观和精神习惯的合适工具，也是为了让所有其他思维模式不可能再使用。如意算盘是，新话语一旦被采用，旧话语就会被遗忘，异端思想——即违背英社各种原则的思想——应该是完全无法思考了，起码依靠那些字词思考是不行了。新话语的词汇构造不同一般，党员诚心想表达的每种意思，都能做到确切地、往往是微妙地表达出来，同时又能排除所有别的含义，还能排除利用间接方法获得这些含义的可能性。这点能做到，部分原因是发明了新词，不过主要是废除了不需要的词，并剥掉了那些还保留着非正统含义的词，从而尽可能消灭掉一切引申的含义。举一个简单的例子来说吧。“自由”这个词还留在新话语里，但是它只能用来阐述“狗从虱子那里自由了”，或者“田地从杂草那里自由了”。它不能照旧话语的含义使用，像“政治自由”或者“学术自由”等提法，因为“政治自由”和“学术自由”连概念都不复存在了，因此必然是就没有提法可用了。除了肯定是异端词要根除外，减少词汇也被认定是目的本身，能省略的词是不允许存留下来的。新话语设计出来不是为了扩大而是为了缩小思想范围，这一目的通过把选择词降低到最低限度而间接地得到了帮助。

新话语建立在我们现在知道的英语基础上，虽然许多新话语句子即使没有包含新造的词，对我们今天使用英语的人来说也是很不容易明白的。新话语的词分为三个明显的类型，分别是：A 类词汇、B 类词汇（也称为复合词）和 C 类词汇。每类词汇分别讨论更为简单，但是该语言的语法特点可以在 A 类一节中进行讨论，因为这一同样的规则对三类词汇都是适合的。

A 类词汇。A 类词汇包括日常生活需要的词——诸如吃、喝、干活、穿衣、上下楼、开车、园艺、烹饪，等等。这类词几乎包括了全部我们已经掌握的词——例如打、跑、狗、树、糖、房子、田地——但是和当今英语词汇相比较，它们的数量极少，而它们的含义又更加严格地界定了。所有含义模糊、用法易变的词都被清理掉了。只要能够达到效果，这类新话语的词只是表达一种理解清晰的概念的单一声音。要使用 A 类词汇从事文学、政治或者哲学之类的讨论，那是不可能的。它的用意只是表达简单的目的明确的思想，通常涉及客观物体和人为活动。

新话语的语法具有两个显著的特点。第一个特点是不同词类几乎完全可以互换。新话语中的任何一个词（原则上甚至适用于非常抽象的词，像“如果”[if] 或“何时”[when]）既可以当作动词、名词、形容词使用，也可以当作副词使用。动词和名词没有形式上的区别，因为它们源自同根，永远不会有任何变异，这一规则本身就把许多旧形式摧毁了。比如说“思想”[thought] 这个词，就不存在新话语里了。取而代之的是“想”[think]，既用作名词又用作动词。这里不涉及词源学的原则；一些情况里原有的名词被保留，另一些情况里原有的动词被保留。如果一个名词和动词含义相近，但词源没有联系，两者往往只取其一。比如说，像“切”[cut] 这个词就不存在了，其含义“刀”[knife] 这个名动词兼具的词就足够了。形容词增加后缀“的”[-ful]，副词增加“地”[-wise]，就构成了形容词和副词。比如，“速快”[speedful] 即“迅速”[rapid] 之意，而“速快地”[speedwise] 即“迅速地”[quickly] 之意。我今天使用的一些形容词，例如“好”“壮”“大”“黑”“软”等，依然保留，但是它们的总数量很少。它们已经很少被用了，因为几乎所有形容性质的含义，都能通过给名词增加后缀“的”得以解决。现在使用的副词都不再保留，只有少数带有后缀“地”的副词得以保留；后缀“地”结尾的副词是不变的。比如，“良好”[well] 这个词，由“好地”[goodwise] 取而代之。

另外，任何词——这点原则上也适用于新话语里所有的词——都能通过增加前缀“非”[un-]，或者加前缀“多”[plus-]，或者加更多强调意义的“双多”[doubleplus] 构成强调意义的词。比如“不冷”[uncold] 即“暖”[warm] 之意，而“多冷”[pluscold] 和“双多冷”[doublepluscold] 则分别取代“很冷”[very cold] 和“太冷”[superlatively cold]。在今日的英语里，通过使用介词前缀如“反”[anti-]、“后”[post-]、“上”[up-]、“下”[down-] 等来界定几乎所有词的含义，也是可能的。利用这样的方法，可以大量减少词汇量。以“好”[good] 这个词为例，无须使用“坏”[bad] 这个词了，因为“非好”[ungood] 这个词完全可以表达所要求的同等含义。只要两个自然成对的词含有相反的含义，所要做的只是决定哪个词可以取代另一个词就行了。比如，“黑暗”[dark] 由“非光”[unlight] 取而代之，或者“光亮”[light] 由“非黑”[undark] 取而代之，依你的好恶而定。

新话语语法第二个显著的特点是其规则性。除了下面提及的少数几个例外，所有的词形曲折变化都遵循同样的规则。由此，所有动词的过去式和过去分词都是一样的，结尾是“了”[-ed]。“偷”[steal] 的过去式是“偷了”[stealed]，“想”[think] 的过去式是“想了”[thinked]，在新话语里以此类推，像“游过泳”[swam]、“给过”[gave]、“带来过”[brought]、“说过”[spoke]、“拿过”[taken] 等等过去式形式都会被废除。所有的复数都加上“多”[-s] 或“也多”[es]，像“人”[man]、“牛”[ox]、“命”[life] 变成“人多”[mans]、“牛多”[oxes]、“命多”[lifes] 就可以了。形容词的比较级统统加上“更”[-er] 和“极”[-est]（如“好”[good]、“好更”[gooder]、“好极”[goodest]），不规则形态“更”[more] 和“最好”[most] 则会被废除。

仍然允许不规则变化的唯一词类，是代词、关系代词、指示形容词以及助动词。这些词类按照它们过去的用法，除了“谁”[whom] 是多余的而被弃掉了，而“应”[shall] 和“该”[should] 则用“将”[will] 和“会”[would] 取代。还有些词构成不规则的形态是出于讲话快速和简便而设置的。一个词很难说出来或者容易导致听错，则被认为这种词本身就是坏词；因此，偶尔为了声音悦耳，多余的字母会加进词里或者把旧的构词形式保留下来。不过，这种现象主要在 B 类词汇里感觉得到。发音简便在语言里为什么如此重要，在下文里将会阐述清楚。

B类词汇。B类词汇包括为了政治目的而有意构成的词[①]：也就是说，这类词不仅是每个词都有政治含义，而且刻意为使用这些词的人施加一种有利的精神态度。如果对英社的各种原则缺乏充分的理解，使用这些词是很困难的。一些情况里，它们可以翻译成旧话语，或者甚至翻译成来自A类词汇的词，但是这通常要求冗长的诠释，总是会失去一些含蓄的意思。B类词汇是一种语词速记，常常把整个系列的见解弄成几个音节，同时却比一般语言更准确，更有力。

B类词汇在所有情况里都是复合词。它们由两个或者更多的词组成，或者由几个词的部分组成，以一种容易发音的形式合并在一起。这种最后合成的词往往都是名动词，根据一般的规则变化形态。举一个例子来说明："好思想"[goodthink]这个词大概其是"正统"[orthodoxy]的意思，如果你愿意把它当作动词，那就是"以正统方式去想"的意思。这种词形变化如下：名动词，"好思想"[goodthink]；过去式和过去分词是"好思想过"[goodthinked]；现在进行时是"好思想着"[goodthinking]；形容词是"好思想的"[goodthinkful]；副词是"好思想地"[goodthinkwise]；动名词是"好思想者"[goodthinger]。

B类词汇不是按照词源学计划构成的。它们用来制造的词，可以是构词的任何部分，可以按照任何顺序置放，用任何方式删改，容易发音，而且还要表明它们的词源。举例说，"罪思想"[crimethink]这个词，"思想"[think]排在第二位，而"思想警"[thinkpol]这个词里，"思想"[think]则排在首位，而且在后面"警察"[police]这个词里，它的第二个音节就省略了。因为在保证发音悦耳这点上

① 像"说写"[speakwrite]这样的复合词，在A类词汇里当然可以找到，但是这些词只是方便缩写而组成的，没有特别的意识形态的色彩。——作者原注。

困难更大，不规则的构词形式在B类词汇里要比A类词汇里更常见。举例来说，“真理部”[Minitrue]、“和平部”[Minipax]、“仁爱部”[Miniluv]的形容词分别是“真理部的”[Minitruethful]、“和平部的”[Minipeaceful]、“仁爱部的”[Minilovely]，仅仅因为“真理的”[-trueful]、“和平的”[-paxful]和“仁爱的”[-loveful]后缀发音有些别扭而有了变化。但是，原则上所有B类词汇都可以词形变化，而且词形变化的方法是一样的。

B类词汇的一些词含义相当微妙，对那些没有整个掌握新话语的人来说是不好理解的。举例来说,《泰晤士报》社论里有这样一个很典型的句子——“旧思想者非腹感英社”[Oldthinkers unbellyfeel Ingsoc]。用旧话语来翻译，最简短的译文是：“那些革命前形成观念的人不能全心理解英格兰社会主义的原则。”然而，这不是一种恰当的翻译。首先，为了抓住前面引用的那个新话语句子的充分含义，你就不得不对“英社”[Ingsoc]这个词的真正含义有一个清晰的了解。其次，一个人只有彻底扎根英社才能弄清楚“腹感”[bellyfeel]这个词的确切含义，它意指一种今天很难想象的盲目热情的接受现象；还有“旧思想”[oldthink]这个词，它与邪恶和腐败有千丝万缕的关系。但是，某些新话语词的特殊功能不是表达意思，而是摧毁意思，“旧思想”只是其中一个。这些词，必然数量有限，其含义延伸又延伸，直到它们本身包含一整组词义，以至可以用一个全面的措辞来充分涵盖，这下那一整组词就能挖掉和废弃了。新话语词典的编纂者面临的最大困难不是发明新词，而是发明出来后，准确地弄清楚它们的含义：也就是说，准确地弄清楚由于它们存在后可以把词字删除到什么程度。

一如我们在“自由”这个词的情况里已经看到的，一些曾经含有异端意思的词，有时为了方便保留下来了，但是只是在清除它们的异端的意义之后。还有无数的词，如“荣誉”[honor]、“正义”

[justice]、“道德”[morality]、“国际主义”[internationalism]、“民主”[democracy]、“科学”[science] 以及“宗教”[religion] 等，索性不复存在了。少数几个覆盖词取代了它们，而且，取代它们时，也就废除了它们。举例说，所有归类在“自由”和“平等”等概念范围的词，都包含在“罪思想”[crimethink] 这一个词里，而与客观和理想相关的词都包含在“旧思想”[oldthink] 一词中了。词义的更大精度是有危险的。对一个党员所要求的，是一种和古代希伯来人相似的眼界，希伯来人眼界并不开阔，认为除了他们自己所有民族都崇拜“伪神”。他不需要知道这些神叫地方神①、奥斯里斯神②、摩洛神③、阿什脱雷思神④，等等；也许他们为了他们的正统教义，知道得越少越好。他知道耶和华和耶和华的戒律；因此他知道所有叫别的名字的神或者其他属性的神都是伪神。同样道理，党员知道什么算作正确的行为，并且很模糊很笼统地知道什么样的偏离行为是可能的。比如，他的性生活完全由两个新话语的词来规范，即“性罪”[sexcrime] 和“好性”[goodsex]，旧话语的意思分别是“性不贞”和“贞洁”。“性罪”涵盖了所有性不良行为。这包括私通、通奸、同性恋和其他不端行为，而且，也包括为性交而进行的正常性交。没有必要把它们区别开，因为它们都是同样有罪的，而且，在原则上，都可以处以死刑。在C类词汇里，包括科学和技术用词，也许有必要对某些性不轨行为用一些专有的名字，但是普通公民并不需要它们。他知道“好性”是什么意思——也就是说，男人和妻子之间的正常性交，唯一目的是生儿育女，而在女性方面则没有肉体的快感，否则就是“性罪”。在新话语里，听从一种异端

① 迦南人和腓尼基人所信奉的一种神。
② 古埃及的冥神和鬼判。
③ 古代腓尼基人所信奉的火神。
④ 古代腓尼基及叙利亚主管爱情与生殖的女神。

思想是几乎不可能的，一旦深入一步就能发现它是异端邪说；除此之外，必要的词是不存在的。

B类词汇里没有意识形态上的中性词。很多词都是委婉性质的。比如，像“乐营”[joycamp]或者“和平部”[Minipax]，旧话语分别是“劳改营”和“和平部即战争部”，含义几乎完全是它们表面意思的相反意思。另一方面，有些词则对大洋国社会显示了一种坦率的蔑视的理解。比如“无产者喂食”[prolefeed]这个词，意思是党硬塞给广大群众垃圾娱乐和虚假新闻。另外一些词又是模棱两可的，用在党身上有“好”的意思，而用在敌人身上却是“坏”的意思。但是除此之外，大量的词乍看只是缩写，其实引申出来的意识形态上的色彩不是源自其含义，而是其结构。

只要能设法做到，一切具有或者可能具有任何政治意义的东西，都归在B类词汇里。每个组织、每个团体、每种学说、每个国家、每个机构、每座公共建筑的名字，都一律缩减到熟悉的形态；就是说，缩减成一个容易发音的、音节最少又保持词源的单词。在真理部，比如，温斯顿·史密斯上班的记录司，叫作“记司”[Recdep]，虚构司叫作“虚司”[Ficdep]，广电司叫作“广司”[Teledep]，等等。这样做不只是为了节省时间。即使在二十世纪初期，缩写词和短语已经成为政治寓言的显著特色了；人们早已注意到，倾向使用这种缩写词是极权主义国家和极权主义组织最明显的做法。这种缩写词的例子如纳粹[Nazi]、盖世太保[Gestapo]、共产国际[Comintern]、非预劳改[Inprecorr]、蛊宣[Agitprop]等。一开始，这种实践是本能地采用的，但是在新话语里，这种实践就是有意为之了。人们发现，这样缩减一个名字，你可以把其含义变窄并微妙地改变之，砍掉大部分原有相关的歧义。比如，“共产主义者国际联合”[Communist International]这个短语，能唤起全世界人类兄弟友爱、红旗、街垒、卡尔·马克思以及巴黎公社诸多因素的图景。另一方面，“共产国际”这个词，却只不过表明它是一个严密的组织和明确界定的学说团体。它所指的东西一目了然，目的有限，如同一把椅子或者一张桌子。“国际组织”一词无须多想便可脱口而出，而“共产主义者国际联合”是一个短语，你得犹豫少许才能说出来。同样道理，像“真部”这样一个词的缩写形式引发的联想显然要比“真理部”引发的想象更少，更容易控制。这不仅是只要可能人们就有缩减习惯，也是出于让每个词容易脱口而出几近夸大其词的用心。

在新话语里，发音动听是重中之重，超过一切考虑，仅次于词义准确。语法规则在必要时都往往为之牺牲。这是有道理的，因为除了各种政治目的，缩减词所要求的是简短、明了，词义无误，能够脱口而出，而在说话人的脑海里引起的回声却是最低的。B 类词汇的词，事实上因为它们几乎全都大同小异而获得表达力量。这类词——“好思想”“和平部”“无产者喂食”“性罪”“乐营”“英社”“腹感”“思想警”等以及大量其他词——几乎一律只有两三个音节，重音平均落在开始那个音节和最后那个音节。这些词使用起来，很容易形成呜呜噜噜的讲话风格，断断续续，单调如一。这才是真实的用意。用意就是让讲话，尤其是关于意识形态方面不偏不倚的任何话题的讲话，几乎尽可能地独立于意识之外。至于日常生活的种种目的，说话之前是无疑需要或者有时需要想一想的，但是党员被要求对某件事情发表政治或者伦理看法时，应该能够像机关枪发射子弹，把正确的观点嗒嗒哒表达出来。他受到的训练让他有备无患，新话语赐予他一种几乎傻子都能运用的工具，声音生硬而故意卖丑是这种词的组成要素，与英社的精神非常一致，有助于讲话过程深入下去。

讲话可选择的词非常少这一事实也如此。与我们自己的语言相对来说，新话语词汇量很小，减少词汇量的新方法不断求新求变。新话语确实有别于几乎所有的其他语言，每年词汇都在减少而不是增多。每次削减都是一次收获，因为选择的范围越小，进行思考的引诱就越小。最终，人们希望让喉咙发声讲话时与高级大脑核心截然分开。在新话语“鸭说”[duckspeak] 一词上，这点得以坦率地承认，意即“像鸭子呱呱叫”。在 B 类词汇里，如同各种各样的其他词，“鸭说”的含义是含混的。假如呱呱出来的观点是正统的，那只能是歌功颂德，当《泰晤士报》提及党的一个演说家像“双多好的鸭说”[doubleplusgood]，那就是热烈而高调的恭维了。

C 类词汇。C 类词汇是其他两类词汇的补充，全部由科学和技术术语组成。这些词类似我们今天使用的科学术语，是用同样的词根组成的，但是通常需要用心的严格界定它们，而后把不需要的意思统统剥掉。他们遵循同样的语法规则，如同其他两类的词汇一样。在日常讲话或者政治讲话中，C 类词汇很少使用。任何科学工作者或者技师都能在他自己专业的词汇表上找到他们所需要的词，但是他在其他词汇表里就几乎无所作为了。所有的词汇表里共有的词寥寥无几，没有什么词汇能表达科学的用脑习惯，或者思想方法，不管其具体部门是哪个。的确，“科学”这个词都没有了，“英社”这个词已经有效地覆盖了它可能含有的意思。

从以上叙述可以看出，在新话语里，非正统的观点表达，在一个很低的层面上是根本不可能的。当然，如果说出来一种非常粗鲁的异端邪说或一种亵渎的话，那是可能的。例如，你可以说“老人家非好”[Big brother is ungood]。然而，这种话在一只正统耳朵听来，不过是传达了一种不言自明的荒谬，不能靠理智的论据加以支持，因为论证所需的词汇都不具备了。与英社敌对的观念，只能用一种含糊的语词不详的措辞对付出来，只能用宽泛的措辞命名，这些措辞堆砌在一起，无须界定它们是在散布敌对言论，就能对大量的异端邪说予以谴责。事实上，你只能把一些词翻译成旧话语才能把新话语用于非正统的目的。比如说，“人人平等”[All mans are equal] 可以是一个新话语句子，但是只能用旧话语中的“人人都是红发”[All men are red haired] 这个句子表达同样的意思。这在语法上是没有错误的，但是它所表达的却是显然不符合事实的，也就是说，它只是说人人在身高、体重和力量上一样。政治平等的概念不复存在，这第二层含义已经随着“平等”[equal] 这个词一起被清除了。在一九八四年，旧话语仍然是交流的正常工具，理论上存在危险，在使用新话语词时也许会记起它们的本意。在实践中，任何有双重思想良好基础的人避免这样做并不困难，但是经过一两代人实践，连这样的失误都会消失。一个人与新话语一起成长，把新话语当成自己唯一的语言，他就不再知道“平等”曾经是“政治平等”的第二层含义，也不再知道“自由”曾经含有“学术自由”的意思。比如说，一个人从来没有听说过国际象棋，不会知道“后”[queen] 和“车”[rook] 还有第二层含义。许多罪恶和错误是他没有能力犯下的，仅仅因为它们连名字都没有，你就无法想象出来。可以预见，随着时间推移，新话语的显著的特点会越来越为人共知——它的词变得越来越少，含义越来越刻板，使用不当的机会总是在减少的。

在旧话语一劳永逸地被彻底取代时，和过去的最后联系就会被割断了。历史早已被改写，但是过去的文学片段还在这里那里地流传着，没有彻底被审查掉，因此只要你对旧话语还有了解，那就可能阅读它们。在未来，这样的片段，哪怕它们有机会存活下来，那也很难看懂，很难翻译过来了。把旧话语的任何段落翻译成新话语，都不可能了，除非那是一些技术程序或者一些非常简单的日常行为，或者已经具备了正统（新话语的表达应该是“好思想的”[goodthinkful]）的倾向。在实践中，这意味着大约在一九六〇以前写的书，无法整本地翻译过来了。革命前的文学只能受到意识形态翻译的支配——也就是说，语言一旦改变了，意义也就修改了。以下不妨以《独立宣言》中一段著名的话为例：

> 我们认为这些真理是不言而喻的，人人生而平等，他们被造物主赋予一定不可剥夺的权利，那就是生活的权利、自由的权利与追求幸福的权利。为了保证这些权利，政府才在人类中建立起来，在被管理者的同意下得到权利。任何政府行为一旦有损这些目的，人民就有权利改变它或者废除它，并组织新的政府。

把这段话翻译成新话语同时保持原义是根本不可能的。最接近原义的翻译，也只能把这整段文字用“罪思想”这一个词消化掉。完全的翻译只能是意识形态的翻译，从而把杰弗逊的话翻译成一段关于绝对政府的美誉。

毫无疑问，过去的很多文学已经用这个办法改写了。出于拉大旗作虎皮的目的，保持一定历史人物的记忆是很有必要的，同时把他们的成就算在英社哲学的名下。各路作家，如莎士比亚、弥尔顿、斯威夫特、拜伦、狄更斯以及其他作家因此进入翻译程序；等这项任务完成后，他们的原作以及所有残存下来的过去的文学，都会被摧毁。这些翻译活动很缓慢、很困难，预计在二十一世纪的头十年或二十年都完成不了。还有大量纯粹实用的文献——诸如必不可少的技术手册——也不得不用同样的方式处理。主要为了有时间进行这项翻译的起始工作，新话语最终选择了二〇五〇年如此之晚的日期。

译后记

一

凡是以码字为生的人，都有点似乎并不过分的野心，那就是希望自己呕心沥血写出来的文字不朽。翻译英国著名作家乔治·奥威尔的作品，我感觉他应该算作一个例外。例如他在他的散文名篇《射杀大象》里只是生动而细致地描写人类用花生大小的子弹射杀庞然大物大象的过程，探究怎么一粒小小的子弹就把一个鲜活的大生命置于死地了，结果后来的专家学者就添油加醋，说他写了一种象征：庞大的古东方怎么就被一个小小的岛国征服了。又比如，他的著名散文《绞死》写他陪着几名当地刽子手送几名当地囚犯上绞刑架的过程，惊心动魄地再现了刽子手的冷漠和囚犯的焦虑、恐惧和垂死挣扎，结果后来的批评家把这篇散文说成是殖民者对被殖民者的残酷镇压。他写《一九八四》，以我看，一如既往，还只是想弄清他的一个困惑：人类在经历了无数生命被自身的愚昧所戕害的漫长黑暗后，遍体鳞伤地迈进科学和民主蒸蒸日上的二十世纪，更极端更黑暗的极权主义怎么会大行其道呢？

其实，直接而真诚地探索每种事物的真相，远比间接而夸张地虚构人物、故事、情节和场景困难得多。前者要求的是真诚再真诚的态度，而后者只要不同程度地哗众取宠就足够了。写作

《一九八四》这部不到二十万字的小说，奥威尔的写作态度一如既往：真诚，真诚，还是真诚。这种态度决定了他不仅需要超凡的想象力，更需要天才的创造力。他于一九四八年写成《一九八四》，只把“四”和“八”颠倒了一下，就把这部无中生有的伟大小说的名字确定下来了。看似很随意，很简单，但是他生活在二十世纪四十年代的英国，第二次世界大战刚刚结束，英国虽然是战胜国，但是希特勒的狂轰滥炸令英格兰千疮百孔。人口急剧下降，物质十分贫乏，要构思出一个极权主义统治下的国家，时间向未来延伸近四十年，那里有什么样的人、有什么样的物质条件、有什么样的意识形态、有什么样的社会环境和人际关系……都是很难想象并诉诸文字的。首先要解决的是语言。奥威尔首先断定的是，那样一个毫无自由和民主可言的社会，语言与人类正常演进的社会阶段所使用的语言，一定有天壤之别，于是，他就发明了一种全新的语言体系——新话语。为了阐述这种新话语的体系构成，他在小说后面来了一个附录——《新话语原则》。读者可以在这篇万余字的附录里悉心阅读，并尽情体会奥威尔对语言在一种极权体制下嬗变的精妙之处，这里不做赘述。因为有了新话语这一工具，奥威尔就可以放飞想象，创造崭新的词了：老人家、思想罪、双重思想、性罪、思想警……这类属于政治领域；真部、和部、仁部、记录司、虚构司、广电司……这类属于社会组织；纳粹、盖世太保、共产国际、非预惩罪、蛊宣……这类属于意识形态。这些词都是新话语体系简化又简化的词；通过缩减一个名字，比如“共产国际”，全名是“共产主义者联合会”，八个字简化成四个字，原有的全世界人类兄弟友爱、红旗、街垒、卡尔·马克思以及巴黎公社诸多因素就没有了，其含义被变窄并微妙地改变了，听起来只是一个严密控制的组织。因此，“一个人与新话语一起成长，把新话语当成自己唯一的语言，他就不再知道‘平等’曾经是‘政治平等’的第二层含义，也不再知道‘自由’

曾经含有‘学术自由’的意思”，结果是，“在旧话语一劳永逸地被彻底取代时，和过去的最后联系就会被割断了”。

二

有种说法：文字比石头更永久。这是文学语言，文字肯定没有石头更永久，因为文字要永久是得依赖石头的，比如墓碑、岩壁、洞穴、瓷片，等等。在现代社会，文字能持续地收入各种词典，是更实际的永久。奥威尔无意让自己的文字永久，却偏偏有不少词汇被收入了各种词典，像《一九八四》一书中，陆谷孙教授主编的《英汉大词典》就收入不少条，例如“新话”(Newspeak)、“老大哥”(Big brother)、“思想罪”(thought crime)、“思想警察”(thought police)、“双重思想”(doublethink)，等等。俗话说，天下文章一大抄，看你会抄不会抄。这话不够准确，因为文章抄得太贪婪了，就成了抄袭了。要说天下字典一大抄，倒是绝不会有抄袭之嫌，尤其英汉词典之类，因为“英汉”之间有一个翻译过程，有了这个过程，和“抄”字搭界的东西，就被“翻译”这个词严严实实盖住了；从而，“看你会抄不会抄”这句话变成了“看你会译不会译”。很有趣的现象。换一种说法，是《英汉大词典》参考了不止一种英英字典，这话应该是很客观很公正的。接着往下再想，很多种英英词典都收入了奥威尔的词汇，这样的说法就更科学了，因为词典选收某个词是要参考多种词典收入概率的。如果这些词汇在人类社会和人性里得不到验证，那么就是收入了也还会被淘汰的。问题是，奥威尔生造的这些词，不但在人类社会发展和人性演变的过程中得到了验证，而且越来越深入地被验证，震撼世界地被验证，这就只能说奥威尔的造字具有严密的科学性了。

关于“新话语”，前面交代过了，我要补充的是，字典把

“newspeak”翻译成“新话”缺乏琢磨。现在很流行“话语权”这个词，估计这个词和“新华体”这个词有一定因果关系，而“新华体”是我国很多责无旁贷的学者总结我们社会几十年来政治语言泛滥而给出的，以“假大空”为主要特色，界定很准确，名字很有内涵，颇有渊源，我受此启发，就把这个英文词翻译成了“新话语”。

接着说“老大哥”这个词。奥威尔生活在一个思想自由的民主社会里，有政党，且不止一个，轮流执政，前提是各政党在大选时期，必须把执政纲领、方针和政策统统公布天下，由选民来衡量哪个党的竞选纲领更符合自己的利益，更符合国家和民族的利益。他不大容易想象一党专政的党组织究竟是什么样的。于是，他就想，没有多党的公开公正的竞选，没有选民的监督和制约，那就不合法；不合法呢，就是地下组织；地下组织呢，就跟黑社会接近了。因此，这种政党由一个黑老大坐庄就是必要的了。由此推断，把“big brother”翻译成“老大哥”并不十分贴切，应该是“老大”更合适，或称“老人家”。

再说“思想罪”“思想警察”和“双重思想”，其实词典还应该收入“思想犯”。这样做，不只是因为这些个词都有“思想”二字，还因为首先是有了“思想犯”，“思想罪”“思想警察”和“双重思想”才后续产生的。更值得一提的是，“思想犯”在我国曾经人数众多，一拨接一拨，饱受苦难，备受摧残，只是我们更多的时候把他们划入“政治犯”范畴了。不错，在《一九八四》一书里，奥威尔关于思想范畴的写作，几乎遍及全书，我估摸，一定是他对二十世纪还有人不择手段，要对人的思想进行控制，感到百思不得其解。为了控制思想，人类修建教堂和庙宇费尽了多少财力物力啊，多少个哥白尼和布鲁诺遭受不白之冤啊，十字军远征死了多少英俊少年啊……再说，我们从十六世纪开启的文艺复兴不就是在争取宝贵的思想自由吗？你不让我思想自由，我就采取双重思想：我看着你清澈的大眼睛，你怎么就知道我没有想到想吻你性感的嘴唇呢？我盯着你天使般的上半身，你怎么就能阻止我没有诅咒你地狱般的下半身呢（莎士比亚语）？我扯足嗓子高喊“老人家万岁”，你怎么知道我心里不在一字一顿地默喊“打到老人家”呢？这还只是普通人的个体行为。如果一个集体人群玩起双重思想，那就很可怕了，比如书中大洋国的政府昭示天下的国策就是：战争即和平，自由即奴役，无知即力量。用我父亲的大白话说，这就是“心思走滚”现象。我父亲是个文盲，但知道“走滚”这个词用来说房子的墙壁、梁、檩、椽子等出现的裂纹、倾斜、歪扭等现象很准确，很达意。在他的老年，看见村里年轻媳妇动不动就闹离婚，动不动就欺负婆婆，就总跟我感叹说：唉，那些女子的心思怎么说走滚就走滚呢？走滚，多么活灵活现的一个词，由于上行下效，现今已经在我国演变成全民“诚信危机”，而且愈演愈烈了。奥威尔想必就是用这样一种逻辑在思考并虚构他心目中未来的专制社会，所以把思想问题放在了第一位，首先是“老人家”之类的独裁者“心思走滚”了，才上梁不正下梁歪，导致了一连串的心思走滚。可是，到底怎么做到严密控制思想呢？奥威尔顺理成章地把矛头指向了“极权主义”。

三

翻译《一九八四》这一部不朽之作，我觉得“极权主义”这个词，也应该归在奥威尔的新话语的词库里。这个词可能出现得比较早，但是粗略捋一捋古今中外的社会发展，贪心不足者如中国秦始皇，冷酷无情者如罗马皇帝尼禄，都没有把手中的权力运作到“极权”的程度。极权主义的英文是“totalitarianism”，七个音节，一个重音，一个次重音，两个双元音，是英语单词中又绕口又难念还又难记住的那种。这可能不只是我这个中国人学习英语的感受，想必外国人也不待见它，因此就找来另一个词与它并用——

totalism，四个音节，好念好记多了；更明晰的是，我一眼能看见它的词根了——total，意思大致是汉语里的“总的”“总计的”“全体的”“全部的”等等。这下，聪明而思考的读者，你看出来“极权主义”这词翻译得也不够到位，应该翻译成“总权主义”或“全权主义”好像更接近这个英文词的含义，也更容易理解奥威尔为什么要坚决彻底地把它的根须挖出来晒一晒了。不过基于国人喜欢从一个极端跳向另一个极端，我还是既定俗称，把它译成了“极权主义”。

按我们曾经有过的国情，“两分钟仇恨”活动（Two Minutes Hate）、“仇恨周”活动（Hate Week）和“少年揭发队”（the Spy），我以为，也应该收入某类词典。两种仇恨活动都很像我们曾经有过的忆苦思甜会以及参观刘文彩收租院展览之类的阶级教育。电屏上按时播放阶级敌人的各种罪恶和破坏活动，不停地虚构，渲染，放大，夸大，直到把参加活动的人们的情绪煽动起来，蛊惑起来，让人们的情绪转变成抽象的、无方向的怒火，从一个目标转向另一个目标。女人，尤其是年轻女人，因此变得见口号就喊，业余都打小报告，见人说话不顺耳就告密。男人，因此会产生一种恐惧和报仇的可怕的狂妄，一种要杀戮、折磨、用大铁锤砸人面孔的欲望，个个都想做踊跃参军奔赴前线吃敌人肉饮敌人血的战士。“少年揭发队”译成“少年侦查队”亦可，它是一种受到严密控制的少年组织，主要教育活动是唱革命歌曲、游行示威、举旗喊口号、拉练、木枪训练、崇拜老人家，把他们有组织有系统地改造成无法管束的小野人，把未成年人的叛逆转变成揭发癖，不仅揭发别人，还要揭发自己的父母，争当告密的儿童英雄。我估计，小时候读过的少年英雄刘文学与村里曾经的地主因为生产队的几个红薯搏斗至死的事迹，与书中少年揭发队的行为颇为相近。还有，“电屏”（the telescreen）这个词也应该收入某类科技词典。尽管现在的英汉词典里把这个英文词解释为“电视屏幕”和“荧光屏”，但是奥威尔在二十世纪四十年代中期写作《一九八四》时，电视屏幕的概念还很模糊，更何况“电屏”在书中的作用类似今天的监控录像，又远比监控录像神通广大，是一种既可以接受又可以发送的高端科技产品。它无处不在，每个公民的行为举止都逃不过这只独眼的监视，你不知道它何时、何地、如何、何故在监视你，它却仅从面部表情就能定你的罪，判你的刑。它是书中最可怕的一种象征，或许就是奥威尔心目中极权主义的具象也未可知。

四

《一九八四》这部描写政治乌托邦的小说，分三部，贯穿始终的一号男主人公名叫温斯顿·史密斯，整个第一部基本就是写他一个人的行为举止的。他所处的世界三国鼎立，大洋国、欧亚国和东亚国，三个国家大体上按照地理界限自成一体，彼此的关系既是敌人又是朋友，因此香仨臭俩，战争不断是国际常态。他的国家是大洋国，革命之后建立了专制政权。

他三十九岁，单身，结过婚，但是妻子下落不明。他的父母亲都在大清洗中人间蒸发了。他对此并不感到意外，因为大清洗和人间蒸发就是政府运转的必不可少的部分。生活很苦，缺吃少喝，食堂只有洋白菜和烂炖菜的味道，糖精是唯一的甜食供应，喝一口麻辣得泪眼婆娑的杜松子酒是唯一的饮品；刮胡刀和肥皂之类日常生活用品经常供不应求，到黑市踅摸是唯一的渠道……这一切大家都习以为常，他也就习以为常了。

他在真理部的记录司上班。他的工作是日复一日无休无止地篡改文件，目的是保证老人家和党的言论始终保持一致。错误只会发生在报纸和书籍里。老人家和党昨天说要和欧亚国打仗，今天却说欧亚国是盟国，交战国换成了东亚国，那么昨天的所有报道文字就都要改过来，和党的言论保持一致。党的口号是“谁控制过去，谁就控制未来；谁控制现在，谁就控制过去”。所有的过去都是一张羊皮纸，只要需要就会经常被刮干净，彻底重写。这种不断篡改的程序适应于报纸，也适应于书籍、期刊、小册子、招贴画、传单、电影、录音带、漫画、照片——任何一种文学和文献，只要涉嫌政治意义和意识形态，都要经历这一程序。各种统计数字原来的版本就毫无依据，篡改过的版本则是为所欲为了。党说大洋国每个季度都能生产天文数字的靴子，可谁都知道大洋国一半人口没有靴子穿，但你必须确保党的言论正确……工作很荒唐，但是他很敬业，对工作乐此不疲，工作效率很高。他能适应这一切，主要是他的脑子可以随时进入双重思想的迷宫：

> 知道与不知道，了解全部真实情况却告诉精心构建的谎言，同时主张两种互相抵销的观点，明知道它们互相矛盾却还相信不疑，利用逻辑反对逻辑，拒绝道德却高喊道德，相信民主不可行却认定党是民主的卫士，忘记需要忘记的一切却在需要时塞回记忆里，然后又迫不及待地忘掉，尤其是，同样的把戏应用于同样的把戏本身——这套手法玄妙之极：有意识地导致无意识，然后，再让你刚刚完成的催眠状态变得无意识。即便为了理解“双重思想”这个词，你还得使用双重思想。

问题出在他的岁数上。他三十九岁这个岁数，是在革命后的大洋国度过的，但是祖父、父母亲等长辈亲人给他留下的记忆，让他年龄越大越怀念童年的岁月。父亲给他“又黑又瘦总是一身干净利落的黑色衣服”的模糊形象，母亲“高大，如一尊雕像，却是个少言寡语的女人”，祖父给他唱过的民谣在他头脑里越来越响亮。什么都不是你自己的，你只有脑壳里那几个立方厘米的脑子。就是这几个立方厘米的脑子，在他快进入不惑之年时不再安分，经常到无产者居住区里闲逛，在一个旧货店里流连忘返，发现一个市场上绝迹的笔记本时他买了下来。从此，他的生活多了一项内容——记日记。记忆的闸门一经开启，他提笔写下的竟然是一连五个“打倒老人家”！他被一阵歇斯底里的情绪紧紧抓住，意识流般地写道：

> 他们会枪毙我我不在乎他们从脑后枪毙我我不在乎打倒老人家他们会从脑袋后面枪毙我我不在乎打倒老人家——

他把大洋国儿童历史教科书的一些内容抄写在自己的日记里：

> 在旧社会，光荣革命之前，伦敦……是个黑暗、肮脏、悲惨的地方，人们吃不饱穿不暖……极少数美丽的大宅子里住着富人，使唤着三十多个仆人伺候他们。这些富人就叫资本家……拥有这世界的一切，别的人都是他们的奴隶……如果有人不听话，他们就把他投入大牢，或者剥夺他们的工作，让他们饿死。……

历史课本里的每个词，甚至那些你毫无疑问接受的事情，都是凭空杜撰出来的。“资本主义历经几个世纪，却被认为没有产生过任何有价值的东西。你从建筑物上学不到历史，甚至从书本上也学不到历史。塑像、铭文、纪念碑、街道的名字——但凡可以看见的过去的东西，都有组织有系统地改掉了。”然而，他目睹的现实社会却是“现实在腐败，城市在破旧，人民营养不良，脚穿烂鞋，住着不断修补的十九世纪的房子，总是闻着圆白菜味儿和臭卫生间味儿，为生活辛苦奔波”。于是，党同时又教导无产者“生来低人一等，必须甘当奴隶，如同牲口，只用几条简单的条条框框就统治得服服帖帖”。“故事真正开始于六十年代中期，大清洗正在进行，革命的元老都一劳永逸地被消灭了。到了一九七〇年，元老没有一个幸存下来，只有老人家安然无恙。”党宣布二加二等于五，你就必须相信，而且你迟早会主动宣布相信二加二等于五的。梦魇般折磨他的是，他从来没有完全弄清楚，这种不惜成本的欺骗为什么要进行！然而，随着他写日记的深入，他的勇气似乎突然主动地强硬起来：“明显的东西、朴素的东西、真理，都必须捍卫到底。”“可靠的世界存在，可靠的世界的法则没有改变。石头很坚硬，水是湿的，没有支撑的物体会落在地球的中心。”因此，他写日记的使命是要阐明一个重要的公理：

> 自由就是自由地说二加二等于四，如果这是理所当然的，其余一切都不在话下。

五

整个第三部也基本是写温斯顿·史密斯的。他一个人在和一个极权主义社会作对，下场可以想见。他终于被思想警察逮捕，关进了施刑室，挨饿、侮辱、暴打……他被打得满地乱滚时一次一次地想到：“这世上再有没有比肉体痛苦更糟糕的了。面对痛苦，世上没有英雄，没有英雄。”

> 他挨了多少次打，挨打继续了多长时间，他记不清了。通常，五六个汉子，身穿黑色制服，同时对他毒打。有时是挨拳头，有时是挨警棍，有时是挨铁棍，有时是挨靴子踢。他往往会满地打滚，像畜生一样毫无廉耻，身体东一

扭西一扭，无休无止地无希望地努力躲避靴子乱踢，可只是换来了更多更猛的乱踢。肋骨上，肚子上，胳膊上，小腿骨上，腰胯间，睾丸上，脊梁骨上，哪里都躲不过。很多时候，毒打没完没了，直到他似乎觉得这种残忍的、邪恶的、不可原谅的行径，不是那些狱警在持续不断地暴打他，而是他不能强迫自己失去意识。有时候，他神经紧张得实在受不了，他还没有被暴打就开始大喊大叫，祈求怜悯；有时候，看见一只拳头缩回去往外打来，就吓得他滔滔不绝地招供，真的假的犯罪一股脑儿往外说。另有一些时候，他下定决心什么也不招，每个词都在疼痛不已时蹦出来；还有些时候，他有气无力地试图折中一下，对自己说："我会招供，但是现在不想。我一定能挺住，等到痛苦不堪忍受时再说。再挨三脚，再挨两脚，然后我才跟他们说他们想知道的。"有时，他被暴打得简直站立不起来，然后像一袋土豆，一头栽倒在囚室的石头地上，几个小时才能恢复过来，然后又被拖出去，再次挨打。也有更长的恢复时段。他记得模糊不清了，因为那些时段都是在睡梦里或者昏迷中度过的。他记得一个囚室里有一张木板床，一个架子从墙壁矗出来，一个脸盆，一些热汤和面包，有时还有咖啡。他记得一个粗暴的理发师来给他刮胡子剪头发，还有几个公事公办毫无同情心的人，身穿白大褂，来给他把脉，敲敲打打实验他的反应，翻翻他的眼皮，翻动他的指头看看有没有断骨，然后给他的胳膊打针，让他睡觉。

总之，温斯顿·史密斯经过如此这般地改造，他脱胎换骨了："一张惨不忍睹的囚徒的脸，额头突兀，倾向光秃的天灵盖，一只弯钩鼻子，鬓角凹陷，上方两只眼睛凶巴巴地发光，嘴巴塌陷得厉害。”他一个四十岁不到的中年身子骨，被改造成了“一具六十多岁的人的身子骨”。他被改造得刻骨铭心，最终心甘情愿地相信：“二加二等于五。”

翻译过程中，这是相当折磨人的一部分。不得不把奥威尔极力传达的东西尽力翻译成汉字，而内心在发紧，皮层在起鸡皮疙瘩，神经有时简直难以绷住。总之，这第三部分，无论翻译还是阅读，都是令人极不舒服的一部分。但是，正因为如此，我才对奥威尔的写作天赋赞叹不已，因此在我和老伴儿散步时，时不时就会念叨说：这个奥威尔，真是天才。也许我说这种话多了，老伴儿嘴上不说，心下却在巴望着及早看到我的译稿。这么多年来，我每翻译完一部作品，她都是第一个读者和汉语的把关者。每次，她对我译文中的错别字讥诮够了，总会对原作说几句看法，而这次她看完后一句话也没有说。过了几天，我沉不住气了，追问她的读后感，她很不情愿地说：“看得难受。我不喜欢。”

我知道，她是被这第三部分的内容折磨坏了。阅读奥威尔的作品，不仅需要智慧的头脑，也需要相当坚硬的神经。我老伴儿她人不傻，只是阅读奥威尔作品的神经硬度还欠火候。

六

《一九八四》一书的第二部分是可以从阅读到悦读的。阅读第一部分产生的压抑，在阅读第二部分过程中会慢慢地消失。温斯顿差一点儿暗算得逞的一个黑头发姑娘，在真理部走廊里，真真假假跌倒在温斯顿跟前，温斯顿出于怜香惜玉上前扶了一把，手心里得到了一个小纸条。等他回到安全的地方打开一看，上面写着“我爱你”。本书中唯一可算作轻喜剧似的偷情活动开始上演。在人类活动中，偷情可以算作最原始最刺激也最美妙的，而温斯顿和朱莉娅的偷情活动是政治高压下的地下活动，就更有看头了。为了躲开电屏，为了躲开便衣思想警察，为了躲开监听器和收录器，他们每迈出一步都格外费心费力，连安排一个约会地点都要耐心等待几天。第一次性爱发生在伦敦远郊，是朱莉娅姑娘精心安排的，那是她长途拉练时踩下的点，绝对安全。他们的行动可谓名副其实的地下情人才有的，路线是精准的，各种标记是必须记牢的。他们身置林中空地时，两个青年男女本来是烈火干柴，一点儿就着，但是温斯顿却迟迟不敢上手，一点儿情欲也没有。不是他性功能障碍，在小说第一部里，有相当篇幅写他去无产者居住区的街头泡妓女，双双回到屋子里的灯光下，他发觉对面是一个满嘴无牙五十多岁的老女人时，他照样干了自己想干的事儿。但是，和一个阳光女孩在一起时，他第一时间来了障碍，而这障碍正是来自爱情。他和妻子结婚是有爱情基础的，但是他们每次做爱时他的妻子都会口号般地念叨：我们要为党生儿育女，尽义务，做出贡献。他一碰到这样的话语就反感，就疲软，而他那口号不离口的妻子，身子绷得紧紧地如僵尸一般，让他感到如同奸尸。他们的婚姻最终是因为这样的性交障碍而解体的。这下换了性伙伴，朱莉娅是一个专和“性罪”作对的人，开口就坦诚自己虽然年轻却有过几十次性经历了，而且越是道貌岸然的党员她越去勾引。她一提到党就爆粗口，甚至开骂，叛逆到不顾一切的地步。在性爱上，温斯顿和朱莉娅志同道合，认为如同动物本能的欲望才是撕碎党的力量。一个男人看见一个姑娘的身体，应该有欲念。“他们拥抱是一场战斗，高潮是一次胜利。这是对党的一击。”

在日常生活中，朱莉娅表现得要多左有多左，双重思想运用自如：“她花大量时间听报告，游行，为少年反性同盟散发传单，为仇恨周准备旗帜，为节约运动募捐……”她的座右铭是：“如果你遵守小规则，就可以破坏大规则。”朱莉娅二十六岁了。她和另外三十个女孩子住集体宿舍。她在虚构司上班，这是一个杜撰小说的地方，在小说写作的机器上干活，给小说发指令和润色都很熟练，唯独对出产的产品——书——不感兴趣。因为比温斯顿小十三岁，对六十年代之前的事情都记不得了，只从祖父那里听说过零星关于革命前的日子的话。在学校，她是体育健将，做过少年揭发队的小队长，做过青年团分支书记，少年反性同盟的积极分子，一贯优秀，一贯根红苗正。可她十六岁时就和一个六十岁的党员搞上，此后就和各种各样的人乱搞了。在她看来，生活简单之极。党越要束缚她，她就越是放荡不羁；破坏各种规矩，好好地活着。她与温斯顿在不同地方寻求快活，她是策划者和决策者，但是活动地点最后固定在了温斯顿常去的那家旧货铺楼上简陋的小房子，却暴露了她年轻莽撞阅历不足的一面。他们知道这样做是愚蠢的，但是拥有一个私人空间，就好比进入天堂。他们在这里不止做爱，酣睡，还煮核心党员才能喝到的咖啡，吃白面包，品尝精制果酱，喝上好的茶叶……这些都是朱莉娅通过关系从特供商店弄来的："那些猪猡没有搞不到的东西，什么都不缺。"为了体会做女人的感受，朱莉娅把自己化妆一番，穿了裙子，喷上香水，把那个铁板的灰色的专制现实社会隔绝在小天地之外。

朱莉娅一身活力，却对社会变迁、历史、战争都不关心。在温斯顿眼里，像朱莉娅这样年轻的一代，是在革命世界里成长起来的，别的什么都不懂，只知道党是不可改变的东西，像天空，像土地，想不到对抗其权威，只是躲避，如同兔子躲避猎狗。她让自己变成了超现实主义者，连伦敦城里不断有火箭炮掉下来炸死人，她都视为正常。过去的各种政治运动，她无法想象。她毫不犹豫地接受官方神话，因为在她眼里真理和虚假之间的区别是半斤八两。谎言变成真理，她也不觉得她脚下就会出现万丈深渊。正因为这样一种没有过去记忆的经历，在温斯顿去见他理解中的反党"兄弟会"秘密组织的头目奥布莱恩时，她竟然为了爱情，自告奋勇毫不犹豫地去了。

你们准备献出你们的生命吗？

是的。

你们准备谋杀吗？

是的。

准备进行各种破坏活动，也许会造成数百名无辜平民死亡吗？

是的。

向外国列强出卖你们的国家吗？

是的。

……

听起来政治味道很浓，但是因为这些话发自个人内心，像是自然而然的流露，如同英雄横空出世的前奏曲，第二部那种轻松的、愉悦的调子，依然延续在读者的心头挥之不去，直到最后两个情人被双双逮捕。偷情是男女两个人在进行，但因为朱莉娅年轻活泼，一身活力，几乎成了整个第二部的绝对主角，除了温斯顿朗读《寡头政治集体主义的理论与实践》一书时她听来枯燥睡了过去，四分之一的篇幅里没有了她的音容笑貌。当然，这不是多余的情节，是从另一个角度强调她和温斯顿在年龄差别上造成的结果，因为他们对过去的记忆截然不同，便决定了他们对极权主义的有所不同的态度。温斯顿对过去太在意，不惜冒着生命危险写日记；朱莉娅对过去没有记忆，则是把危险当作刺激，在刺激中寻找爱情，寻找性爱。因为都身置高度的危险中，他们在第二部尾声中被思想警察逮捕，双双被投入了大牢，就是必然的结果了。他们知道他们生活在极权主义的制度下，但他们更愿意服从人的本性。朱莉娅是个年轻姑娘，在第三部里从大牢里出来时，同样被改造得脱胎换骨：她腰变粗了，而且僵直如尸首，甚至连她的皮肤组织都完全和过去的不一样了。

他们的爱也好，情也罢，都一去不复返了：

在遮天蔽日的栗子树下

我出卖了你，你出卖了我——

七

《一九八四》一书中，第三个令人难忘的人物是奥布莱恩，如果用一句话定义这个铁面人物，那就是一个典型的引蛇出洞并置于死地的老手。阅读第三部，真正令读者神经接近崩溃的，是奥布莱恩的“手腕下有一个仪表，上面有一个杠杆（leveler），表面有一圈数字”。温斯顿被绑缚在一把椅子上，被各种仪器包围起来。只要奥布莱恩动一动杠杆，温斯顿的“身体就会被大卸八块，关节被慢慢地撕裂开”，而奥布莱恩此时只是把杠杆拨到了四十，仪表上的数字可以拨到达一百，刑罚之酷烈令人难以想象；他决定什么时候让温斯顿痛得尖叫，什么时候让温斯顿缓口气，什么时候让温斯顿有口吃的，什么时候温斯顿可以睡觉，什么时候把药物注射到他的胳膊里。“他是拷打凶手，他又是保护人，他是审问者，他又是朋友。”

在翻译这部分时，我动用了我所有的英语词典，费时一整天，查找“dial”和“leveler”这两个英文单词，究竟还有什么含义没有查到。我能找到哪怕牵强一点儿的含义，都想把这两个词和“绞肉机”或者“剥皮抽筋机关”或者“断骨切肉利器”之类刑具联系起来，那样就可以让读者明白奥布莱恩掌控了一种什么样的令人胆战的尖端武器。但是，查不到这样的解释，我最后还是确定用汉语的“仪表”和“杠杆”把它们翻译了。也许，奥威尔就是要用简单的词，给人想象空间，告诉我们极权主义者的手段其实很简单，就是不择手段，巧取豪夺，大权独揽时滥施权力，草菅人命。总之，我至今也不知道这个叫奥布莱恩的核心党员，他究竟掌握了什么机器，能让温斯顿在不长的时间里死去活来，脱胎换骨。我对这个器物一点儿概念都没有，倒是让我总是联想到我的一个老同事，胡风集团的主要成员。他不止一次跟我说过，一个始终负责胡风案件的核心成员，我的老同事认定他办事讲原则，一码是一码；通俗地说，为胡风集团推波助澜是他，给胡风分子落实政策也是他。在我看来，这样以整人为生的人物可做奥威尔笔下奥布莱恩的原型。

八

二〇〇〇年是英年早逝的乔治·奥威尔去世五十周年，按照国际惯例，他的书进入了世界图书的公共领域，不需要购买版权了。这年，我在出版社上班进入了最后十年，我试图把我对文学的理解转化为实际选题，挑选出五个我认为值得认真译介的英国现代作家，利用多年来积累的译者资源，做成译文过硬的文集，平均每两年一个，算是对我在这一领域做外文编辑几十年的一个交代。选题报了上去，只批准了弗吉尼亚·伍尔芙一种，其余都毙掉了。批准了是什么理由，毙掉了是什么理由，都没有人吭一声。后来，在一个很碰巧的场合，听到一个同事说，主管我的选题的领导说奥威尔是反苏联的！呜里哇啦，嘴上跑马，哪里和哪里啊？苏联都该死地解体十多年了，奥威尔反不反它有何意义？倒是奥威尔把他反对极权主义的杰作取名《一九八四》，苏联阵营进入二十世纪八十年代已经不堪一击，哗啦啦解体，倒是证明了奥威尔的预言，证明了奥威尔对人类社会健康发展怀有一颗真诚的负责任的良心。每逢听到这样哭笑不得的事情，我就特别理解京骂是怎么产生的。

不妨听听美国学者埃里克·弗洛姆是怎样解读奥威尔的：

乔治·奥威尔的《一九八四》是一种情绪的表达，是一个警告。它表达的情绪是对人类未来的绝望，它表达的警告是除非历史的线路发生改变，全世界的人们都将会把他们身上的人性品质丧失殆尽，将会变成没有灵魂的机器人，而且甚至对此毫无察觉。

乔治·奥威尔的作品就是强有力的警告，如果读者把《一九八四》仍旧当作对斯大林野蛮统治的另一种描写，看不到它就是针对我们每个人来写的，那就是莫大的不幸了。

苏福忠

二〇一三年十一月

于太玉园二人居

多一个人看奥威尔，就多了一份自由的保障。

创美工厂® | 轻经典

出 品 人：许　永
出版统筹：林园林
责任编辑：许宗华
特邀编辑：林园林
装帧设计：海　云
内文排版：万　雪
印制总监：蒋　波
发行总监：田峰峥

投稿信箱：cmsdbj@163.com
发　　行：北京创美汇品图书有限公司
发行热线：010-59799930

创美工厂
微信公众平台

创美工厂
官方微博